ORIENTAL FANTASY STORY
건드리고고 신무협 장편소설

101회차 패황 제4권

초판 1쇄 인쇄일 | 2025년 07월 30일
초판 1쇄 발행일 | 2025년 08월 06일

지은이 | 건드리고고
발행인 | 조승진

편집기획팀 | 이기일, 김정환
출판제작팀 | 이상민

펴낸곳 | 데이즈엔터(주)
주소 | (07551) 서울, 강서구 양천로 570, NH서울축산농협 NH서울타워 19층(등촌동)
전화 | 02-2013-5665(代) | **FAX** 032-3479-9872
등록번호 | 제 2023-000050호
홈페이지 | www.daysenter.com
E-mail | alldays1@daysenter.net

ⓒ 2025, 건드리고고

이 책은 데이즈엔터(주)가 작가와의 계약에 따라 발행한 것이므로
본사의 서면 동의 없이는 어떠한 방법으로도 이용할 수 없습니다.

ISBN 979-11-427-1856-4
ISBN 979-11-427-0380-5 (세트)

※잘못된 책은 본사나 구입처에서 교환하여 드립니다.
※저자와의 합의하에 인지를 붙이지 않습니다.

영상노트

4

101회차 패황

건드리고고 신무협 장편소설
ORIENTAL FANTASY STORY

※ 본 작품은 픽션입니다.
  본 작품에 등장하는 인물, 단체, 지명, 국명, 사건 등은 실존과는 일절 관계가 없습니다.

101회차 패황

제1장 필연적?	009
제2장 귀찮은 악연	036
제3장 뒤바뀐 처지	074
제4장 태풍 전야	123
제5장 다툼	154
제6장 예고	186
제7장 결백	221
제8장 모함의 대가	258

제1장
필연적?

광의, 위백경.

일평생을 멸악패도를 위해 헌신한 충의(忠醫).

멸악패도를 홀로 이루기란 효율성이 떨어진다. 최단의 속도를 위해선 전사가 필요했고, 그들을 가르치고 훈련하는 것 이상으로 영단과 요상단은 필수였다.

'살피지 못했었지.'

죄의 유무와 실력을 중시할 뿐, 광의의 사연을 들여다보진 않았다. 설령 안다고 해도 시간상 막을 수 없다면 멸악패도를 위해 희생했었다.

'늦었지만, 행복하기를 바라네.'

하나밖에 없는 혈육의 죽음이 패황성 영단 제조기를 탄생시켰다. 그는 죽기 직전까지도 연단에 매진했으며, 채화음적을 하나씩 죽일 때마다 손녀를 위한 제를 올렸었다.

패황은 광의의 절절한 사연을 이해하진 않았었다. 누구나 사연 하나씩은 가지고 있었다. 그럴 시간에 악인을 하나라도 더 죽였다. 그것이 광의를 위한 유일한 배려라고 봤다.

-멸악의 구도자시여, 부디 끝까지 그 숭고한 뜻을 관천해 주시기를 이 노부는 죽여서도 바라나이다!

-그리하지.

광의는 마지막 순간까지도 멸악패도를 이해한 충의이자, 동지였었다. 그만한 사람도 찾아보기 힘들었었다.

아쉬운 마음이 드는 것도 사실이다. 그러면 끝까지 믿어주고 응원했을 텐데.

'나에게는 천하제일의 의원이었지.'

때때로 색마를 산 채로 잡아 오라고 부탁한 적이 있었다. 영단의 마지막을 실험해야 하는데, 적절한 실험체가 필요하다고 했다.

따지고 보면 채화음적은 멸악전단을 위한 훌륭한 자양분이었다. 실험을 견디면 살 수 있다는 희망을 품고 있었던 색마는 고깃덩어리가 되긴 했지만.

'시간이 부족해서 살리지 못한 건 아쉽군.'

뛰어난 의술은 해부를 통해 완성된다고 했던가.

한 마리의 색마를 생으로 잡아 수천의 인명을 살린다면 능히 활의(活醫)라 불려야 마땅했다.

하지만, 멸악패도의 효율성과 배치한 고집은 아쉬웠다.

유독 채화음적에 집착해서 다른 죄목의 악인은 받지 않았다.

당시 광의는 도살, 발골, 발췌라는 악의적인 헛소문이 돌았었다. 그래서일까, 광의가 고개를 저을 때 악인은 환호하곤 했었다.

'그래도 불같은 성격은 고치도록 하게.'

다짜고짜 장법부터 날리는 좋지 않은 손버릇은 고쳐야 했다. 자신이야 광의의 선함을 알기에 손속에 사정을 두지만, 자칫 악인을 만났다면 살아남기 힘들었다.

그 악인이 화경에 이르지 않으면 영약의 발전에 이바지하겠지만.

'더욱이 색귀를 이리 빨리 죽일 줄은 몰랐지.'

차후 멸악패도의 제물이 된 색귀는 귀음백사공을 대성하여 악명을 날린 후였다. 멸악패도의 효율성을 위한 불가피한 희생자가 많았을 것이다.

광의를 위한 속죄이자, 색귀에게 희생되었을 무고한 여인들을 위한 멸악패도였다.

'흡족하구나.'

의도하진 않았지만, 모처럼 과거의 인연을 풀어 주었다. 더욱이 멸악패도로써 단죄했다.

수만 년을 부정당하긴 했어도, 멸악패도는 천하를 위한 구도자에겐 숙명이었다.

"도련님, 아까부터 무슨 생각을 그리 골몰히 하시기에

실없는 사람처럼 실실 쪼개시는지요?"

"그동안 지나치게 평온해서 깜박했군."

"깜빡 잊으시다니…… 뭘요?"

"사람은 풀어 주면 기어오른다. 그럴 때마다 광의는 매야말로 최고의 처방전이라고 했지."

"아, 그렇군요…… 쿠웩!"

사람 사는 곳은 대동소이했다. 패황성도 사람 사는 곳이고, 기어오르는 녀석들이 아예 없다곤 할 수 없다.

말로 타이르는 행위는 시간 손실이 크고, 효율성도 떨어졌다. 매는 효율성과 지속성을 두루 갖춘 수단이다. 폭력적이고, 야만적이긴 해도 현실을 부정할 순 없다.

추적에 재능을 눈뜨면서 가복에게서 자만하는 기색이 비쳤다. 기회를 벼르다 호되게 한번 혼내는 편이 낫다고는 하나, 천우는 그때그때를 선호했다.

기름기를 빼듯 가복의 자만을 짜 주었다.

퍽퍽퍽!

컥! 컥!

한편으로 마냥 혼내진 않았다.

훈육 겸, 색귀를 추적했던 솜씨를 확인해 보았다.

'확실히 좋아졌어.'

기본적으로 무인은 수련을 통해 성장하나, 실전에서 재능이 만개하는 예도 적지 않았다. 가복은 이번 추적을 통해서 본인의 재능을 어떻게 써야 효율적인지를 깨달았다.

'보신에 군더더기가 사라지고, 내력의 강약 조절이 되는군.'

쓸 때 쓰고, 뺄 때 뺀다.

가르침의 기본 요소긴 하나, 실제로 행하기는 무척이나 힘들다. 이를 받아들이고, 체화하는 데는 오랜 시간이 걸린다. 한 번의 실전으로 이만큼이나 성장했다면 가볍지 않은 재능이었다.

"굴려야 잘하는구나."

"그럴 리가요, 저는 가만히 있을 때 잘하는 체질입니다!"

천우는 반론의 기회를 내어 주지만, 원하는 답이 나올 때까진 멈추지 않았다.

너는 반론해라.

나는 주먹을 날릴 테니.

옛, 명필가의 어머니처럼 아들의 반항과 향상심을 고취하기 위해서 심력을 쏟는다.

"일개 종복 주제에 대공자를 번거롭게 한 죄 죽어 마땅함에도, 이리 살피고 보듬어 주셔서 감읍, 또 감읍할 따름입니다!"

"과연, 주먹은 배신하지 않는군."

"저도 우리 귀여운 도련님과 아가씨와의 만남이 기다려지는군요."

"허하마."

"한 치의 오차도 없이 대공자의 믿음에 보답하겠나이다!"

종복의 밑바닥도 확인하고, 동생들에겐 동기부여까지 된다면 일석이조였다.

오늘도 수신제가에 한 걸음 다가섰다.

천우는 멸악패도를 위해서 속도를 중시했던 과거와 달리, 단계적으로 이루어 가는 수신제가의 성과에 의외의 보람을 느꼈다.

그럼에도.

'악연은 피할 수 없구나.'

색귀와의 조우는 지금으로부터 수년 후다. 상단의 후계자를 선택한 현재로선 만나지 못할 수도 있었다.

결국에는 만나야 한다면 신속히 처리하는 편이 나으려나?

호재로 여기던 천우는 곧 고개를 저었다.

소소하게 멸악패도를 행하는 선에서 끝내야 했다. 주도적으로 나선다면 100회차의 반복이 된다. 이를 무명이 두고 보진 않을 것 같았다. 부정하여 방해하거나, 되돌린다면 삶의 의미가 사라질 수도 있다.

'아직은 거스를 때가 아니다.'

멸악패도를 완성하려고 했던 때와는 달랐다. 수만 년의 적공이 부정당한 이상, 이전처럼 회귀를 당할 순 없다.

하나, 현재로선 반복된 운명을 거스를 능력이 되지 않았다. 무명이 완전한 악이라면 멸악패도의 구도자로서 단죄한다지만, 그조차도 불명확하다.

'끝까지 가 보면 알겠지.'

중요한 것은 결과가 아닌 거스를 능력이 있느냐다.

패황은 천하패도를 이루어 태평성대를 이루었지만, 그 본질은 엄연히 지배자다. 무명의 뜻에 무조건 순응하고 따르진 않는다.

멸악패도를 인정했다면 다음 회차를 순순히 따르겠으나, 이번에는 시작과 목적이 달라졌다. 그럼에도 거스를 능력이 되지 않는다면 공허한 저항에 불과했다.

천우는 현실을 외면하진 않는다. 역량이 부족함에도 의도를 드러내는 것은 어리석었다.

'나를 잘 알고 있겠지.'

100회차나 지켜본 무명이 자신의 성향을 모르리란 기대는 하지 않았다. 그렇기에 더더욱 완벽한 수신제가를 이루어야 했다. 무명이든, 누구든 이의조차 제기할 수 없도록.

'그동안 간과하고 있었구나.'

최선의 수비는 공격이라고 했다.

멸악패도가 선수를 지향한다면 수신제가는 방어에 중점을 두고 있었다. 선후를 따지면 멸악패도보다 수신제가가 어려워야 마땅했다.

천우로선 수신제가를 가볍게 여겼던 나태함이 사라지는 계기가 되었다.

선수필승을 버렸더니, 최소한 3배는 더 힘들어졌다.

방심은 금물이다.

이전 회차처럼 멸악패도를 위해 불가피한 희생을 택할 순 없다. 온전한 보신과 영광을 위해선 가문의 누구도 희생되어선 안 된다.

'가복아, 네게도 기회를 주마.'

수신제가의 범위는 직계가족 한정이었다. 가복은 구가장을 위해 필요한 존재임을 스스로 증명해야 했다.

물론, 종복의 소임을 망각해선 안 된다. 상전의 명은 그것이 설령 그릇되었다고 한들 반드시 수행해야 했다.

그것이 종복이 가져야 할 소임이자 의무였다.

천우는 수신제가를 위해 가복에게 소임을 주었다.

"노숙 준비를 해라."

"너무 맞아서…… 힘이 하나도 들지가 않네요. 제가 알아서 다 준비하도록 할 테니, 도련님은 손끝 하나 움직이지 마세요. 저는 도련님 손에 물 한 방울 묻히지 않을 준비된 종복입니다요."

"비가 올 테니, 고랑을 파도록."

"에이, 날이 이렇게 좋은데 무슨 비가…… 오지요. 도련님이 그렇다면 그런 겁니다. 아마 하늘도 무서워서 눈물을 줄줄 흘릴 겁니다. 헤헤헤!"

"그렇겠지."

"……과연 대단하십니다!"

겸양, 우리 대공자는 그런 것 일절 없다.

겸손, 우리 대공자는 그런 것 안 키우신다.

한데, 왜 이렇게 잘 어울리시냐.

실제로 천우는 하늘을 숭배하지 않았다. 하늘은 숭배해야 할 대상이 아니라, 이제는 극복해야 할 삶의 목적이었다.

'하늘마저 굴복시켜야 진정한 의미의 패황이겠지.'

100회차 동안 천하패도의 주인이었지만, 결국은 하늘 아래 몸부림치는 인간에 불과했다. 멸악패도에 중점을 둔 나머지, 나아가지 못한 채 안주했을 뿐이다.

탁탁! 촤악!

간이 천막을 치고, 바닥은 물이 스며들지 않도록 가죽으로 덮은 후에 담요를 깔았다. 빗물이 튀어서 안으로 들어올 수 있어 나뭇가지를 모아 고랑의 옆으로 쌓았다.

'우리 도련님은 이런 걸 어떻게 알고 있는 거지?'

가만히 앉아서 지시만 하는 얄미움과는 별개로 전에도 느꼈지만, 노숙에 익숙했다. 구가장을 떠날 때 필요한 물품을 따로 챙겨 놓은 꼼꼼함을 보면 방구석 대공자가 맞는지 의구심이 든다.

경험이 없이는 불가능한 능숙함이었다.

'이 모든 걸 저 몰래 어떻게 하셨대요?'

구가장의 천리안을 피해 대공자는 할 거 다 하고 다녔다는 생각이 들자, 가복은 새삼 억울했다.

세상 구경도 못 해 보고 방구석에서 생을 마감할까 얼마나 안쓰러웠던가.

이렇게나 대공자를 염려하는 종복이 어디 있다고.
"멧돼지 고기를 먹고 싶구나."
"저기요, 도련님! 제게 멧돼지를 맡겨 둔 것도…… 맞지요. 제 평소 별명이 구가장의 푸줏간입니다요."
"곧 비가 내린다."
비 오기 전에 빨리 멧돼지를 잡아 오라는 채근이었다.
이건 너무하는 거 아니냐고.
그래도 어쩌랴, 상전이 시키면 까야지.
막 채비를 끝내자.
"추적술은 이럴 때 쓰는 거다. 너라면 멧돼지의 흔적을 금방 발견할 수 있다."
"……응원 감사합니다!"
가복이 떠난 후, 천우는 불을 지폈다.
고수는 부싯돌이나 화섭자가 없어도, 삼매진화를 이용해 불을 지필 수 있다. 또한, 경지에 이를수록 육신을 통제하여 생리 현상을 억제한다.
노숙에서 제일 큰 불편은 생리 현상이다. 아무 곳에서나 싸도 되는 짐승이라면 모를까, 사람이라면 가릴 줄 알아야 했다. 급하면 눈에 뵈는 게 없기는 해도.
노숙을 비롯한 생활의 편의를 위해서라도, 사람은 무공을 배워야 했다. 무공만능설은 일상의 편의에서 나온 현명한 진리였다. 설령 고수가 되지 못한다고 해도, 무병장수를 원한다면 배워야 했다.

실제로 천우는 천하패도를 이룬 후, 여러 무공을 종합한 보급형의 심법과 육체 단련법을 공개했었다.

 단지, 패황의 안목에서만 보급형이었을 뿐이지만.

 쌔앵!

 간 지 얼마 되지 않아서 가복이 돌아왔다.

 확실히 추적에 재능이 붙었다.

 무릇, 재능이란 자주 써 주지 않으면 녹슨 칼처럼 무뎌지는 법이다. 지금처럼 재능이 막 만개할 시기일수록 철저하게 담금질하여 능력치를 최대한으로 끌어내야 완벽히 익숙해진다.

 '좋군.'

 천우는 오늘을 기점으로 가복을 구가장의 평생 종복으로 인정했다.

 충의를 본 기념으로 가복에게도 기회를 주기로 했다. 후일 천하제일종복으로 불리게 된다면, 영광으로 알고 대대손손 구가장을 위해 헌신해야 했다.

 누가 종복을 데려갈지 모르지만, 가복의 후손들도 종복으로서 긴히 챙겨 줄 요량이다.

 현시대의 체계에서 신분은 매우 중요하다.

 한번 상전은 영원한 상전이고, 한번 종복은 평생 종복일지니.

 지휘 체계를 무너뜨리는 행위는 시대가 원하지 않는다. 천하패도의 태평천하는 시대에 따라 이루어진다. 이는 변하지 않을 진리였다.

멧돼지의 껍질을 벗기고, 내장을 빼서 가지고 온 가복이었다. 요리에 관해서는 진심이 전해졌다. 피 냄새가 나면 산짐승이 몰려올 수 있기에 기를 발산하여 일대를 제어했다.

"기의 수발이 거칠구나. 좀 더 부드럽고 세밀하게 통제해라. 무공은 과시하는 게 아니라, 적의 말살에 있다. 거칠다는 건 자신을 드러내는 빌미가 돼. 무공의 3할을 숨기라는 격언은 진리일지니 항시 명심하도록."

"이만하면 잘하는 거지, 통제를 더 어떻게…… 할 수 있지요. 저는 한다면 하는 종복입니다."

처맞는 말은 절대 하지 않기로 하늘에 맹세한 가복이었다.

어둠이 깔리는 하늘이 오늘따라…… 엥?

맑게 갠 하늘에 달과 별이 휘광을 내리쏟기는커녕 어느새 장막처럼 천하를 뒤덮은 비구름이 자리했다. 두터운 먹구름을 뚫기엔 월성의 광휘로는 부족할 따름이다.

투둑! 투둑!

몰려온 비구름은 어찌나 많은 울분을 감추고 있었는지, 그새를 못 참고 눈물을 흘려 댔다.

쏴아아아!

시작과 동시에 쏟아붓는다.

굵은 장대비가 시야를 완전히 잡아먹었다. 한 치 앞도 보이지 않은 장작 불빛만이 비칠 뿐이다. 일렁이는 불빛만이 이 칠흑 속에서 유일한 구명줄처럼 밝혀진다.

"어떻게 알았대요?"

"경관을 보지 말고 내밀한 기운의 흐름, 분포, 농도를 보아야 한다. 하나하나를 지나듯 볼 땐 같아 보이나, 실상은 어느 것 하나 같은 것이 없지. 지금도 제각각으로 흐름이 변하고, 달라진다. 그 흐름을 이해하는 척도가 바로 절정이다. 절정에 들었음에도 이를 파악하지 못한다는 것은 무인으로서 자각이 아직 부족하단 의미다."

……?

이리 자세한 설명을 해 줄 줄은 미처 몰랐던 가복은 말문이 막힌 채 대공자를 봐야 했다. 하물며 물 흐르듯이 이어진 설명에 담긴 진의는 절로 고개를 숙이게 한다.

"무(武)를 익히는 이상, 전투에 익숙해져야 한다. 자신의 무위만으로 승부의 향방을 결정지을 수 있다고 단정하지 마라. 생사를 가르는 찰나의 순간엔 이 모든 것이 반드시 필요하게 된다. 오래 살고 싶다면 반드시 체화하도록."

"도련님, 어쩌다 저처럼 설명 잘하는 고독을 복용하신 겁니까?"

"강단은 있구나."

"그럴 리가요, 저는 요리에 매진하도록 하겠습니다. 이러다 멧돼지 고기가 잘못되어 도련님의 입맛을 버리게 될까 심히 우려스럽습니다."

"훌륭하다. 자기 주제를 모르는 대쪽 같은 강단은 하찮게 부러지기 마련이지."

예로부터 충신은 일찍 죽고, 간신은 대대손손 잘 산다고 했지요, 아마.

가복은 그 어느 때보다 조리에 전력을 다했다. 재료의 손질과 배합이 환상적이다. 내가 하고도 벌써 맛있다. 이만한 열의라면 인생 요리가 나올 수도 있었다.

"곤란하군."

"왜요? 간은 보지 않았지만, 이미 최고의 요리거든요!"

맛을 보지 않아도, 분명 인생 역작이었다. 천하제일미미(天下第一美味)가 나오기 직전이거늘, 아무리 대공자라고 초를 치는 간섭은 용납할 수 없다.

"속도를 내도록."

"안 됩니다. 이 작품만은 한 치의 오차도 허락하지 않을 최고의 완성작으로 만들어야 합니다!"

"그렇군, 식기 전에 다녀오마."

"명장이세요?"

천우도 가복의 요리를 기대하고 있었다. 하지만 먹기도 전에 엮이게 되었다.

외면한다고 해도, 빛을 보고 일직선으로 오고 있는 게 보였다. 남의 사정 따윈 굽어보지 않는 다급함과 절박함이 여기까지 전해진다.

'이상하군.'

인연이 지나치다.
수신제가를 위해서 아주 평범하게 살고 있거늘.
누가?

 사문의 명으로 복호상단과 관련한 소문을 조사했다. 복호상단주의 주장만 믿기에는 꺼림칙한 부분이 있기도 하고, 이번 기회에 복호상단을 단속할 필요가 있다고 보았다.
 조사단은 이대제자로 구성되었다.
 삼대제자는 어리고, 일대제자가 나서기엔 명분이 부족했다. 조사는 하되 불미스러운 문제는 최소화할 예정이다. 복호상단의 행태가 괘씸하나, 본문의 중요한 자금줄이기 때문이다.
 실제로 복호상단의 약점을 잡으리란 기대는 크게 하지 않았다. 적정선에서 경각심을 심어 줄 요량이었다.
 그렇게 시작된 조사는 의외의 사태를 불러왔다.
 초원과 연관된 자들을 만났다.
 상대도 조우할 줄 몰랐는지, 당황하는 눈치였었다.
 그것도 잠시, 놈들은 흔적을 지우기 위해서 살인멸구를 택했다.
 오래전 악명을 떨친 초원의 악마들이라도, 본문의 무공이라면 충분히 제압할 수 있을 줄 알았었다. 확실한 증거를 잡기 위해서 물러서지 않았다. 그것이 안이한 선택임을 깨닫는 데는 오래 걸리지 않았다.

상대는 그녀들이 여태까지 알고 있던 무인들과 궤를 달리했다. 배우고 익힌 무위의 증명이 아닌, 적을 척살하기 위한 살수였다. 실체를 드러낸 살귀들의 암공, 암수, 암기가 치명적인 사혈을 노렸다.

그녀들이 익히 알던 주어진 대련과는 차원이 다른 살의에 속절없이 밀렸다.

무공과 무위가 아닌 실전 경험과 생사의 결의에서 벌어진 차이였다. 살귀들은 목적을 위해선 죽음을 두려워하지 않았다.

목숨을 도외시한 살귀들의 각오에 그녀들은 제 실력을 드러내지 못했다. 사투를 벌인 경험자가 1명이라도 있었다면 이처럼 허망하게 밀리진 않았을 텐데.

얇고 깊은 여러 검상에 무복은 선혈로 붉게 물들었다. 일천한 경험과 부족한 각오에도 살고 싶은 본능과 본문의 절기로 그나마 버틸 수 있었다.

그마저도 오래가지 않는 생사의 기로 속, 이대제자의 막내였던 정명이 각성했다.

스왁! 서걱!

평소 얌전했던 모습과는 상반되는 그야말로 피를 머금은 한 마리의 야차처럼 살귀들을 처리했다.

커억! 주르르!

마지막으로 쓰러진 살귀가 남은 한 줌의 생기를 끄집어내 숨기고 있던 신호탄을 하늘로 세워 줄을 잡아당겼다.

숨통을 완전히 끊어 놓지 못한 패착이었다. 경험이 쌓였다면 한 줌의 생기도 남겨 놓지 않았을 텐데.

이미 지난 일이다.

솟구쳐 오른 신호탄이 터지기 직전.

"모두 도망쳐!"

올바른 판단이었다.

막 각성한 정명은 아직 미숙한 부분이 많았다. 내력의 소모도 컸고, 적지 않은 부상을 입었다. 만전의 상태에서도 어려운 싸움이 되었고, 상대의 수와 실력을 가늠할 수 없었다.

치졸할지언정 어떻게든 살아남아야 했다.

삼십육계 줄행랑을 쳤다.

슈악, 꽈앙!

집요하게 추격해 오는 살귀의 수리검을 쳐 낸 후, 기습적으로 검기를 발출한다. 검력으로 밀어낸 반진력을 추진 삼아 사저들의 뒤를 따랐다.

쌔애앵!

정명은 배후에서 사저들이 거리를 확보하도록 노력했지만, 역량의 차이가 있었다. 홀로 방패가 되거나, 미끼가 된다고 해도 사저들이 살아남는다고 자신하기 힘들었다.

'지부로 가지 못하도록 몰아넣고 있어!'

암기의 다발이 직선, 곡선, 이중선으로 뿌려져 원했던 방향에서 틀어졌다. 사문의 지부로 가려고 했지만, 살귀들은 몰이사냥에 능숙했다. 산으로 들어가도록 방향을 제어하고, 구석으로 몰아넣어 사냥하려는 것이다.

정명은 추적을 피할수록 살귀의 의도를 읽어 냈지만, 이미 사저들은 방향을 잡은 직후였다. 목숨이 위태롭게 된 사저들은 허둥지둥 당황하며 흐름을 냉철하게 바라보지 못했다.

'그런데 나는?'

정신이 없이 도주하는 와중에도 정명은 능숙한 움직임을 보였다. 자신조차도 모르던 것들이 이상할 정도로 익숙했다. 마치 전에도 수백 번은 해 왔던 듯, 미숙함이 사라지고 있었다.

사저들이 먼저 방향을 잡아 꼬이고는 있지만, 그에 맞추어 최선의 대응을 했다. 비무를 제외하곤 실전 경험이 많지 않은 데다, 지금과 같은 피 말리는 추격전은 처음인데도.

가장 이상한 점은 경신의 조율에 있었다. 생경할수록 내외력의 소모가 커지기 마련인데도, 이상하게도 내력의 배분이 수월했다.

추격전이 익숙해질수록 아쉬움도 컸다.

'처음부터 도망쳤어야 했어!'

그랬다면 사저들을 도주시킨 후, 살귀들을 지금보다 효율적으로 상대할 수 있었다.

각성 전후로 소모한 내외력이 적지 않았기에, 사저들을

보호하면서 싸운다면 승패를 자신하기 힘들었다.

'이런!!'

어둠이 내린 깔린 산중, 장대비 속에서 빛이 보였다.

야심한 시각, 빛이 있다면 누군가 야숙을 하고 있다는 의미가 된다. 경각에 몰린 사저들은 빛을 향해 무작정 내달리고 있었다. 마치 자신들의 구명줄이라도 된 것 같은 모습이다.

목숨을 위협하는 추적을 당하다 보니 사리 판단을 올곧이 못 하고 있었다. 저들을 희생양으로 쓰려는 의도가 없다고 해도, 그리될 가능성이 농후했다.

정명은 어떻게든 사저들을 말리고 싶었지만, 배후에서 추적해 오는 자들을 막는 데도 버거웠다.

'제길, 이럴 줄 알았으면 선두에서 지휘했어야 했어!'

평소답지 않은 사저들의 판단력을 탓하기엔 상황이 좋지 않았다. 위기에 몰려 보지 않았을 때의 판단력과 실전 능력은 같을 수가 없었다. 저 모습이 사저들의 본질에 가깝게 느껴질수록, 정명은 깊은 한숨이 나왔다.

내가 저런 년들을 믿고 사저, 사저! 하면서 따랐다니.

억울하다.

"빌어먹을 년들, 씨발! 그쪽으로 가면 안 된다고~~!"

정명도 평소의 조용조용한 모습과는 달리 사나웠다.

이상한 것은, 이 모습이 되레 더 어울렸다.

어?

위험을 느낀 정명이 신형을 비틀었다.

촤좌좌좍!

손바닥 크기의 강전(鋼箭) 다발이 정명이 비틀기 전에 공간을 관통하여 바닥을 고슴도치로 만들었다. 다시 밟기에 철질려처럼 암기가 되었다.

박힌 강전을 확인하기도 전, 정명은 허공을 박차듯 금정신(金頂身)을 펼쳐 위치를 바꾸었다.

파파파팟!

이번에는 수리검이 날아들었다. 직선의 방향이 별안간 궤적이 바뀌더니 금정신을 펼친 지점을 향했다.

앗!

방향을 틀면서 균형이 흔들린 정명은 그 순간을 파고든 검은 인영의 쇄도에 복호장을 뻗었다.

검을 쓰기에는 반대쪽에 있었다.

파아앙!

휘청!

허공에서 몸이 활대처럼 휜 정명은 바닥에 착지하기 전에 균형을 잡기 위해 안간힘을 썼다.

하지만 장심을 파고든 상대의 웅후한 내력에 오장육부가 뒤틀리는 것 같았다.

울컥!

핏물이 차오르는 걸 겨우 다독인 정명은 도주를 멈춰야 했다. 상대가 이미 방향을 가로막고 서 있었다.

그 일련의 과정이 가는 길을 막기 위한 수법의 연계였다.

추적에 능숙한 자임을 알 수 있었다.

"네년, 심안의 소유자였구나!"

흑의 장포를 입은 사내는 철혈성 소속 암영대의 대주 척천이었다.

암영대는 잠복, 정보 수집에 특화된 부대로, 그는 성주 위 직속의 밀명으로 광풍대 부대주와 대원들을 죽인 자를 은밀히 추적했었다.

그러다 대원들이 아미파의 비구니들에게 예기치 못하게 신분을 들켰다. 하필 자신이 잠시 자리를 비운 사이에 벌어진 사태였다.

그렇더라도 이상하긴 했다.

암영대가 잠복, 정보 수집에 특화되긴 했어도, 막 강호에 나온 비구니에게 신분을 들키고 죽었다는 사실이 믿어지진 않았다.

그러나 상대가 심안을 소유했다면 얘기가 달라진다. 외견상으로 보지 못하는 부분을 보는 이상, 완벽히 숨기긴 용이치 않았다. 알고 있었다면 그에 맞춘 대응을 했겠으나, 대비하지 못한 패착이었다.

"네놈들, 대체 누구냐?"

"철혈성 소속 암영대의 대주 척천이다."

"흥! 자신감이 대단한데, 그렇다고 날 죽일 수 있을 것 같아!"

"심안이 대단한 능력이긴 하나, 이제 막 개방한 주제에 건방지구나."

"길고 짧은 건 대봐야 알걸. 하긴, 넌 짧아서 안 될 거다!"

"비구니가 아니라 마구니였군!"

"마구니는 염병, 한번 주면 살려 줄래?"

"네년, 대체?"

정명이 승복을 살짝 젖히면서 도발하자, 척천조차 당황하지 않을 수 없었다. 색녀나 마녀도 아니고, 아미파의 이 대제자가 저딴 식의 발언을 할 줄 누가 알았으랴.

그 찰나를 정명은 노렸다.

본인의 말에 얼굴은 붉혔지만, 행동은 누구보다 냉철했다. 다시 오지 않을 촌음의 간격을 노리고 검을 뽑는다.

쐐액!

그녀가 익힌 무상검식의 일심검아(一心劍牙)가 척천의 심부를 노렸다.

가장 빠르고, 가장 파괴적인!

채챙!

촌음의 생사를 가르는 때, 척천의 대응도 기민했다.

마치 당황했던 모습마저 연기였던 것처럼 암풍혈검의 혈풍격류(血風激流)로 정명의 검력을 빨아들인 후 쳐 낸다.

휙!

검이 검와류(劍渦流)에 휩쓸리려고 할 때, 금강신을 펼쳐 방향을 틀어 낸 후 간격을 점지하여 복호장을 뻗는다.

퍼엉!

비틀리는 검류를 이용한 반격에 척천도 재차 반격을 하며 교합을 이룬다.

채채채챙!

이어지는 흐름은 접전이었다. 그런데 암풍혈검과 무상검식의 절기가 주가 되진 않았다. 기본에서 틈을 만들어 내거나, 절호의 기회가 아니면 절기를 펼치지 않았다.

'강해!'

정명은 기습을 통해 우위를 점하려고 했지만, 빈틈을 발견하기가 어려웠다. 그렇다고 예측만으로 섣불리 공격했다가는 위험할 것 같았다.

'이년, 보통이 아니구나!'

척천도 당황했다. 방심을 유도한 것까지는 그럴 수 있다 쳐도, 일부러 내어 준 허점을 간파하여 역으로 노렸다.

심안을 염두에 둔 함정이거늘, 이를 알아내다니. 대결이 격해질수록 경험이 쌓였다고 하기엔 지나치게 능숙했다.

'전투 중에 강해져?'

심안은 절대경지에 이르러야 발현되는 능력이었다. 태생적으로 가지고 태어난 경우는 흔치 않았다. 능히 절대기재의 자질을 갖추었다고 볼 수 있었다.

'반드시 죽여야 한다!'

변수를 만들어 내는 창의성과 싸울수록 강해지는 성장 속도를 고려한다면 차후에는 성에 어떤 위협이 될지 추측하기도 힘들다.

싹은 자라기 전, 최대한 빨리 죽여야 한다.

"그년들을 살리고 싶다면 항복해라."

"좆까, 씨발!"

"동문이 비참하게 유린당한 채 수급이 잘리는 꼴을 봐야 정신을 차리겠구나!"

"맘대로 해! 이대로 너 죽고, 나 죽자!"

"후회하게 될 거다!"

"어차피 살려 줄 것도 아니면서 선심 쓰지 마시지!"

"편히 죽고 싶지 않은 모양이군."

척천은 순진하게 생긴 비구니가 만만치 않음을 깨달았다. 세상 경험이 없다고 하기엔 지나치게 능숙했다. 심기를 흔들 심산이었는데, 오히려 죽자고 덤벼들었다.

'강단은 있지만, 수급이 눈앞에 보이면 다르겠지!'

암영대를 미리 앞으로 보냈다.

계집년들이 도망쳐 봤자, 멀리 가질 못했을 테고.

저 앞에 불빛만 보고 내달리는 걸로 봐선 그리 현명하지도 못했다.

옳거니.

빗속에서 검은 물체가 날아왔다.

척천의 예상대로였다.

생각 없이 도망치는 계집년들이 암영대의 적수가 될 리 만무했다. 척천은 수급을 보고 당황하는 그때를 노릴 심산이었다.

응?

비구니의 수급이거늘, 머리카락이 있었다.

"척웅?"

암영대의 부대주이자, 척천의 동생 척웅의 수급이 허공을 날아왔다. 그 뒤를 이어 암영대의 수급이 순차적으로 던져졌다.

척천의 동공에 경련이 일었다.

스릌!

채애앵!

적의 변화를 정명은 놓치지 않았다.

한 박자 느린 대응에 척천은 치를 떨었지만, 그보다 앞선 감정은 당황스러움이었다.

이어서 분노가 치밀었다.

대체 어떻게 암영대가 전부 당할 수가 있지? 아미파에서 장로나 일대제자라도 찾아왔다는 건가?

동생과 대원의 죽음을 애도할 시간은 없었다.

정명이 집요하게 노리고 들어왔다.

"대체 무슨 짓을?"

"알고 싶어?"

"네년이 이 사태를 꾸몄구나!"

"아닌데, 씨발!"

정명은 누가 했든 상관하지 않았다. 오해하도록 유도하며 척천이 말려들도록 했다.

물론, 모든 일이 원하는 대로 풀리진 않았다.

투아앙!

으윽!

검력의 충돌에 밀린 정명은 애써 신음을 감췄다.

폭주하듯 끓어오르는 척천의 살의는 무시무시했다. 혈육의 죽음에 눈이 돌아갔는지, 자신의 목숨을 화마에 불태우듯 달려들었다.

"죽여 버리겠…… 헉!"

푸욱!

척천이 말을 마치기 전, 목을 뚫고 나온 비수가 있었다. 비수는 그것으로 끝내지 않고, 목을 잘라 냈다. 빗물에 반사된 비수의 날카로운 서슬에 소름이 돋는다.

서걱!

주르르!

사선으로 미끄러지듯 수급이 몸에 떨어져 내렸다.

질척이는 흙바닥을.

데구르르르!

왜?

척천의 얼굴에 새겨진 의문은 긴 여운을 남긴다. 죽음을 여전히 믿지 못하는 얼굴이었다.

털썩!

그제야 제 죽음을 인식한 척천의 육신이 맥없이 고꾸라지듯 쓰러졌다.

쏴아아!

쓰러진 척천의 배후로 사내가 서 있었다.

검은 인영이 장막처럼 쏟아지는 빛줄기에 아지랑이처럼 흔들렸다.

윤곽이 선명해지는 거리에 다다르자.

흐엑!

철퍼덕!

경기를 일으켰다.

놀란 정명은 미끄러운 바닥에서 허우적대며 기겁했다. 상대의 얼굴을 마주 보는 것조차 오금이 저려 왔다. 우중 속 산중의 칠흑처럼 불명확한 공포가 뇌리를 지배했다.

어그적, 어그적!

압도적인 공포가 밀려왔다.

정명은 사색이 되어 발버둥 쳤다. 생전 겪어 본 적이 없는 두려움에 감히 대응할 엄두를 내지 못했다.

흠.

천우는 바둥거리는 정명을 내려다보며 고민했다.

바르르르!

경련을 일으키듯 겁에 질린 정명은 간신히 고개를 들었다. 하지만 눈을 마주하자 또다시 항거 불능의 두려움이 밀려왔다. 자신도 모르게 목을 사수하며 붙어 있나 살폈다.

"……살려 주세요, 전 죽고 싶지 않아요!"

"곤란하군."

제2장
귀찮은 악연

 쏴아아아아!

 밤중 쏟아지는 장대비 속 넉넉했던 천막이 좁아졌다. 천막을 최대한 넓히긴 했지만, 8명을 수용하기엔 넉넉하진 않았다.

 각자 앉아서 운신을 최대한 좁혀야 했다.

 그것이 비구니들, 아미파의 여승에겐 불편함을 주었다. 승려이기 이전에 여인으로서 사내와 착 달라붙어야 하는 현실이 남사스러웠다.

 하지만 협소함을 탓하기엔 자신들이 한 짓이 있기에 입을 다물어야 했다.

 살귀들에게 쫓기다 겨우 살았다는 안도감이 지나가자, 몸이 아픈 것보다 배고픔이 미친 듯이 몰려왔었다.

 그런 와중 천하제일미미가 코끝을 자극했다. 염치 불고

하고 주는 대로 퍼먹었다.

고깃국임은 다 먹고 나서야 알았다.

승려가 돼서 고깃국을 마시다시피 했으니, 땡중으로 불려도 묵언수행 해야 할 판이었다. 모른 채 해골 물이라도 마셨다면 일체유심조(一切唯心造)라도 떠올리지.

승려가 아닌 인간적으로 고깃국이 정말 너무 맛있었다. 고기 맛을 모를 때는 참을 수 있어도, 처음 당과를 맛본 아이처럼 참기 힘들었다.

"소승은 정호라고 합니다."
"소승은 정인이라고 합니다."
"소승은 정천이라고 합니다."
"소승은 정예라고 합니다."
"소승은 정산입니다."

늦은 감이 없지 않아 있지만, 이제라도 차례대로 자기를 소개하는 여승들이었다.

마지막으로 정명은 구석에서 고개를 숙인 채 쪼그려 앉아 있다가 간신히 고개를 들어 자신을 소개했다.

"……정명이에요."

소개를 마치자, 고개를 파묻었다. 다행히 불빛으로 인해 붉어진 얼굴이 드러나진 않았다.

고개를 숙인 정명은 지금 미치기 일보 직전이었다. 다시 생각해 봐도, 쥐구멍을 찾고 싶었다.

-살려 주세요, 제발! 시키는 대로 다 할게요!

-비도 오는데 여기서 벗을까요? 가사를 벗으라면 벗을 수 있어요!

　-공자님의 수발을 들 수만 있으면 삼생의 영광일 거예요!

　-이런 기분 처음인데, 진심이에요. 사랑해요!

　-사랑이란 이런 거네요!

　빗속에 했던 횡설수설이 떠올랐다.

　정명은 감히 구명지은을 입은 사내를 똑바로 바라볼 용기가 없었다. 불문의 여승이기 전에 순백지신의 아리따운 처녀였다. 살고 싶다는 일념으로 입에 담기도 부끄러운 말을 했었다. 이제라도 접싯물에 코 박고 죽고 싶은 심정이다.

　그런 데다 고깃국은 또 맛나게 마셨다.

　왜 맛있냐고?

　선자불래(善者不來), 내자불선(來者不善)이로다.

　여하튼 왜 그랬는지, 아직도 이해되지 않았다. 척천이란 살귀를 마주했을 때도 느껴 보지 못했던 두려움과 공포였다. 상기할수록 그때의 자신을 이해하지 못했다.

　-괜찮습니다.

　-다가오지 마시오.

　-절대 벗지 마시오.

　-곤란하군요.

　그래도 그렇지, 여인이 그리 간절히 바라는데 불쾌한 듯

혐오스러운 눈빛으로 담담하게 부정하는 건 또 뭐냐고?

머리를 밀어서 그렇지, 안 밀었으면 미모가 장난 아니라고요.

미녀는 머리카락이 9할, 9푼이라고요!

삭발하고도 이리 아리따운 비구니를 본 적이나 있으려나!

물론, 씨알도 안 먹혔다.

승려로서 불심은 지켰을지 몰라도, 여인의 순정은 잔인하게 짓밟혔다.

한 번 했다고 불심이 사라지는 것도 아니고.

너무하네.

"구가장의 구천우입니다."

"저는 도련님을 수행하고 있는 가복이라고 합니다. 맛있게 드시는 모습이 어찌나 복스러우신지, 다들 복을 받으실 겁니다."

……?

복을 받으라는 거야, 지옥 가라는 거야?

듣고 있자니 윤회마저 부정하고 싶어질 지경이다.

'처음 들어 보는데.'

정명은 구천우를 모른다. 얼굴도 오늘 처음 봤다. 두려워할 이유가 전혀 없는데, 근원적인 공포가 있었다. 다시 봐도, 저절로 눈이 아래로 깔렸다.

사공이나 마공을 익혔다면 파사현정을 품은 금정신공이

반응했을 텐데, 그렇지도 않았다. 사특한 기운은커녕 고요한 호수처럼 잔잔하다. 혹, 기운의 제어가 극에 이르렀다면 알아채지 못할 수도 있었다.

'보통 실력이 아니긴 했지.'

암영대의 대주는 여태 상대했던 살귀들과 수준이 달랐다. 각성하지 못했다면 대결은커녕 몇 초식도 받아 내기 힘들었다.

비록 기습적인 암습에 당하긴 했어도, 그만한 실력자가 기척조차 느끼지 못했다면 구 소협의 무위가 상당하단 의미다.

솔직히 약간은 허탈한 감도 없지 않아 있었다. 생사대적이었던 상대가 그리 허망하게 죽을 줄 누가 알았을까?

그래서 더 소름이 돋았다.

'나였다면?'

냉정하게 따지면 척천과 다르지 않았다. 전투에 몰입하느라, 몰랐다고 하기엔 생사가 오고 갔었다.

어떻게 접근했는지 복기할수록 모르겠다.

이름이 알려지지 않은 가문의 후기지수라고 하기엔 범상치 않은 무위였다.

문득 근자에 떠도는 소문이 떠올랐다. 한동안 화제가 되었다가 상가에서 나왔다고 하기에 잊힌.

"혹시, 의룡이 아니신지?"

"접니다."

"아! 적발쌍놈과 발정 난 대머리 새끼들을 단죄하신 분이시……군요. 역시 처음 봤을 때부터 범상한 분이 아닌 줄 알았습니다. 의룡다운 협객행이세요."

"과찬입니다."

정명은 아차! 싶었다.

의문이 풀리자, 성급하게 나대고 말았다. 일순 사저들의 시선을 끌고 말았다.

"정명아, 그 상스러운 말투는 대체 어디서 배운 것이더냐?"

"됐고요."

……?

훈계하다 잘린 정호는 말문이 막혔다. 처음 당해 본 일이라, 더더욱 말이 나오지 않았다.

이상하게도 정명은 사저들이 어떻게 생각하든 대수롭지 않았다. 자잘한 것들로 얼굴을 붉혔던 각성 전이 어색할 지경이다.

그런데도 구 소협을 보고 있으면 잔재처럼 남은 공포가 작용했다. 괜한 소리를 내뱉은 것도 있고.

'무섭다 치고…… 혹, 가벼운 년으로 보지는 않겠지?'

첫눈에 반한 순진하고 아름다운 풋사랑이 얼마나 귀여워, 라고 최대한 위로했다. 그러나 여전히 이불 속에서 아미파 최강의 각법 명왕각을 시전할 위험이 가득하다.

흠.

천우는 정명이 이불 속에서 각법을 시전하든, 말든 의미를 두진 않았다.

'독심마녀의 과거가 이랬던가?'

처음 정명을 마주했을 때 고민했던 연유가 바로 그녀의 전생에 있었다.

이전 회차에서 천우는 독심마녀(毒心魔女)를 추적해서 목을 잘라 버렸었다.

당연히 그녀의 과거는 조사하지 않았다. 저지른 죄업을 단죄하면 그만이었다. 멸악패도 앞에 사연 따윈 의미가 없었다. 죄를 지었으면 응당 죽음으로 갚아야 했다.

그것이 천하패도의 주인, 패황의 결단이었다.

'시기가 교묘하군.'

전생의 죄를 단죄하기엔 작금의 독심마녀는 마안(魔眼)에 눈을 뜨지 않았다. 되레 불법의 오안 중 혜안(慧眼)을 각성했다. 인간의 마음을 읽고, 헤아리는 불심의 극의에 도달할 불타의 안목이었다.

죄를 짓기 전의 정명.

죄를 지은 후의 독심마녀.

간격의 차이가 워낙 크다.

아예 다른 성질로 변화되어 천우의 심기를 흔들었다.

사람은 변하는 걸까?

과거였다면 이런 고민 따윈 하지도 않았겠으나, 수신제가의 업이었다.

'곤란하군.'

4만 년의 누적된 멸악패도의 신념을 흔드는 변수였다.

독심마녀의 악행을 나열한다면 이런 고민조차 사치일 수도 있었다. 그녀는 희대의 마녀로 불릴 만한 죄업을 쌓았다.

정명을 살필수록 고심이 깊어졌다.

'적응 안 되는군.'

간간이 독심마녀와 비슷한 성향이 나오긴 하지만, 나머지는 아예 다른 사람이었다. 정명과 같은 소심한 여인이 어떻게 인간의 마음을 농락하며, 가장 잔인하게 죽였는지 이해가 안 될 지경이다.

'어차피 악인이 된다면……'

무명의 쓴소리가 벌써부터 들려온다. 죄를 짓지도 않은 자를 단죄하여 회개할 기회조차 박탈했다며 닦달하겠지.

그뿐이랴.

과거의 인연을 위해 속죄한 지 얼마나 지났다고, 아마 자기 식구만 챙긴다며 차별하지 말라고 했을 수도 있다.

"……왜 그렇게 쳐다봐요?"

"아닙니다."

"아니긴요, 방금 얼마나 무서웠는지 아세요?"

"곤란하군."

확실히 혜안을 각성해서인지, 눈치가 아주 빨라졌다. 후일 두고두고 후환거리가 될 수도 있었다. 전 회차를 통틀어 사람의 심리를 읽어 내는 자들은 굉장히 까다로웠다.

스윽.

천우는 정명의 사저들을 살폈다. 어색하고 불편한 기색 안에 숨기고 있는 인간의 민낯이 보인다.

'그래서인가?'

독심마녀는 승려에 대한 적대감이 지나칠 정도로 대단했고, 집요하게 노렸었다. 그녀는 인간의 선함을 극도로 혐오하며, 위선자로 타락시켜 나락으로 떨어뜨린 후 죽였었다.

'여러모로 뜻하지 않은 일을 하는군.'

효율적이지 못한 사고의 낭비였다.

최단의 시간을 위해서 사연에 집중하지 않았었다. 하나하나 되짚어 가고 있는 지금이 천우에겐 색달랐다.

죽일까, 말까? 고민하기 전에 하나라도 더 죽이자.

패황다운 결심이 흔들렸다.

가장 자신답지 않은 선택이 아닐 수 없었다. 어쩌면 무명은 이를 지적했던 것일 수도 있다.

천우는 정명을 직시하며 말했다.

"앞으로도 협의지심을 잃지 않고 끝까지 관천해 주셨으면 합니다."

"걱정 마세요, 소승은 협의의 화신이거든요. 제 반짝이는 민머리에 대고 맹세해요!"

하는 꼴을 봐선 파계승이 될 것 같긴 했다. 그도 아니면 스스로 승적에서 나오거나.

천우는 재차 다짐을 받았다.

"멸악패도를 잊지 마십시오."

"악을 멸한다, 그거 되게 좋은 말이네요. 삶의 격언처럼 새겨들을게요."

가복과 사저들은 저게 대체 뭔 소린지 하나도 이해가 되지 않았다. 오늘 처음 봤으면서 꼬집을수록 다분히 훈계조에 가까웠다. 그러면 불쾌해야 마땅한데, 정명은 불타의 진리처럼 새겨듣고 있었다.

혹, 여래의 가래침이라도 섞였나?

의미심장한 상관관계에 아미파의 여승들은 묘한 눈으로 지켜봤다. 불쾌할 수도 있지만, 사매가 괜찮다고 하니 지적할 수도 없는 노릇이었다. 무엇보다 어떤 식으로 구함을 받았는지는 보지 못했지만, 구 소협에게 구명지은을 입은 건 사실이었다.

'적금상단이라고 했지.'

사실 잘 모른다. 복호상단과 같은 사천의 대상단이 아닌 이상, 그녀들의 관심사와는 거리가 있었다.

다만, 구대문파도 아닌 상가의 후계가 무림의 새로운 용으로 불린다면 호기심이 들 만했다.

'그 지독한 살귀들을 어떻게 죽였을까?'

사매에게 도망치라는 말을 들었을 때, 여래의 진언처럼 맹목적으로 따르고 싶었었다. 초원의 살귀들을 두고 도망친다는 부끄러움이나 수치심은 떠오르지도 않았다. 죽음마저 불사하는 살귀들을 자신들로선 애초에 이길 수가 없었다.

그런 살귀들이 어느 순간 잠잠해졌고, 뒤돌아본 자리엔 수급이 사라진 몸뚱이만 남았다.

의룡은 자신들이 어찌해 볼 엄두도 내지 못한 채 일방적으로 몰렸던 살귀들을 삽시간에 처리한 것이다.

'그럴 수가 있나?'

구 소협이 새로 떠오르는 신성일지라도, 살귀들은 하나하나가 까다로운 상대였다. 직접 검을 맞대 봤기에 뼈저리게 알 수 있었다. 그런 자들을 인식하기도 전에 처리했다는 걸 믿기 힘들었다.

하물며 살귀들의 대장까지도 순식간에 처리했다.

'전문이 살수였나?'

의룡의 특기가 극한의 살수였다면, 살귀들의 빈틈을 노렸다고 봐야 했다. 반대로 정면 대결로 살귀들을 처리했다면 의룡의 무위가 자신들로선 대적할 수 없는 수준이어야 한다.

'그럴 리가 없어!'

정호를 비롯한 사매들은 구 소협의 무위를 자신들보다 조금 높은 수준으로 단정했다. 경험 많은 강호의 노선배도 아니고, 자신들보다 어린 구 소협이 살귀들을 압도했다니 믿기 힘들었다.

'그러면 사매는 대체 어떻게?'

가장 이해하기 힘든 부분은 사매의 갑작스러운 성장에 있었다.

 정명은 동문 중에서도 눈에 띄지 않았고, 성취도 그리 대단치 않았다. 그런 그녀가 자신들로서도 상대하기 벅찼던 살귀들을 해치웠다. 더욱이 일대일이었다면 살귀들도 사매의 상대가 되지 않았을 수도 있었다.

 그때를 떠올릴수록 충격이 컸다.

 어떻게 사람이 한순간에 저렇게 달라질 수가 있지?

 마공이나 사술이 아닌 이상, 문파의 비의를 수련하거나 영약을 먹지 않고서야.

 '너는 그런 애가 아니잖아. 넌 내 사매일 뿐이라고!'

 지켜 줘야 한다는 테두리를 벗어나 버리면 감정의 태도가 달라지기 마련이다. 차라리 처음부터 다른 세계에 있다면 모를까, 아래로 여겼는데 치고 나간다면 시샘을 동반할 수밖에. 동문의 성장을 순수하게 받아들이고, 기뻐해 줄 성인은 흔치 않았다.

 아미파가 비록 불문이기는 하나, 결국은 무림의 정점에 있는 구대문파의 한 축을 담당한다.

 무인은 무(武)로써 자신을 입증하는 존재다. 경쟁에서 도태되는 무인을 보듬어 주고, 받아 주진 않는다. 설령 받아 준다고 해도, 요직을 얻긴 힘들다.

 천우는 그녀들 간의 숨은 사정을 뒤로하고, 아미파가 나선 연유를 살폈다.

'철혈성인 줄은 몰랐던 것 같고.'

대륙에서 물러난 패잔병으로 취급하고는 있지만, 철혈성의 개입을 알았다면 아미파에서 이대제자로만 꾸리진 않았을 것이다. 최소한 일대제자를 주축으로 장로가 포함되었어야 했다.

단일 세력으로 따지면 아미파는 철혈성에 비할 바가 아니긴 하나. 그럼에도 적정선을 지키는 연유는 철혈성이 본격적으로 나설 경우 아미파, 청성파, 사천당가를 주축으로 한 사천무림연합이 결성되기 때문이다.

'철혈성도 나인 줄은 몰랐을 테고.'

알고 있었다면 정보 수집에 특화한 암영대를 보내진 않았다. 복수의 칼을 갈고 있었던 광풍대의 대주가 전 대원을 이끌고 직접 왔어야 했다.

'성공적이군.'

가문에 영향을 끼치는 형국에서 아미파와 철혈성이 엮인다면 이후의 사태에서 철저하게 배제될 수 있었다. 문파 간의 이권 다툼은 멸악패도와는 관련이 없었다.

그 여파로 인해 무고한 인명이 희생된다면 모를까.

천우는 정호를 보며 물었다.

무위로는 정명이 압도적으로 높아졌고, 공적도 가장 많이 세우긴 했어도 명목상 조사단의 수장은 정호였다.

그녀의 체면을 세워 줘야 했다.

"아미파에선 이번 일을 어떤 식으로 처리하기를 바라는

겁니까? 이 자리에서 결정할 수 있는지도 알고 싶군요."

"구 소협이 어떤 의도로 물어보는지 알 수가 없네요. 비록 우릴 구해 주었다고는 하나 본문의 행사를 방해한다면 경을 치게 될 거예요."

"그래서 하는 말입니다. 아미파의 의사를 알아야 저도 그 뜻을 따르지 않겠습니까."

"아! 그런 줄도 모르고, 소승이 무례를 범했습니다."

"괜찮습니다."

정호는 자신들을 구해 준 대가로 기고만장하여 물어보는 줄 알았었다. 그래서 순간적으로 본문을 언급하며 위협을 하고 말았다. 실상은 위협이 아닌 본사의 뜻을 존중해 주려는 의룡의 선의를 적반하장으로 대한 것이다.

'마음이 조급해져서 실수했구나.'

이리된 이상, 정호로선 사실대로 밝혀야 했다. 다른 말을 했다가 사실이 밝혀지면 또다시 얼굴을 붉히게 될 테고, 크게 문제 될 사안도 아니라고 보았다.

"본사에선 이번 일이 초원과 깊이 연관되었다고 보진 않았어요. 그랬다면 우리만 파견하지도 않았을 테지요. 아마 본사에서도 일을 더 키우진 않으리라고 봅니다. 증거라고 해 봤자, 암영대가 전부인 데다 초원을 언급해서 혼란을 초래하진 않을 거예요."

"하면 경과를 살피기 위해서라도 아미파에선 따로 조사하겠군요. 그때까지 저는 입을 닫겠습니다."

"그리해 주신다면 본사에서도 그에 준하는 대가를 드릴 수 있을 거예요."

"다른 대가는 필요 없습니다. 이번 일을 아미파에서 전적으로 책임을 져 주었으면 합니다."

"무슨 뜻으로 하는 말이죠?"

"제가 비록 작은 명성을 쌓기는 했으나, 초원과 연관되어 무사하긴 어려울 겁니다. 하지만 아미파라면 능히 초원을 감당할 수 있지 않겠습니까?"

아미파의 선의를 거절해서 불쾌했던 정호로선 불감청 고소원이었다. 의룡의 도움을 사문에 숨길 순 없더라도, 대외적으로 알려지지 않도록 막을 순 있게 되었다. 치욕스러운 일을 밝히지 않게 된 것만으로도 다행이었다.

한편으로 어쩔 수 없는 선택이기도 했다. 암영대를 순식간에 처리한 의룡의 실력은 높이 사지만, 초원에서 작정하고 나선다면 감당하지 못할 것이다. 작은 공적에 눈이 멀어 기고만장하는 꼴을 강호는 내버려 두지 않는다.

"구 소협의 의중은 알겠어요."

"이럴 때는 서로의 의사를 확실하게 해야 합니다. 가복아."

"예, 도련님!"

간이 지필묵을 꺼내고, 계약서를 작성했다.

구두 약속도 지켜야 하지만, 나중에 얼마든지 말을 바꿀 수 있었다. 서로에 대한 신뢰를 위해서라도 중요했다.

하지만 상인이 아닌 무인은 이런 식의 계약서를 불쾌해한다.

"우릴 믿지 못하겠다는 건가요?"

"구대문파의 한 축을 담당하는 아미파를 믿지 않을 순 없지요. 하지만 정호 스님께선 오늘 처음 본 저를 믿을 수 있겠습니까?"

"아미타불, 소승이 또 구 소협의 뜻을 곡해했습니다."

정호로선 연이은 사과가 맘에 들진 않았지만, 계약서가 필요하긴 했다. 정황을 사문에 알리려면 대상을 명확히 해야 했다. 더욱이 용이라 불리는 신성일지라도, 본사와 비교한다면 조족지혈일 뿐이었다.

계약서를 작성하고 수인까지 함으로써 계약의 신뢰성을 높였다. 각자 1부씩 가지고 마무리했다.

'하! 대단하시네!'

딴에는 공을 탐하지 않는 협객을 표방하나, 실제로는 아미파를 방패막이로 썼다. 대공자의 예상치 못한 협상력에 가복은 감탄을 금치 못했다. 말을 저리 잘하시는 분인지 몰랐다.

'패황무도 앞에서 협상은 불가하지.'

말로서 설득한 듯 보이나, 실상은 패황기가 정호를 장악했다. 본인도 인지하지 못하는 사이에 당연히 그리하도록 만들었다.

'내가 왜?'

정호 본인도 이상한 기분이 들었지만, 복기해 봤자 허점을 발견하진 못했다. 그것이 못내 마음에 들진 않았다. 의룡에게 구명지은을 입긴 했어도, 대화를 주도했어야 했다.
 다른 거 다 떠나서 정호는 이 자리에서 나이가 가장 많았다. 이제 약관도 되지 않은 구 소협에게 끌려다니는 모습만 보여 줄 순 없었다.
 사문과 본인의 명예를 위해서라도, 정호는 나서서 훈계해야 마땅했다.
 "가복아, 배가 고프구나."
 "어이쿠, 내 정신 좀 봐. 삼시 세끼를 꼬박꼬박 챙기는 우리 대공자께서 여태 식사도 못 했는데, 이러고 있을 때가 아니었네요."
 정호는 훈계는커녕 입도 뻥끗 못 했다. 이는 다른 여승들도 마찬가지였다.
 따지고 보면 의룡은 구해 주고, 밥도 주고, 면도 세워 줬다. 그런데도 정작 본인은 식사도 못 하고 기다려 주었다.
 배려란 배려는 다 받은 주제에, 여기서 또 무슨 말을 한단 말인가? 염치가 있으면 입도 뻥끗하지 말아야 했다.
 "제가 도련님을 위해서 앞다리를 남겨 두었습니다."
 "남은 하나는 어디 갔지?"
 "불심이 깊은 스님들에게 양보했습니다."
 "잘했다."
 천우와 종복의 대화가 이어질수록 비구니들은 겸연쩍은

표정으로 쥐구멍을 찾아야 했다. 안타깝게도 천막은 좁았고, 고개를 돌려 봤자 어색한 분위기가 되었다. 다른 장소를 찾기에는 야밤의 장대비 속에선 어림도 없었다.

쏴아아!

쏟아지는 폭우 속 피어오르는 모닥불에서 멧돼지의 앞다리를 뜯는 운치가 있었다.

천우는 주변을 의식하기는커녕 식사에 집중했다. 한가로이 고기의 맛을 음미하며 천천히 꼭꼭 씹었다.

"하온데, 도련님!"

"말해라."

"제가 불 조절을 절묘하게 잘해서 그렇지, 음식은 예전에 식었을 겁니다."

"잘할 줄 알고 있었다."

"어째서요?"

"훈련 강도를 높일 테니까."

"앞으로도 최선을 다해서 뭐든 다 조절하겠습니다!"

천우와 종복의 대화에 비구니들은 이게 대체 무슨 소린지 이해가 되지 않았다. 관운장식 약속을 한 것 같은데, 인과를 따져 보면 어이가 없을 지경이다.

'살귀들을 음식이 식기 전에 처리하려고 했다는 거야?'

'무공이 뛰어나다곤 해도, 어찌 그런 망발을!!'

'우리는 안중에도 없나? 이리 가까이 붙어 있는데도!'

장삼의 승복과 가사의 법복으로 단단히 무장하긴 했어

도, 비가 와서 찰싹 달라붙어 있었다. 모닥불로 말리고는 있지만, 그래서 더 쪼그라들었다.

민머리부터 시작하는 간드러지는 곡선과 굴곡의 절묘한 화합에도 눈길조차 주지 않는다.

통상적으로 인간은 단련할수록 미남 미녀가 되기 수월하다. 하물며 무공을 수련하게 되면 신체는 최적화된 상태를 찾아간다. 무공을 정상적으로 배운 이상, 평균적으로 미남 미녀가 많은 편이다.

그런 평균 중에서도 아미파는 스님이기는 해도, 인기가 많은 축에 속했다. 정복해선 안 되는 금기와 정복하고 싶은 배덕감 때문이랄까.

"많이 시장하셨나 봐요?"
"평소 곡기를 거르는 편이 아닙니다."
"부득이하게도 소승들 때문에 심려를 끼쳐 드렸네요!"
"제가 미숙한 탓입니다."

천우의 겸양에 정호는 떨떠름했다.

살귀들을 단숨에 처리했음에도 미숙하다면, 자신들은 대체 뭐가 되냔 말이다. 평생 아미산에서 해 왔던 고된 수련이 도로 아미타불처럼 신기루가 되었다.

공수래공수거를 받아들이기엔 그녀들은 아직 혈기 왕성했다.

번번이 발끈했던 정호는 부처의 무량법문을 되새기며, 심기를 다스렸다.

그러다 문득 의문이 들었다.

"구 소협께서는 이 야심한 시각에 산중에는 어인 일이신지요?"

"사천상가연합회로 가는 중이었습니다."

"덕양에서 악산으로 가는 길이라면 이곳보다는 다른 길이 더 빠르지 않나요?"

"중간에 개인적으로 해야 할 일이 있어서 돌아가게 되었습니다."

더는 물어보지 않았다. 남의 개인사를 꼬치꼬치 캐묻는 건 무례한 언사였다. 한편으로 자신들에 대해서도 묻지를 않는다. 무엇 때문에 오게 됐는지, 암영대와 부딪치게 됐는지 관심이 없어 보였다.

천우는 식사를 마친 후, 쏟아지는 폭우를 바라보았다.

고요한 침묵이 흘렀다.

대화란 서로 주고받아야 원활하게 이어지기 마련인데, 그도 아니면 화술이 좋은 호사가쯤은 되어야 혼자서도 대화를 이끌어 갈 수 있었다.

반면 아미산의 여승들은 말은 화근의 씨앗이라고 하여 묵언수행을 하나의 수련으로 여겼다.

그러면 설법을 가르치는 건 누가 하냐고 할 수 있겠지만, 연륜이 쌓인 장로나 각주는 되어야 했다.

'어째서 아무것도 물어보지를 않는 거지?'

'이 시주들은 우리들이 궁금하지도 않나?'

'누구에게 사사했나, 누가 실세냐? 보통은 궁금하잖아.'

여승들로선 겪어 보지 못했던 대우였다. 비록 세상 경험이 많지는 않지만, 주변의 관심과 부러움이 대다수였거늘. 이처럼 무미건조하며 냉소적인 반응은 처음이었다.

더욱이 무인이라면 응당 본사에 대한 호기심이 있어야 마땅했다.

무공에 관해서 자세히 알려 줄 순 없어도, 도움을 줄 수는 있었다. 배려라면 배려일 수 있으나, 그 어떤 것도 묻지 않았다.

'본사를 우습게 여기는 것은 아니겠지?'

'그렇다고 하기엔 본사를 존중하는 것 같고.'

'도통 무슨 생각을 하는지 모르겠네.'

'그간 만나 본 후기지수와는 아예 다른 것 같아.'

무척이나 생소한 반응에 그녀들은 어찌해야 할 바를 몰랐다.

물론, 일방적인 오해였다.

천우는 아미파에 관해 그녀들보다 훨씬 더 많은 비밀을 알고 있었다. 아미파에서 까발려지는 걸 원치 않는 금기도, 파계승으로 인해 소실된 무공도, 세간에 알려지지 않은 신병이기인 금강신창의 분실 등등. 밝혀지는 순간 아미파는 큰 혼란과 환란을 겪게 될 것이다.

굳이 다 아는데 묻지 않는 건 당연했다. 그렇다고 개인사에 관심이 있는 것도 아니고.

쏴아아아!

폭우가 내리는 어둠.

아침에 되기까지 굉장히 길었다. 침묵 속에서 피곤이 몰려오는데도 잠이 오지 않아 고달프게 한다. 그렇다고 외간 사내가 보는 데서 곤히 자기도 꺼림칙했다.

그건 저 사내들도 마찬가지······.

쿠울!

아니다.

곧은 자세를 유지한 천우는 폭우 속 풍경을 보다가 잠이 들었다. 눈을 감은 채 일정한 호흡의 반복으로 수면 중임을 알렸다. 한마디로 자는데 깨우지 말라는 무언의 압박이었다.

이에 뒤질세라.

쿠울, 커어어!

귀찮은 걸 감지한 가복도 수면에 들었다. 어디에서든, 어떤 자세든 잠을 자는 데는 부족함이 없었다. 그것이야말로 종복의 자세였다.

허!

어이없게도 자신들만 눈을 뜨고 있었다. 졸린데도 경계를 늦추지 않은 대가였다.

이렇게 된 이상, 자신들끼리 돌아가면서 불침을 서야 했다.

'······이 인간들이!!'

시선을 돌린 후, 선수를 쳐 버렸다.

당했다는 걸 깨달았지만, 차마 깨울 수도 없었다. 자신들을 전적으로 믿고 자겠다는데, 그 앞에서 자지 말라고 어떻게 하냔 말이다.

신뢰가 독이 된 사례였다.

사실 그리 이상하진 않았다. 예로부터 믿는 도끼가 가장 위험하다고 했다.

툭, 또르륵!

간밤에 하늘이 뚫린 듯 쏟아 내던 폭우가 여명과 함께 거짓말처럼 그쳤다. 나무와 숲에 맺힌 빗물이 떨어져 내리며 천막을 때렸다. 천막은 초와 기름칠을 해 놔서 빗물이 스며들거나, 새지는 않았다.

동이 막 튼 시각, 피워 놓은 모닥불도 간신히 연기만 피워 축축했다. 정신은 혼몽하고, 몸은 피곤하여 무겁고, 일어나기 힘든 새벽의 저주가 남아 있었다.

"가복아, 불 피우고 아침 차려라."

"특별히 원하시는 요리가 있으신지요?"

"평소대로."

"알겠습니다."

천우의 무미건조한 지시와 상큼할 정도로 시원한 가복의 대답이 이질적인 조화를 이루었다.

아침에 눈을 뜨자마자 곧바로 활동할 정도로 천우와 가

복은 숙면을 취했다.

부스스스!

퀘엥!

정호를 비롯한 여승들의 두 눈은 초췌했다. 눈 밑에 검은 마구니가 턱과 만나기 직전이었다.

밤새 그녀들은 불침을 나누어 서며 밤잠을 설쳐야 했다. 옆에서 처음 자세 그대로 한 번도 깨지 않고 숙면을 취한 이것들이 진정 사람인지 의구심이 들었다.

불타께서 인간의 오욕칠정을 끊어 내라고 시험하시는 것이 아니고서야.

불침을 서는 내내 곤히 자는 저 인간들을 깨우고 싶은 마구니의 유혹에 갈등했다. 어찌 저런 자세로 저리 아무렇지 않게 편히 잘 수 있단 말인가.

무공을 익혔다고 해도, 잠을 자는 데선 범인과 다르지 않았다. 탈속한 인간들이 아니라면, 자신들을 놀리려는 것 같았다.

그랬는데······.

아침의 이 빠릿빠릿함은 또 뭐란 말인가?

단잠을 자지 않고서는 나오기 힘든 상쾌함이 비구니들을 짜증 나게 했다. 불타의 자비가 얼마나 가혹하고 힘든 업보인지를 깨닫게 해 준다.

편히 죽여 주는 편이 자비가 아닐는지.

가복이 신속히 천막 밖으로 나갔다가 들어왔다. 손에는

손질이 다 된 토끼 3마리가 들려 있었다.

보글보글!

냄비에 물을 넣고 팔팔 끓인 후 토끼를 넣었다.

가복 특제 양념에 토끼를 익힌 후 빼낸다. 다른 냄비에 국물을 나눈 후, 물과 같이 섞어서 쌀과 버섯을 넣고 적절하게 간을 한다.

이후에는 잘 저어 주면 된다.

비구니는 원래 육식하지 않는다고 들었지만, 어제를 상기하며 일단 버섯 전용 죽을 조리했다.

다른 냄비에는 수육으로 삶은 토끼 고기를 찢어서 재차 푹 삶은 후, 죽과 함께 도련님께 내놓았다.

"드십시오, 보살님들!"

"고맙소, 가복 시주!"

두 냄비의 외양과 맛의 차이가 커 보이지만, 그걸 탓하기엔 어제 경험한 속세의 자극적인 맛을 빼내야 했다.

어찌나 맛깔났던지, 불침을 서는 내내 군침이 흘렀다. 잠시 잠깐의 선잠을 자는 동안에도 오관, 오경의 시험에 미칠 지경이었다.

이 요리는 마구니가 분명하다.

버섯 국물이 분명하거늘, 이제까지 본사에서 먹었던 것과는 비교조차 되지 않는다.

별다른 양념을 하지 않은 것 같은데도, 이토록 차이가 나다니!

본사의 숙수를 새로 뽑아야 할지도 모르겠다.

비구니들은 속으로 제창했다.

후르륵!

후르륵!

국물이 정말 끝내준다.

수저로 맛을 보다가 결국에는 사발을 들어 흡입하듯 마시고 말았다. 적지 않은 양인데도, 냄비는 대가뭄의 논바닥이었다.

"가복아, 어제 피를 많이 흘리신 것 같으니, 불타께서도 자비를 베푸시지 않겠느냐."

"아무렴요, 악적들에게 고초를 당하신 보살님들의 자양강장을 위해서라도 보충하지 않으면 목숨이 위태로울 수 있습니다요!"

멀쩡한 사람을 중상자로 만든 후, 토끼 고기를 비구들의 냄비에 덜어 주었다.

그러면서 선심 썼다는 종복의 표정이 압권이었다.

아! 이래서 안 되는데……. 안… 되는데…….

정신없이 먹다 보니 그녀들은 또다시 육식을 하고 말았다.

마음속으로 불경을 외우며 현실을 외면해 보았다. 우리는 토끼가 아니라 토끼풀을 먹었다는, 강렬한 암시였다.

이러면 목구녕으로 들어가는 토끼의 의사도 물어봐야 하지 않나?

"아침 산의 경치가 좋군."

"저는 경치 밖에 안 보입니다."

우린 본 적이 없으니, 본인들의 양심만 숨기면 된다는 천우와 가복의 배려였다.

따지고 보면 스님도 사람이고, 피를 흘렸으면 보충을 해줘야 했다. 그걸 일일이 따지고 들고, 빡빡하게 군다면 불타가 아니라 훈련 교관이겠지.

'알다가도 모를 사람들이네.'

비구니들의 공통적인 생각이었다. 냉소적이긴 한데, 인간에 대한 기본적인 배려가 있었다.

열 길의 물속은 알아도, 한 길의 사람 속은 모른다더니. 판단하기 힘들게 하는 족속들이었다. 한마디로 같이 엮이면 굉장히 피곤해질 사람들이다.

오늘 이후로 만나지 않았으면 했다. 그럴수록 불심의 인연은 강하게 작용한다는 걸 모르지 않았다.

"도련님, 스님이 고기를 먹다 들키면 어떻게 됩니까?"

"보통은 계율원에 의해서 엄하게 처분을 받지만, 실제로는 면벽 보름 정도로 처리하지."

"겨우 보름이요?"

"태어날 때부터 승적에 오르지 않은 이상, 화식을 하지 않았던 승려가 있었을까? 자기들은 해 봤으면서 너희들은 하지 말라고 하기엔 부처의 자비가 걸릴 테지. 더욱이 당과를 모르는 아이와 맛을 본 아이가 있다면 수행에 누가 더 힘들겠느냐?"

"과연, 아는 맛이 더 위험하군요!"

천우의 말에 비구니들은 화들짝 놀랐다.

불교에선 모든 생명을 귀히 여겨 육식을 멀리하도록 엄히 규제하지만, 실제 생활에서까지 처벌 수위를 높이진 않는다. 계율원부터 시작해서 아미파 내의 일을 속속들이 알고 있는 듯해서 깜짝 놀랐다.

"한데, 도련님은 그런 걸 다 어떻게 아십니까?"

"아함, 열반, 금강, 법화, 무량, 화엄, 반야 등 모든 분류의 불교 경전을 섭렵하는 건 인간의 기본적인 도리겠지."

"학무지경이라더니, 배움에는 끝이 없군요."

"배움에 한계를 두는 것만큼 어리석은 짓도 없다."

정호와 비구니들은 헛바람을 속으로 삼켰다. 불경에 대해서 가볍게 아는 줄 알았는데, 그 심도 높은 불심에 혀를 내둘렀다.

'그걸 다 어째서 아는 건데?'

'상전은 그렇다 쳐, 종복이 왜 이렇게 유식해?'

'요즘 종복은 저래?'

'우리만 이상한 거 아니지?'

구 소협은 그렇다 쳐도, 그 종복의 박학다식함에 혀를 내둘렀다. 어쭙잖은 지식으로 나댔다가는 망신당할 수 있었다.

식사가 끝났다.

이제 서로의 길로 가야 한다. 아미산과 악산으로 가는 길이 겹치지 않았다.

천우는 헤어지기 전 구명지은의 대가로 정명과 비무를 하고 싶다고 요청했다.

"정명 사매와 비무를 하겠다고요?"

"그렇습니다."

"하온데, 우리가 보면 안 되는 건가요?"

"개인적인 요청일 뿐, 원하지 않는다면 거절해도 됩니다."

정호로선 마음에 들지 않은 부탁이었다. 정명과 따로 무슨 말을 하려는지 알 수도 없다.

그러나 비무를 허락하지 않을 연유를 찾기도 힘들었다. 비무를 공개해야 할 이유도 없고, 절기를 드러내고 싶지 않다면 비공개로 진행하는 것도 관례였다.

불순한 의도가 있다고 하기엔 애당초 비무를 요청하지도 않았을 테고.

'내가 아니라, 정명이라는 거지.'

그게 마음에 들지 않았다.

비록 사매가 어제를 기점으로 무공이 개화하기는 했으나, 이대제자의 중심은 자신이었다. 갑자기 생긴 무공은 갑자기 사라지는 법. 오랜 근기로 쌓아 올린 무위만이 진정으로 의미가 있었다.

"비무는 당사자의 의향이 중요하다고 생각해요. 정명 사매, 구소협의 요청을 받아 줄 용의가 있니?"

"저는 괜찮아요."

내심 거절은 아니더라도, 망설일 줄 알았던 정호였다. 일언반구에 수락하는 정명의 행태가 못마땅했다. 평소 알고 있던 사매의 모습이 아니라서 이질적이기도 하다.

허락을 구한 천우는 주도적으로 나섰다.

"저 앞의 능선을 넘으면 중턱에 한적한 공터가 있습니다."

"따를게요."

천우는 방향을 제시하고 경공을 펼쳤다.

슈웅!

한 줄기 바람이 되었다.

그 뒤로 정명도 바람으로 화했다. 일순간에 공간을 건너뛰자, 시야에서 사라지는 데 오래 걸리지 않았다.

허!

여승들은 그 놀라운 운신에 헛바람을 삼켰다. 정명이 강해진 줄은 알았지만, 자신들의 예상보다 훨씬 뛰어난 경신에 만감이 교차했다. 사매의 성취에 축하해야 마땅한데, 묘한 감정이 저 밑바닥에서 피어올랐다.

"정명 사매의 경신이 실로 놀라운 경지에 올랐군요."

"너희들도 꾸준히 훈련한다면 사매처럼 될 수 있을 거야. 그러니 항시 노력해야 한다."

"예, 정호 사저!"

마음속의 부정과는 반대로 나왔다. 겉으로 강제되는 선함과 진심의 혼란이 그녀들을 더욱 곤혹스럽게 했다.

'아니야, 지금보다 노력하면 돼.'

'사매가 했다면 우리도 할 수 있어.'

정도의 무인이며 부처를 모시는 승려였다. 동문을 시기질투하는 건, 그 자체로 죄악이었다.

비구니들은 불심을 바로 새기며 부정을 씻어 내기 위해 안간힘을 썼다. 어떻게든 인간 본심에서 벗어나, 부처의 자비를 되새겨야 했다.

흠.

인간의 본심은 선일까, 악일까?

태생은 혼돈이며, 선과 악으로 나뉜다. 그러나 결국에는 혼돈이었다. 인간은 선한 면만 있고, 악한 면만 있는 단순한 존재가 아닌 다중의 이중성을 내포한다.

저들이 어떤 선택을 할지는 단정하지 못한다.

그러나 시기란 다스린다고 하여 끝나지 않았다. 한 줌의 방심과 나태함도 허락하지 않고, 끊임없이 본인을 시험하게 된다.

부단한 인내로 불심을 얻는다면 해탈의 경지에 도달하겠으나, 인간은 오욕칠정에서 자유롭지 않았다.

능선을 넘어 중턱에 들어선 천우는 멈춰 섰다.

스윽!

돌아선 천우는 패황으로서 자리했다.

까앗!

혜안이 개방된 정명은 해일처럼 파고들어 오는 패황의 심상에 비명을 질렀다. 인간으로선 감히 저항할 수 없는 수만 년의 거력이었다.

"읽었나?"

"……당신은 대체…… 사람은 맞나요?"

"그러는 넌 사람인가?"

"저야 당연히 사람이죠, 그것도 아주 아름다운 여승이라고요!"

"뻔뻔한 모습은 그대로군."

"구 소협의 이중성을 사저들이 봤으면 경기를 일으켰을걸요!"

천우는 정명에게서 독심마녀를 찾으려고 했다.

하지만 성향이 비슷하다고 해도 악업을 쌓지 않은 모습이었다.

앞으로 어찌 될지 알 수 없지만, 지금을 유지한다면 독심마녀는 태어나지 않을지도 모른다.

"그 사저들이 너의 각성을 시샘하고 있지."

"사람의 마음은 잠시 길을 잃고 헤매기도 하지만, 언제든 옳은 길로 돌아오기 마련이에요."

"돌아오기 전에 네 등에 칼을 꽂는다면? 그리고 나서도 자신들은 죄가 없다며 모든 죄를 뒤집어씌운다면? 그 후에는 반성하고 원래의 길을 찾는다면 용서해 줄 수 있나?"

"……그 무슨 개똥 같은 소리예요?"

"알면서 외면하지 마라. 네 능력을 하찮은 범인이 따라올 수 있다고 보나. 네 사저들은 분명 절망하게 될 거다. 하물며 뜻이 다른 파벌의 장로를 스승으로 모시고 있다면 더더욱."

단순히 능력만으로도 문제지만, 각자 모시는 스승과 계파가 다르다. 하물며 성향이 다른 여러 파벌 속에서 정명이 속한 계파는 세력이 약하다. 모두 다 아미파라고 한다면 의미가 없겠으나, 사람 사는 곳은 늘 분란이 있었다.

독심마녀의 사연은 모른다.

그녀가 왜 마녀가 되어 승려들을 집요하게 괴롭히며 죽였는지도.

그러나 돌이켜 보면 얼마든지 짐작할 수 있었다.

독심마녀가 되어 날뛰는 시기를 고려하면 고작 3년 내외였다. 그 짧은 시간 독심마녀는 화경을 이룬다.

더욱이 심안을 각성한 상태였다.

시기 질투의 대상이 된 채 파벌에서 밀려 억울하게 쫓겨난 후 끝났으면 모를까, 벼랑 끝으로 몰렸을 공산이 크다.

한없이 자애로운 불타의 화신이라면 모르겠으나, 믿고 의지했던 사람의 배신은 인간에겐 감당하기 어려운 혼란을 가져온다.

독심마녀는 내쳐졌을 거다. 그것도 본인이 가장 믿고 의지했던 사람에게. 남은 자존심이라도 지키려는 알량하고 추악한 욕망을 지켜봤다면 좌절하지 않을 수 없겠지.

천우는 말하지 않았다.

심상을 거르지 않고 투영했다.

혜안을 각성했다면 그 뜻을 외면하고 싶어도, 외면할 수 없을 것이다.

정명은 비명을 지르며 부정했다.

"……아냐, 그럴 리가 없어욧! 어째서 일어나지도 않을 말도 안 되는 이야길 하는 거예요!"

"부정하고 싶다면 얼마든지 부정해라. 선택은 네 자유다."

천우는 정명이 독심마녀가 되지 말라고 강요하는 게 아니다. 수만 년을 쌓아 올린 멸악패도가 부정당하는 것보다는 그녀가 독심마녀가 되는 편이 효율적이었다.

'이 사람 대체 뭐야?'

정명은 느끼고 있었다.

부정하고 싶어도 부정할 수 없는 현실인데. 그렇게 된다 한들 아쉽기는커녕 바라고 있었다. 최악의 상황을 염두에 두고 대비하라고 충고하지만, 어차피 너는 운명의 굴레에서 벗어날 수 없다고 확신했다.

'만약 진짜로 그런 일이 벌어진다면 나는 불심을 유지할 수 있을까?'

부처의 자비.

불자라면 죄를 지은 자를 용서하고, 추악한 어둠에 물들지 말아야 했다. 설령 나를 괴롭히는 자들이 있다고 한들, 받아들이고 인내해야 한다. 그것이 부처를 모시는 불자로서 해야 할 도리였다.

"저는 사저들을 믿어요."

"다행이군."

"……어째서요?"

"부정하길 바랐나?"

"그건……."

"나였다면 싹을 남겨 두진 않았을 거다."

오싹!

마른침을 삼키는 정명이었다. 허언이 아님을 혜안이 아등바등 경고하고 있었다. 기대의 배신으로 악인이 된다면 자신을 주저하지 않고 죽일 자였다.

그 섬뜩한 칼날로부터 피할 방도 따윈 존재하지 않는다. 작금의 불심과 청정을 유지하지 못하면 반드시 죽는다.

"그래요, 사람인 이상 자신보다 못하다고 여겼을 때와 다를 수밖에 없겠죠. 그렇다고 여태까지 함께 수학한 동문을 의심하고, 가르침을 주신 어른들까지 믿지 말라는 건가요? 그런 삶을 살라는 것이 정상적이진 않잖아요!"

"그래서 이곳으로 데려온 거다."

"그건 또 무슨 말이에요?"

"모두가 다 똑같을 순 없지만, 압도적인 힘을 갖추면 인정하고 받아들이기도 하지."

"가르침을 주겠다는 건가요?"

"받아들이는 건 네 능력이다. 물론, 강호의 격언을 잊지 는 말고."

"구 소협 맘대로 가르침을 내리다니요, 사문의 뜻을 거 스르…… 악!"

대화는 이쯤 했다.

말로써 설득하는 범주는 정해져 있었다. 특히 사람을 보는 안목을 집중적으로 단련할 필요가 있었다. 아까부터 계속 허튼소리를 하는 것부터 고쳐야 했다.

이런 부분은 독심마녀를 닮는 편이 나았다. 그녀는 자기 멋대로 사람을 농락하며 잔인하게 죽였지만, 결심이 서면 망설이지 않는 실행력은 대단했다.

까아아아!

심안의 소유자는 투로의 궤적이 잘 보인다. 그러나 보인다고 다 피하면 절대경의 고수였다. 차라리 안 보이면 피할 생각도 하지 않는데, 피하다가 더 아프게 처맞았다.

"그쪽으로 맞으면 뼈 부러진다."

"……안 치면 되잖아, 이 새끼아~~~!"

부처도 이 정도로 처맞으면 언성을 높이겠지.

이해한다.

하지만 소리를 지른들, 기막은 소음 차단의 가장 훌륭한 수단이었다. 좌표마다 진법을 펼쳐서 기막의 효율성을 드

높였다.

그러다 피했다.

"되는군."

"……칭찬하지 말라고!"

처맞는 건 처음이나 지금이나 다르지 않은데, 열 받는 사실은 강해지고 있다는 점이다. 아까보다 훨씬 더 빠르고, 무척이나 기민하게 반응했었다.

퍼퍼퍼퍽!

우우우웅!

금정신공은 정순해지고, 무상검식은 체득체화의 단계에 들어선다. 형을 넘어선 진의에 가까워질수록 단계를 벗어나려고 했다. 번데기가 나비가 되기 위해서 탈피하듯, 벽이 순식간에 허물어지고 있었다.

'이토록 간단한 이치였어?'

심안을 각성하긴 했어도, 무공의 본질을 알아 가기에는 시간이 부족했다. 밀려들어 오는 파상 공세를 일일이 다 처맞으면서 오의가 모래에 퍼붓는 장대비처럼 스며들고 있었다.

이쯤 되면 사막에서도 홍수가 날 지경일 텐데, 심득을 채우기엔 그릇이 다 차지 않았다.

그렇다면 아직은 더 맞아도 된다는 삼라만상의 이치는…… 개뿔!

"그만하고 싶으면 말해라."

"……?"

나는 맞고 싶지 않다고, 당당하게 밝히라고!

그런데 말할 수가 없다. 다음 단계로 나아가는 길이 보이고 있는데, 어떻게 싫다고 하냐고?

그래도 이해가 안 된다고?

쉽게 이해시켜 줄게.

죽지 않도록 맞을 때마다 금자 1만 냥, 어때?

"무인이로군."

"……(씨발)!"

그리고 너!

아까부터 반말하는데.

내가 너보다 한참 누나얏!

뻐억!

위력이 강해졌다.

……오라버니라고 불러도 되나요?

빠악!

이번엔 견딜 만했다.

"……오라버니~~!"

제3장
뒤바뀐 처지

 인수현에 도착한 천우는 객잔에서 별채를 잡았다.
 먼저 도착해서 객잔을 잡으시면 어쩌나 걱정했는데, 아들로서 의무를 다할 수 있어서 다행이었다.
 별채에 짐을 풀고, 무결을 되짚었다.
 천우는 돌아오고 나서 한시도 패황공을 놓지 않았다.
 끊임없이 다듬고 또 다듬어서 길을 만들고, 지우기를 반복하며 천천히 나아간다. 물론, 심상의 영역이라 시간과 공간의 제약에선 자유로웠다.
 '쓰레기는 쓰레기가 아니었나?'
 쓰레기도 쓸 수 있는 것과 쓰지 못하는 것으로 분리할 수 있었다. 이전에는 몰랐느냐? 그리 물어본다면 부정한다.
 갱생(更生).
 사람은 바뀔 수 있다는 전제를 부정하진 않았다. 그저 효율에서 부정적일 뿐이다.

1명의 악인을 갱생하는 데 얼마의 시간과 심력이 소모되겠는가. 그럴 바엔 죽이고 난 후 수십, 수백, 수천의 백성을 구하는 편이 나았다.

멸악패도.

효율성의 극대화를 위해서 시간 낭비를 배제했다. 어차피 갱생이란 끊임없이 참는 것 외엔 다른 방도가 없다. 자신의 본성을 죽을 때까지 숨기고 산다면 갱생한 것이다.

하지만 인간은 만족감을 얻기 위해서 살아가는 욕망의 그릇이다. 자신의 만족을 위해서라면 타인을 무너뜨리는 것도 서슴지 않는다. 과연 언제까지 참고, 견디고, 인내할 수 있을까?

인내(忍耐)란 그리 가볍지 않다.

부처께서도 오욕칠정을 끊어 내는 데 얼마나 힘이 들었겠는가!

성인의 반열에 든 부처도 깨달음을 얻기까지 오랜 고련이 필요했었다. 하물며 범인으로 태어나 모든 욕망을 끊어 내며 살아가기란 말처럼 간단하지 않다. 더더군다나 본성에 휘둘리는 악인이라면 어떻겠는가?

'독심마녀가 되겠지.'

사람은 변할 수 있지만, 살아온 세월을 부정할 수 없다. 그런데도 변했다면 감당하기 힘든 고통과 사고를 동반한다.

정명이 그리된다면?

간단하다.

'죽이면 될 일.'

지금처럼 고민이나 번민할 필요가 없다. 멸악패도가 합당하다는 결론이 되니까.

수만 년 동안 해 온 전문가로서 직업 정신을 발휘하면 된다.

-오라버니, 제 마음은 절대 변하지 않아요!

살려고 발악하는 비구니였다.

하지만 인간의 당연한 본능인 만큼, 그녀를 탓하진 않았다. 그저 한시라도 빨리 결정되길 바랄 뿐이다.

'너무 많이 알려 준 감이 없지 않아 있구나.'

안타깝게도 아미파 내의 파벌은 단순하지 않았다. 불자로서 추구하는 방향이 엇갈렸다면 모를까, 실상은 외부 세력이 개입해 있었다.

하지만 당장은 밝혀지지 않을 비사였고, 비싼 대가를 치른 후에나 알려졌다.

'과연, 그렇군.'

수신제가가 아닌 멸악패도였다면 아미파 내의 불순분자를 내버려 두진 않았다. 다만, 이전 회차들에서는 다짜고짜 목부터 자르고 나오는 바람에 사소한 마찰이 있기는 했다.

아미파의 장문영부인 백팔염주는 아주 효과적이었다. 천잠사로 엮은 염주로 전부 두들긴 후, 패황성으로 돌아갔었다.

오해는 하지 마라.

악인이 아닌 만인에게 패황은 그 누구보다 온화하다.

아미파의 여승 절반이 죽긴 했지만, 멸문당하지 않은 것을 감사히 여겨야 했다. 제사 지내 줄 사람은 남겨 두는 패황의 온정이었다.

심상을 끝내자, 탁자 위에 건방지게 턱을 기댄 채 상념에 사로잡힌 가복이 있었다.

"너는 왜 꿍해 있는 것이냐?"

"도련님, 제가 판단이 서지 않아서 그러니 말 시키지…… 말라는 게 아니라 정리가 된 후에 물어보려고 했습니다요. 헤헤헤!"

"비교하지 마라. 네 재능으론 정명을 따르지 못한다."

"꼭 그렇게 사실 적시를 할 필요까지야. 고래는 백경도 춤추게 한다고 고서에 적혀 있지 않습니까?"

"원한다면 두들겨 주마. 3배 정도면 비슷한 수준은 되겠군."

"……정명 스님께선 이런 기분이었구나!"

대공자와 비무를 하고 돌아온 후 정명 스님의 본질이 달라졌다. 겉으로는 비슷하지만, 가복은 느낄 수 있었다.

비무를 하기 전까지만 해도 솔직히 할 만했었다. 싸우면 최소한 지지는 않을 자신이 있었다. 그런데 비무 이후로는 저 멀리 닿지 않을 외딴곳에 다다랐다.

정호 스님과 보살들은 정명 스님의 상태를 보고 안심했

지만, 천만의 말씀이었다. 대공자께선 평생 갚지 못할 심득을 주었다. 문제는 그 심득을 베푸는 과정에 있었다.

결과가 확실하니, 싫다고 할 수도 없다.

대공자의 주먹은 여래보살이었다.

입에 떠먹여 줘도 토하는 병신이 아니고서야, 겸허히 받아들여야 했다. 이 잔혹한 굴레에서 벗어날 수 없는 종복의 신세에 한숨이 나왔다.

"3배면 되는 겁니까?"

"무인은 무공에 관해선 협상하지 않는다."

"하겠습니다!"

"4배."

"……합니다!"

"늦었어."

실수였다.

제 발등을 대차게 찍은 가복은 스스로를 원망해야 했다. 애초에 도련님께 빌미를 제공하지 말았어야 한다.

도련님이 어떤 사람인가! 자신에겐 털끝만큼의 피해도 없이 모든 일을 처리하는 완전무결한 이기주의의 화신이었다.

여태까지 해 온 일들만 사실대로 나열해도, 거짓말쟁이가 되는. 강제로 입을 틀어막는 사기적 존재였다.

"저 하나만 물어봐도 됩니까?"

"내가 언제 네 입을 막은 적이 있느냐?"

있잖아요.

있었다.

분명.

그런데 대공자는 아니라고 부정했다.

진짜 줄.

저 뻔뻔함은 존경스러울 지경이었다. 진중함에 속으면 곤란하다. 대공자는 이득을 위해서라면 얼마든지 두말하고도 남았다.

하물며 종복은 까라면 까는 존재.

"그러시긴 하죠. 그래서 하는 말인데요, 정명 스님한테 깨달음을 준 연유가 따로 있는 겁니까? 구해 준 것만 해도 감지덕지할 텐뎁쇼."

"철혈성이 무력대를 보낸 건 나를 찾기 위해서다."

대공자답지 않다고 하려던 가복은 감탄을 금치 못했다. 이 모든 사태가 결국에는 대공자가 행한 일로 인해 벌어진 것이다. 그런데도 이 사태를 아미파에 전가해 버렸다.

'이 정도면 3번은 더 구해 줘야 하는 거 아닌가?'

대공자가 양심이 있다면 말이야.

한 번으로 땡처리했다면 완전히 남는 장사였다.

가복은 대공자답지 않다고 생각했는데, 평소의 대공자셨다. 구대문파에 속하는 아미파가 이 정도 일로 무너지진 않는다고 해도, 철혈성이 작정한다면 얘기가 달라질 텐데.

"암영대는 철혈성에서 어느 정도인가요?"

"조족지혈이지."
"그러다 큰일 나는 거 아니에요?"
천우는 대답하지 않았다.
신이 아닌 이상에야 앞으로의 일을 어찌 장담해?
더욱이 수신제가를 선택한 이후의 역사는 멸악패도와 다를 수밖에 없었다. 100회차 동안 천우는 작은 변수로 인해서 아예 달라지는 결과를 수도 없이 보아 왔었다.
'무책임한 건 알아줘야 한다니까요!'
그렇다고 아미파에 가서 철혈성과의 마찰은 위험하다고 경고할 수도 없는 노릇이었다. 이대제자조차도 자존심이 하늘을 찌르는데, 노회한 장로들이 변방의 오랑캐보다 못하다고 하면 잘도 받아들이겠다.
"아버지께서 늦으시군."
"……참으로 대단하시네요!!"

'아들을 잘 둬서 개고생을 원 없이 하는구나!'
두 번 잘 됐다가는 팔자에도 없는 짓을 얼마나 해야 할지 가늠조차 되지 않는다. 이러다 늙어 죽을 때까지 뼈 빠지게 일만 하다 가는 거 아닐지 모르겠다.
'설마?'
빌어먹게도 요즘 들어 일이 참 재밌다. 손대는 일마다 잘 풀리고, 앞으로도 조짐이 좋으니 말 그대로 일할 맛이 난다.

하지만 죽을 때까지 일하고 싶다고는 안 했다.
-어머니는 삼백 살까지는 거뜬하십니다.
아들의 효심 가득한 말이었다.
그때는 그랬는데, 돌아볼수록 참 맘에 걸린다.
난 백 살도 간당간당한데.
삼백 살이 되어도 동안 피부를 자랑하고 있다면?
그 미모에?
내 제사 지내려고 온 사당에 다른 놈의 핏줄이 올 수도?!
내 눈에 흙이 들어오겠지만, 그래도 안 돼!
'심법이라도 익혀야 하나?'

그러려면 아들에게 잘 보일 필요가 있었다. 절대경과 화경을 쥐락펴락하는 녀석이다. 왜 강해졌는지 의문을 품기 전에 신공과 영약을 하나라도 얻어 내야 했다.

그래야 건강하게 삼백년해로(三百年偕老)하지.
'달라고 하면 주겠지만……'
아비가 돼서 아들한테 받기만 해서야 쓰나.

체면 유지를 위해서라도 건재함을 과시해야 했다. 그렇기에 아들이 내어 준 과제를 완벽하게 수행하지 않을 수 없었다.

-적당히 인근 마을에만 데려다주시면 됩니다.

말만 들으면 아주 쉽지만, 따지고 보면 그렇지 않다. 납치된 여인들의 거주지가 제각각이었다. 아무 데다 데려다 줬다가 나중에 구설이 나올 수 있었다.

상인이라면 응당 공(功)은 과대평가하고, 과(過)는 과소평가해야 하는 법이다. 이렇게 좋은 일을 하는데도 이상한 소문이 나면 아주 곤란했다.

훌륭한 상인은 물건이 아닌 사람을 산다고 하나, 실상은 소문을 이용하는 것이다. 다리 없는 말이 천 리를 가듯, 사람의 입을 통해 전해지는 소문은 신빙성과 상관없이 엄청난 파급력을 불러온다.

'당문의 원조가 상가였을지도 모르겠군.'

여인들을 데려다줘도 최소한 본인들이 알고 있는 위치까지는 안전하게 데려가야 한다. 하여간 누가 색마 아니랄까 봐, 어찌나 발이 넓은지 적지 않은 소요가 들었다.

또한 생색을 내기 위해서라도 위로금을 조금씩 넣어 주었다. 적금상단임을 대놓고 드러내진 않았지만, 상단에서 자체 제작한 전낭에 은자 1냥을 넣었다.

이럴 때를 위해 만든 게 아니라 사람들을 만날 때마다 사은품으로 주기 위해서 만든 전낭이었다. 당연히 적금상단의 표식이 있었다.

'관아에서도 나서게 되면 알음알음 퍼지겠지.'

아들을 위해서 아비가 이렇게나 동분서주했다. 그걸 아들이 알려나 모르겠구나.

꼭 알아줬으면 하는 건 아니더라도.

만년삼왕이거나, 만년설삼이거나, 공청석유거나 그런 사소한 것으로.

이번 생일엔 많은 것 바라지 않는단다.
성의면 족하단다.
고생하는 아비를 보면 안쓰러울 아들을 위해서라도.
성의면 족하단다.
"정리 다 됐습니다."
"하나도 빠짐없이 적었겠지?"
"아무렴요."
"어떻게 줘야 자연스러우려나? 모른 척 바닥에 흘리는 건 구시대적이고."
"이토록 상세하고 구구절절한 행적이면 뭘 어떻게 전해도 부자연스럽습니다. 차라리 그냥 달라고 하지 그러십니까?"

구서진은 상단주의 권한으로 대답하지 않았다. 굳이 행수들의 물음에 일일이 답할 이유가 없다.

'공적을 빠뜨리면 곤란하지.'

그게 설령 아비와 아들 사이라도 말이다. 줄 건 주고, 받을 건 받는 거래야말로 올바른 상도의다. 받지도 못하고 주기만 하는 거래란 세상에 없다. 그런 식의 거래를 계속하다간 남은 건 결국 파탄이었다.

패륜의 결말을 원치 않는다면 부자간에도 공평한 거래가 자리 잡아야 했다.

"할아버지, 아픈 손녀한테 너무하는 거 아니에요?"
"이 녀석. 은혜를 입었으면 응당 갚는 게 사람의 도리이니라."

"할아버지만 가면 되잖아. 왜 나까지?"

"내가 없을 때 또 그 사달이 벌어지면 어쩌란 게냐?"

광의는 손녀가 사라지고 나서 진짜로 광인처럼 산을 헤집고 돌아다녔었다. 이제는 혼자 집에 놔두기엔 안심이 되지 않았다. 그럴 바엔 같이 다니는 편이 나았다.

"재수가 없었던 거지. 매일 그러면 어떻게 살아! 더욱이 한 사람만 고생하면 되는데 다 같이 하자는 건 명백한 낭비이자 학대라고요!"

"그런 썩어 빠진 정신으로 어찌 이 험한 세상을 살아가려는 게냐?"

"다른 사람도 아니고 할아버지가 그런 말을 하는 건 아니지. 막말로 할아버지하고 친한 사람이 대체 누구야? 집에 찾아온 사람이 1명이라도 있어야지!"

"어허, 이 할아비는 항상 청정했느니라."

"청정은 무슨, 배알이 꼴려서 환자를 마구 쳤으면서."

"······고작 33번뿐이거늘."

"대체 33번을 고작이라고 하는 건 무슨 경우야? 그래, 할아버지 말대로 이상한 놈들이 있을 순 있어! 그것도 한두 번이야 이해하지!"

손녀가 순간 손년으로 보일 뻔했다.

언제부터 이리 되바라졌단 말이던가! 그간 예의범절과 소양 교육에 많은 공을 들였거늘. 납치를 당하고 오더니 아예 다른 사람이 되었다.

어찌나 드센지, 그동안의 얌전했던 손녀가 뒤로는 호박씨를 잔뜩 깠다는 오해마저 들었다.

"할아버지, 나 힘들어. 이런 험한 산을 밤중에 뛰어다닐 만큼 건강하지 않다고!"

"이 할아비의 실력을 의심하는 게냐? 넌 2년 동안은 그 누구보다 쌩쌩하단다. 엄살은 다른 데 가서 피우거라!"

"세상천지에 시한부 환자를 밤중에 끌고 다니는 사람은 할아버지밖에 없을 거야!"

"할아비가 그 고생 하는데, 안쓰럽지도 않은 게야?"

"그러니까, 할아버지만 해도 될 고생을 손녀까지 끌고 가는 건 물귀신이잖아!"

"혼자 있기 무서울까 봐 그러지."

"혹시나 해서 물어보는 건데, 저승 갈데 나까지…… 아파!"

"이년이 못 하는 소리가 없어!"

할아버지와 손녀의 말다툼은 산의 능선을 넘는 내내 이어져서 한가로울 시간이 없었다.

광의는 손녀가 이렇게나 말이 많은 줄 처음 알았다. 게다가 말투가 굉장히 공격적으로 변했다. 색마에게 납치당했으니, 충격이 클 만도 하겠으나, 이쯤 되면 천성이었다.

대체 누굴 닮아서는?

광의는 하나도 이해가 되지 않았다. 아무래도 외탁이 분명했다. 교양과 인덕이 넘치는 우리 가문에서 그럴 리 없지.

'하여간 대체 뭐 하는 놈이야?'

천음절맥을 내력으로 제어한 녀석이 과연 사람일까? 단순히 내력이 높다고 가능한 일이라면 수단 방법을 가리지 않았을 것이다. 내력의 정순함, 극한에 다다른 제어력, 인체에 대한 해박한 지식을 갖추어야 했다. 설령 이 모든 것을 갖추었다 한들, 쉬이 가능한 영역이 아니다.

하물며 그래 봤자 2년. 손녀를 시한부로 만들었다고 탓할 순 없다. 어차피 손녀는 올해를 넘기기 힘든 상태였다. 이제까지 영약과 의술로 버텼지만, 천음기(天陰氣)가 한계가 다다랐었다.

자그마치 2년이나 시간을 벌어 주었다고 봐야 했다.

더욱이 손녀를 치료할 영약의 위치까지 알려 주었다. 2년 안에 손녀를 살리지 못한다면 전적으로 자신의 무능이었다.

'벌모세수를 한 것처럼 혈도를 뚫어 놓다니!'

천음절맥이 아니었다면 광의도 벌모세수쯤은 얼마든지 할 수 있었다. 다른 기운도 아니고 천음기에 막힌 혈도를 벌모세수하기란 무척이나 어려운 일이다. 미세한 실수에도 천음기가 폭발하여 시전자까지 동사할 수 있었다.

어떤 방식인지는 안다.

내력으로 본원진기를 극대화하여 육체와 혈도를 강화했다.

이미 소모될 대로 소모된 손상된 본원진기를 강제로 강화한 것도 어이가 없거늘. 현재 상태로만 보면 손녀는 내외적으로 정상적인 상태보다 월등히 좋아졌다. 이를 화무십일홍, 회광반조라기엔 단련하여 강화할 수 있었다.

'집에서 누워 있기보다는 많이 돌아다닐수록 치료에 효과적이겠지.'

손녀를 집에 혼자 놔두기가 두려운 것도 사실이지만, 치료를 위한 목적이 더 컸다. 산을 타면서 육체를 단련하고, 내력을 수련하여 혈도를 강화한다면 치료 후에 완전한 환골탈태를 이룰 수도 있었다.

이것까지 염두에 두었다고 본다면, 갚지 못할 은혜를 입은 것은 확실했다.

'언제 다 갚지?'

문제는, 이 모든 걸 다 갚으려면 평생을 벌어도 부족했다.

강요도 아니고, 날짜를 정한 것도 아니다.

먹고 튀면 그만일 수도 있다.

'안 되지.'

천하의 광의였다.

받은 게 있으면 언제나 갚아 왔다. 33번의 착오가 있기는 했으나, 전적으로 환자의 악의였다.

부채감이 컸다.

줄 거 주고 받을 거 받고 끝냈으면 찝찝하지 않을 텐데,

깔끔하게 끝내기에는 너무 많은 것을 받았다.

'하아! 이마저도 의도했겠지.'

천하의 광의가 평생을 의탁할 수밖에 없는 현실이 되었다.

손녀의 절맥으로 정착했지만, 발 디딜 곳만 있으면 어디든지 자유롭게 살아왔었다.

'비싼 대가를 치렀다면 비싼 값을 해야겠지.'

손녀의 절맥을 고친다면 그가 원하는 게 무엇이든 들어줄 용의가 있었다. 참으로 무서운 녀석이 아닐 수 없었다. 대가를 강요했다면 목에 칼이 들어와도 순순히 따르지 않았을 텐데.

"할아버지, 나 환자잖아!"

"괜찮다. 이 할아비는 천하제일의이니라."

힘들다고 투덜대는 손녀를 보고 있자니, 더더욱 그에게 고마웠다.

다만, 광의의 일방적인 오해였었다.

고생을 사서 할 팔자가 있기는 있었다.

아버지를 객잔에서 만난 시각이 늦은 정오였다. 그날 출발하기엔 시간상 애매해서 하루를 더 묵기로 했었다.

아버지는 쉬는 김에 회포를 풀 겸 술이나 한잔하자고 하셨다. 술이 들어가자 미주알고주알 공치사를 논하며 돌아오는 생일을 잊지 말라고 당부했다.

한데, 술도 약하신 분이 음주를 과하게 하셨다.

사흘을 객잔에서 머물렀다. 넉넉하게 잡고 왔지만, 뜻하지 않게 일정이 꼬였다.

아침부터 분주히 서둘러 악산현으로 출발했다.

"나이가 드니 몸도 예전 같지 않구나."

"환골탈태를 하면 음주에 도움이 될 겁니다."

"……그렇구나."

보통은 과음하지 말라고 하지 않나?

아들의 방식은 굉장히 공격적이었다. 문제의 원인을 찾기보다는, 해결 방도를 찾는 데 익숙했다. 상식적이지 않은 방도인데도, 아들이 해 왔던 기행을 돌아보면 마냥 부정적으로 볼 순 없다.

"다음에는 숙취 해소에 좋은 봉밀청수를 타 드리겠습니다."

"그게 대체 뭐냐?"

"공청석유에 꿀을 섞은 건강 음료입니다."

"그거 먹고 안 좋으면 이상한 거 아니냐?"

"음용 후 건곤대나이로 추궁과혈을 펼치면 몸에 쌓인 탁기와 노폐물을 대량으로 뺄 수 있습니다."

"환골탈태도 하고?"

"제가 각인한 파천공의 운기행로대로 꾸준히 운공하시면 필시 새로운 몸을 얻게 될 겁니다."

겸사겸사 아버지의 단전, 기경팔맥, 십이경락에 쌓인 노폐물을 빼 주었다. 파천공의 성취가 높지 않아 임독이맥을 뚫기에는 부족하지만, 몸에 남아 있는 영약을 이용했다.

사흘 동안 숙취에 고생한 것치곤 구서진은 지금 어느 때보다 몸이 좋아져 있었다. 그런데도 숙취에 시달리는 연유는 정신적인 문제였다.

'20병도 아니고, 20동이나 마셨다고!'

물도 그렇게 마시면 배 터져 익사할 어마어마한 양이었다. 살아온 생애 이토록 많이 마셨던 적이 있었나 싶다. 모처럼 아들하고 대작 한번 하려다 생일상은커녕 제사상을 차릴 뻔했다.

-저는 혼자서도 잘 마십니다.

-아버지와 마셔서 그런지, 오늘따라 술이 달군요.

-취하신 것 같으니 그만하시죠.

그러면서 간간이 던지는 말들이 어찌나 얄미운지, 사내의 자존심을 건드렸다. 어떻게든 버텨 보려다 사고가 터진 것이다.

예로부터 술로 흥한 자, 술로 망한다고 했다. 술에 대한 자부심은 패가망신의 지름길이었다.

'근데, 얜 아냐.'

내 아들이라서 하는 말이 아니라, 이 녀석하고 술 내기를 하는 순간 지옥 나들이였다. 둘째가 어쩌다 당했나 했더니, 이제는 이해가 되었다.

'아니지. 아주 괜찮은데?'

상단에서 가장 중요한 업무는 거래처를 뚫는 일이다. 사람을 만나는 일이다 보니 술을 종종 마시게 된다. 회식을 통해 업무가 진행되는 경우가 꽤 있었다. 상대가 술을 좋아하거나, 술에 자부심을 느낀다면 더더욱.

'어차피 상단 일도 모르겠다.'

무인에 가까운 소단주를 술단주로 쓴다면 아주 유용했다. 아들이 숙취나 술 중독에 걸릴 일도 없다. 어차피 아들에겐 술이나 맹물이나 매한가지다.

'맨정신에도 아들의 눈을 마주 보기 힘든데, 술에 취한다면 상대가 될 리 없지. 무적이로다, 무적!'

섬서성 분점의 10할 접대가 사실인 이상, 아들의 접대를 막을 거래처는 존재하지 않는다.

게다가 아들의 명성이 올라갈수록 상단의 얼굴로 쓰기에도 적합하다. 술까지 잘 마신다면 금상첨화가 따로 없었다. 가문을 위해서는 자존심도 버릴 수 있다고 했으니, 술판을 엎지는 않을 테고.

천잰데.

'내가 상황지재였어!'

상단주라면 상단에 소속된 그 누구라도 적재적소에 기용할 줄 알아야 했다. 상인으로서 아들의 재능을 발견했다는 사실에 감탄이 절로 나왔다.

'또 시작이네!'

'신경 끄게. 저러시다 말겠지!'

'갈수록 길어진다고.'

행수들은 행여나 눈이 마주칠까 상단주와 거리를 두었다. 근래에 들어서 상단주께서 저러시는 일이 빈번해졌다. 술이라도 같이 마시면 얼마나 자화자찬이 심하신지, 누가 들을까 겁이 난다. 말만 들으면 천하제일상단주였다.

'그나마 대공자가 있어서 든든하구나.'
'대공자가 아니면 누가 단주님을 맡을 수 있겠어.'
'단주께서 술로 지는 건 처음 봤다.'

행수만이 아니라 이성락 단주와 단원들도 술에 관해선 자부심을 품지 않기로 맹세했다. 용기와 객기는 한 끗 차이였다. 아직도 울렁거리는 속을 겨우 다독이는 중이었다.

'대공자, 우리도 숙취로 고생하긴 마찬가지지 않소!'
'거, 차별이 너무 심하지 않습니까?'
'가족 아니면 어디 서러워서 살겠수까.'

그렇다고 대공자를 탓할 수만은 없었다.

대공자가 황금종을 울렸다고 부어라! 마셔라! 위장에 퍼부은 건 자신들이었다. 더욱이 부자지간의 효를 논하고 있었다. 팔이 안으로 굽는다고 탓한다면, 늙어서 봉양받지 말아야지.

더욱이 자신들은 상단을 호위해야 하는 위치였다. 이기지도 못하는 술을 퍼마시고 골골거렸으니 욕먹어도 쌌다.

'내가 내 복을 찼구나!'

이 단주와 적금단은 대공자의 가르침을 받을 기회가 분

명 있었다. 훈련에 적극적으로 참여만 했다면 가복처럼 달라졌을 텐데.

그 꼴사나운 훈련이 그처럼 대단한 효과가 있을 줄 누가 알았을까. 설령 알았다고 해도, 꼴에 무인의 자존심이 허락하지 않았다.

그러나 지금 와서 무인의 자존심이 무슨 소용이란 말인가?

가복과는 천지 차이로 벌어졌다.

거리를 좁혀 볼 심산으로.

-불가.

술자리를 빌려 용기를 냈다가 대번에 차였다. 무안함도 잠시, 그때 본 대공자의 무심한 눈빛에 전신의 털이란 털은 전부 쭈뼛 솟았었다. 한번 차 버린 기회는 다시 오지 않는다는 걸 깨달았다.

'참으로 염치없는 짓이었지.'

꼴사납다고 뒤에서 조롱할 때는 언제고. 가복의 눈부신 성장에 시샘하여 청을 올리다니. 상기할수록 얼굴이 화끈거리는 꼴불견이다. 무인으로서 자부심을 논한 주제에, 자신이 한 말조차 지키지 못했다.

'분에 넘치는 짓을 했어.'

대공자가 아니더라도 적 대협의 가르침을 받을 수 있었다. 가복의 급속한 성장에 눈이 멀어 가까이 있는 복마저 차 버릴 뻔했다. 가모님을 방치하여 가르칠 능력을 대비한 걸 보면, 대공자는 자신들의 얄팍한 속내를 전부 알고 있었던 것이다.

'실로 무서운 분이시구나.'

이 단주는 대공자의 심기, 처세, 아량에 탄복했다. 앞으로도 대공자와 상단을 위해서 충성을 다하기로 마음을 굳게 먹었다.

물론, 전적으로 이 단주의 오해였다.

'재능이 없어.'

순수 가르침의 역량만 놓고 보면 외증조부님이 더 나았다. 시간적으로도 손해고, 재능이 없는데도 떠맡는 것은 동생들로 족했다.

재능 있는 인재를 찾아서 키우기도 힘든 현실이다. 청이 들어오면 모조리 외증조부에게 떠맡길 심산이었다.

'범재를 가르치기엔 나보다 월등히 뛰어나시지.'

천우도 범재를 가르칠 순 있으나, 재능을 우선시했었다. 가르치는 기대치만큼 해 주어야 가르칠 맛도 나는 법이다.

깝죽거리다 언제 죽을지 모르긴 해도, 가복은 재능이 있었다.

웅성, 웅성!

사천상인연합회가 열리는 복호상단의 주변은 인산인해를 이루었다. 현 단위의 지역 상단 모임을 하기는 하나, 연합회는 사천의 모든 상회가 참석한다. 해마다 열리는 자리가 아닌 만큼, 복호상단의 정문은 문전성시를 이루었다.

사람이 모이면서 장이 열렸고, 인파는 더더욱 몰려 북새통이다. 복호상단에서도 작정하고 돈을 풀고 있었다. 이번 연합회에서 건재함을 과시하려는 의도임을 모르진 않았다.

복호상단의 정문으로 들어서면서 구서진은 적금상단의 깃발을 걸었다.

국가 간 전쟁이나 문파 간 다툼에서처럼 깃발의 의미는 중요하다. 깃발은 상단을 드러내고, 위치를 가늠하는 중요한 잣대가 된다.

적금상단을 알아보는 이들이 의외로 많았다. 근래에 소문의 중심에 있던 탓이다.

"그 혼란 속에서 결국에는 살아남은 걸 보면 수완이 정말 대단해!"

"상단주가 한 게 뭐 있다고, 수완이라기보다는 운에 가깝지."

"운이 수완이지, 다른 거 있나? 하늘이 내린 재능이라도 운 없으면 얼마 못 가. 게다가 어느 바닥이든 살아남는 게 강자야!"

"적금상단주의 옆에 있는 청년이 의룡인가?"

"상단에서 신성이 나온 게 얼마 만인지 모르겠네."

"그것도 다 이력이 있어야 가능하지."

"외가 쪽이 무가라는 소문이 있던데."

"그러고 보니 외가도 손해를 입고 야반도주한 걸 보면

꽤 공교롭지 않아?"

"그러게. 아무리 봐도 작정하고 적금상단을 노린 것 같단 말이야."

적금상단에 대한 사람들의 시선은 호의적인 편이었다. 사건의 본질을 따지지 않더라도, 외압을 이겨 냈다는 사실이 중요했다.

피해자로서의 동정론과 굽히지 않고 이겨 낸 저력을 높이 샀다. 설령 운이 따랐다고 해도 그런 풍파에서 상단을 지켜 내기란 어지간한 수완이 없이는 불가능했다.

적금상단에 관심이 쏠리자 때마침 뒤이어 상단들이 들어섰다.

"백은기? 은천상단이잖아!"

"그 뒤엔 대월상단이고!"

"적풍상단도 있어!"

사천을 대표하는 십대상단에 적금상단이 포함되지만, 말석에 불과했다. 반면 은천, 대월, 적풍은 삼대상단인 성도, 청풍, 복호의 아래에 자리한다.

십대상단 간에도 서열상의 차이가 분명히 존재했다.

사천십대상단에는 소해, 은천, 대월, 적풍이 중간을 차지하고, 서창, 화정, 적금이 말석을 두고 치열하게 경쟁했었다.

말석인데 왜 치열하냐고?

위로 올라가진 못하더라도, 말석이란 꼬리표를 달고 싶

진 않기 때문이다. 싸움도 고수보다 삼류 조밥들의 싸움이 재밌는 것과 일맥상통했다.

"우리에게 관심이 쏠리는 것을 경계하는군요."

"급이 다르다는 걸 보여 주고 싶은 게지. 더욱이 관심 그 자체가 상단에겐 중요하기도 하고."

"유명세를 이용하는군요."

"그래, 이름이 알려질수록 상단의 가치는 높아지지."

생전 들어 보지 못한 상단과 어디선가 들어 본 상단의 인식 차이는 크다. 하물며 관심의 대상에 오르락내리락한다면 찾는 이들도 많아진다.

이름이 곧 신뢰이자 신용으로 통하기에 다들 대상단이 되어 이름을 크게 알리려고 아등바등하는 것이다.

'무림과 다르진 않군.'

일단 명성을 얻기까지가 힘들지, 기득권이 되면 자연스럽게 이권을 챙길 수가 있었다. 그러다 세월이 흘러 고이면 썩게 되고, 새로운 신흥 세력이 등장하는 순환이 반복된다.

실상 분야만 다를 뿐, 사람 사는 곳은 대동소이했다.

정문엔 방문객을 받는 복호상단의 안내인이 있었다.

아버지께서 은패를 내놓았다.

상단의 규모에 따라서 금, 은, 동패로 등급을 나누었다.

안내인은 복호상단 총관 직속의 행수 윤계광이었다.

행수는 적금상단주보다 그 옆에 선 청년을 주의 깊게 살폈다. 화정상단을 시작으로 일이 꼬인 시발점은 적금상단의 후계자와 관련되었다.

'이자가 의룡인가?'

대단한 기세를 풍기거나, 체격적으로 특별하진 않았다. 여자깨나 울릴 상이긴 한데, 조사한 내용과는 괴리가 있었다.

최근에 신성으로 이름을 알린 것과는 달리 그 이전의 정보가 극히 적었다. 살펴볼수록 용(龍)이라고 하기에는 거리가 먼 얘기들뿐이다.

'외견만으론 판단하기가 어렵군.'

상인이라면 자신을 감추겠지만, 무인이라면 자신을 드러낼 줄 알았다. 하물며 의룡은 약관도 되지 않았다. 원래부터 관심을 좋아하지 않는 것이라면 모를까.

'수양이 대단한지는 지켜보면 알겠지.'

시작부터 본색을 드러내진 않으리라 보았다.

그랬다면 진작 소문이 돌았겠지.

한편으로 복호상단에는 처음일 텐데, 감흥조차 없는 무덤덤함이 신경이 쓰였다. 대다수 처음 온 사람들은 상단의 규모에 압도당하곤 했었다. 자신들이 평소 보지 못한, 생각지도 못한 광경을 보면 어쩔 수 없는 자연스러운 반응이었다.

윤 행수는 상원에게 적금상단을 2관 내빈실로 안내하라고 일렀다.

"상원을 따라가시면 됩니다."

"고맙네."

상원의 안내를 받아 정문에 들어선 상인과 적금단은 내색하지 않았지만 감탄하고 있었다. 예전에 와 봤던 상인조차 새로 지어진 조형물의 규모에 혀를 내둘렀다.

구서진은 다른 의미로 감탄하는 눈치였다.

'그 곤욕을 치르고도 대단하군.'

아들은 복호상단의 심처에서 두원광의 오른팔을 잘랐다. 무인과 달리 상인에겐 팔이 중요하진 않더라도, 팔이 잘린 충격이 작지 않았을 거다.

그런 데다가 아들로 인해 하는 일마다 연이어 실패했다. 성도와 청풍이 빈틈을 놓칠 리 없었다. 적지 않은 대가를 치렀을 테고, 지금도 그럴지 모른다.

그럼에도 복호상단은 흔들림 없는 모습을 보이고 있었다.

'한두 번의 풍파로는 무너뜨릴 수 없다 이거군.'

대상단의 저력을 되새기는 구서진이었다.

아들이 아니었다면 화정상단으로 인해 상단은 큰 위기를 맞았을 테고, 제법 건실하다고 믿었던 상단의 기둥뿌리가 뽑혔을 것이다.

'안 되면 세 번, 네 번, 열 번이라도 흔들어 주지.'

배알도 없는 대인, 그것이 적금상단의 상단주를 보는 세간의 시선이었다. 어떤 일에도 일희일비하지 않으며 감정을 드러내지 않아 왔다.

이제는 다르다.

뒤바뀐 처지

당한 만큼 반드시 되갚아 줄 것이다. 힘이 생겼다고 권력을 남용하고 횡포를 저지른다고 생각될 수도 있다.

그래, 맞다.

인정한다. 힘이 없을 때는 뭘 해도 허허! 거리며 넘어갔지만, 이제는 그러고 싶지 않다. 아직은 갈 길이 멀었으나, 시간이 걸리더라도 갚아 줘야 했다.

저들의 음모로 내 상단이 무너질 뻔했고, 내 사람이 다칠 수도 있었다.

가장 중요한 건 아비가 돼서 아들의 가림막이 되어 주지는 못할망정, 전적으로 도움을 받았다.

앞으로도 아들의 도움을 계속 받겠지만, 아비로서 건재함을 과시하고 당한 것은 반드시 갚아 주는 모습을 보여 주고 싶었다.

'아주 좋습니다.'

천우는 아버지의 결의에 입꼬리를 살짝 올렸다.

아버지의 방식을 부정적으로 보진 않지만, 사람이 좋다고 해서 결과가 좋은 방향으로 가진 않는다. 결단을 내려야 할 때 망설이면 내 사람들이 피해를 보게 된다. 내 사람을 보호하고, 주변을 지킬 수 있어야 올바른 결단이었다.

그런 면으로 볼 때 자신의 판단은 만족스럽지 않았다.

"우유부단했군."

멸악패도의 패황으로 돌아가고 싶었던 천우는 혼잣말에 본심이 깃들었다. 딱히 누굴 대상으로 하지는 않았지만, 스산함은 소름이 돋을 지경이었다.

움찔!

화들짝 놀란 구서진과 상인들, 단원들이 주변을 돌아봤자. 구서진만큼이나 천우의 성향을 이제는 어느 정도 눈치를 챘다. 한번 시작하면 피바다가 될 수 있었다.

구서진은 꺼진 불도 다시 보자는 심정으로 아들의 화마를 진화했다.

"아들아, 상단을 위해서 경거망동하지 않겠다며?"

"실없는 혼잣말이었습니다."

그 무슨 혼잣말을 다 들리도록 하냐.

안내를 맡은 상원이야 들었어도 무슨 말인지 모르니까 태평하지, 알면 까무러쳤을 것이다.

방금 네놈들 상단주 죽을 뻔했다고!

내가 구한 거야!

"안 된다."

"알겠습니다."

구서진은 안심이 되지 않았다. 자신의 복수는 상인으로서 다짐이지, 무인의 도륙을 의미하진 않았다.

다짜고짜 밤중에 침입해서 두원광의 팔을 잘라 버리고, 협박을 서슴지 않은 아들의 다짐이 영~! 믿음직스럽지 않았다.

"진짜 안 된다!"

"알겠습니다."

천우는 아버지의 염려를 불식시키기 위해서 맘에 안 들긴 해도 확답을 해 주었다.

다만, 사정이 있다면 언제든 대답을 우회하는 융통성을 발휘할 순 있었다. 패황이라고 하여 패도만을 추구한다고 보면 크나큰 패착이었다.

'이거 왠지 벽력탄을 들고 온 기분인데…… 기분 탓이겠지?'

구서진은 서너 차례의 확답에도 껄끄러웠지만, 당장은 믿기로 했다. 여기까지 와서 돌아갈 수도 없는 노릇이고, 사리 분별하지 못할 만큼 아들은 어수룩하지 않았다. 무력만 믿고 설쳤다면 지금과 같은 유리한 국면을 만들어 내지 못했다.

설마는 지웠다.

행여나 사람을 잡을 수도 있으니까.

구서진은 내면의 평온을 찾으며 평정심을 유지했다. 지금은 상단주들이 모이는 자리에서 대처할 방도를 되짚어야 할 때다.

스륵!

정문을 지날 때부터 주변을 두리번거리던 가복이 천우의 뒤로 달라붙었다.

"도련님, 새로 만든 곳이 좋기는 한데 조금 부자연스럽고 이상한데요."

"어디가 말이냐?"

"흔적을 지우려는 노력은 가상하지만, 마치 일직선으로 뻥 뚫린 걸 필사적으로 가리려고 한 것 같습니다."

"확실히 그쪽으로 재능이 있군."

추적에 재능이 있으니, 흔적에 민감하게 반응하고 있었다. 장소와 공간에 대한 이해 능력이 남달라졌다. 마치 그날의 현장에 있었던 것처럼, 추측을 9할에 가깝도록 읽어 냈다.

'아깝구나.'

1회차를 제외하고 99회차 동안 가복은 종복으로서 삶을 마쳤다. 종복의 본분을 다한 이상, 그 삶을 부정하진 않겠지만. 자기가 잘하는 것을 찾지 못한 것은 재능 낭비였다.

'진작에 쓸 걸 그랬군.'

그랬다면 악인을 추적할 때 훨씬 더 유용했을 테고, 멸악패도를 조금 더 앞당겼을 수도 있었다.

"도련님, 왜 절 사냥개처럼 보세요?"

"훌륭하다."

칭찬인데 묘하게 기분이 나쁘고, 소름이 돋는 가복이었다. 괜한 재능을 보여서 앞으로의 삶이 고달파질 것 같았다. 현명한 종복이라면 재능이 있어도 감출 줄 알아야 하거늘. 자기 주제도 모르게 나댄 종복들의 말로를 되새겼어야 했다.

'잠깐, 일직선으로 뻥…… 뚫린……. 설마?'

복호상단을 관통하여 이어진 일직선을 복기한 가복은 기

겁하지 않을 수 없었다. 아까 한 말까지 되돌아본다면 재차 소름이 돋는다. 복호상단이 건재한 모습을 내비치기까지 얼마나 힘들었을지, 심히 공감이 되었다.

'심처를 숨기려고 했겠지만…… 헐!'

한 번 뚫린 심처는 더는 심처가 아니다. 복호상단의 가주실을 다른 곳으로 옮겼다면 도련님의 의도는 명백했다.

'팔을 자른 것도 부족해서 다시 가서 죽이시려고 한 겁니까?'

도련님의 지독함에 가복은 매우 공감하면서도, 절대로 척을 지지 않겠다고 다짐했다.

"여깁니다."

안내인은 2관의 3실로 안내를 해 주었다. 필요한 것이 있으면 안에 걸린 줄을 당기면 된다고 했다.

복호상단에선 별채를 두어 청풍과 성도를 받고, 1관은 소해, 은천, 대월, 적풍을 배정했다.

2관부터는 서창, 화정, 적금에게 안내하고, 중소 상단은 3관과 4관을 쓰도록 해 놓았다.

별채나 1관과 비교해서 부족할 뿐이지, 2관도 방이 따로 여러 개가 있어 같이 온 상원과 호위대가 머물 수 있도록 했다.

흠.

천우의 시선은 2실에 있었다.

"장난질이 있군요."

"무슨 말이더냐?"

"화정상단주가 있습니다."

"음, 그렇구나."

복호상단과 화정상단의 파탄은 사천상회에서 모르는 이가 없었다.

그럼에도 배첩은 전달되었고, 참여했다.

사천상회의 중심이 삼대상단이라 해도, 십대상단의 전원 참석은 연합회의 깨지지 않는 전통이었다.

복호상단으로선 좋지 않은 관계일지라도 배첩을 보내 대범함을 보여야 하고, 화정상단도 관계 회복을 위해서라도 참여해야 했다.

이런 속사정은 사실 공공연한 비밀이었다.

대외적인 시선을 신경 썼기에 복호상단은 화정상단을 홀대할 수도 없는 노릇이다.

그래도 뒤끝에는 일가견이 있는 복호상단주였다.

5년마다 열리는 연합회는 상단의 회합이 명목이지만, 실제로는 서열의 재확인에 있었다. 개인이라도 자리 배치에 연연할 텐데, 상단이라면 두말할 나위가 없을 터.

현재 십대상단의 서열을 나열하면 적금상단이 화정상단보다 위에 있었다. 그렇다면 2관의 2실을 주어야 하는데, 3실에 배정했다. 이는 적금상단과 화정상단이 서로 싸우라고 분위기를 조장한 것이나 다름이 없다.

"복호상단이 머리를 잘 썼구나."

"그렇습니다."

자리 배치를 항의해 봤자 복호상단은 이전 연합회의 순서대로 했다고 하면 그만이었다. 또한, 별거 아닌 일로 회합을 망친다고 질타를 받을 수도 있었다. 우리가 항의해도, 받아들여도 복호상단은 손해 볼 것이 없다.

"이런 일로 분쟁을 키울 필요는 없으니 이만 들어가자꾸나."

"그래선 안 됩니다."

"복호상단의 의도대로 끌려가잔 말이더냐?"

"대외적으로 우린 피해자입니다. 그러나 매번 피해자의 위치에 있다면 시선은 바뀌지 않습니다. 저들이 가진 동정심이 진짜일 리도 없겠지만, 그 또한 얼마나 가겠습니까?"

사람들은 강자를 질타하고, 약자를 동정한다.

그러면 현실적으로도 그럴까?

상인은 이익을 못 보더라도 손해를 최소화하려고 한다. 결국에는 강자에게 고개를 숙일 수밖에 없다.

언제 망해도 이상하지 않을 만큼 궁지에 몰린 화정상단이었다. 연합회 내내 끌려다니지 않으려면 이쯤에서 서열을 확실히 할 필요가 있었다.

"네 말이 맞다. 보여 줄 땐 보여 줘야지. 하마터면 무엇이 중요한지 간과할 뻔했구나."

"제가 앞장서겠습니다."

"아니, 굳이……."

"상단의 자존심이 걸린 일입니다. 하물며 아버지는 적금상단의 주인입니다. 고작 화정상단 따위를 상대하는 데 전면에 선다는 건 있을 수 없습니다."

"……알겠다."

대쪽 같은 아들의 태도에 구서진은 아차! 싶었지만, 상인들과 단원들의 기대 어린 표정에 한숨이 나왔다.

화정상단과는 경쟁 관계였고, 그간 쌓인 감정도 컸다. 다른 상단이라면 몰라도, 화정상단에는 지고 싶지 않을 테지.

'이놈의 흐름에 휘말렸구나!'

이제는 발을 빼기도 힘들어졌다. 내 식구의 부담스러운 시선도 있고, 물러서기엔 모양새도 좋지 않았다. 상단의 자부심을 위해서라도 본때를 보여 줄 필요는 있었다.

저벅!

한 걸음이었다.

"아들아, 같이 가야지!"

왜 이렇게 빨라.

내빈실 1실과 2실의 거리 차이는 제법 된다. 그만큼 많은 인원을 들일 수 있는 실내였다.

어느새 아들은 2실의 문 앞에 섰다.

"문을 잠갔군."

뻥!

와장창!

당겨 보다 안 열리자, 발로 차 버렸다.

"……미닫이다, 이놈아!"

당기니까 안 열리지!

"열렸습니다."

"……하아!"

구서진의 한숨이 현실을 대변해 주었다. 조용히 끝내기를 기대한 자신이 병신이었다.

스윽!

홱!

본때를 보여 주라고 응원하던 상인과 단원들도 일단 시선부터 피했다.

"우린 어서 짐이나 풀자고."

"그러게, 방문 앞에서 제사 지내는 것도 아니고, 어서 서두르자고!"

"우리도 도와줌세."

"단주님까지 하실 필요는 없습니다!"

"도와주고 싶다고~~!"

"……그러세요."

모처럼 상인과 단원이 하나가 되어서 내실로 도주했다. 그들은 응원하기보다는 외면하기로 했다. 봐서 좋을 게 있고, 없는 게 있는 법이다.

'자기가 낳은 자식을 그렇게 몰라서야. 이 모든 사태는 상단주님이 자초하신 겁니다!'

가복은 대세를 따라 3실로 들어갔다.

모두가 '예' 할 때, 한 점의 망설임도 없이 더 큰 목소리로 '예'를 복명복창할 수 있어야 종복다운 태도였다.

드륵!
숨어서 조심스럽게 지켜보는 시선이 있었다. 그는 적금상단을 2관으로 안내한 상원이었다.
'헛! 저런 망둥이 같은 자가 다 있나?'
윤 행수의 명을 받아 자리 배치 이후 적금상단이 어찌 나오는지 확인하고 있었다.
그는 약간의 다툼과 언쟁으로 끝나리라 예상했었다. 복호상단 한복판에서 대놓고 문짝을 부술 줄 누가 알았으랴.
'이걸 대체 어떻게 보고하라는 거야?'
화가 나서 이성을 잃었다고 해야 하나? 복호상단을 무시하는 행위라고 해야 하나?
전자든, 후자든 사태가 아주 골치 아프게 되었다.
그러나 어쩌랴.
자신은 고작 일개 상원에 지나지 않았다. 시키는 대로만 하면 된다. 괜히 의견을 첨언하는 건 밥줄 끊는 지름길이었다.
'난, 모르겠다!'
설마 여기서 더 나가진 않겠지?

탁중일은 연합회의 참석을 망설였었다.
근래엔 잠잠해졌지만, 살수와 낭인을 보내 죽이려고 했

던 복호상단주였다. 대놓고는 죽이지 않더라도, 무슨 수작을 부릴지 알 수가 없다.

청풍과 성도가 방패막이가 되어 주겠다고 약속했지만, 그들을 전적으로 믿기에는 이 바닥이 그리 호락호락하지 않았다.

언제든 복호를 무너뜨릴 기회가 있으면 미끼로 쓰거나, 실패 시엔 먹잇감으로 던져주어도 이상하지 않았다.

가시방석임에도 참석한 연유는 상단의 명맥을 유지하기 위해서였다.

물론 복호상단과의 관계를 개선할 수 있으리란 기대는 애초에 하지도 않았다. 두원광의 지독함도 있었고, 원한도 쌓여 있었다. 그자와는 이미 서로를 마주할 수 없는 강을 건넜다.

하나, 지금 상태로는 십대상단도 간당간당했다. 연합회에도 참석하지 않는다면 더는 십대상단으로 존속이 힘들었다. 적어도 다시 회생할 수 있다는 저력을 보여 주어야 했다.

'빌어먹을, 내가 어쩌다 이런 신세가 됐지!'

이 지경이 된 시발점은 적금상단과의 마찰에서 빚어졌다. 그러나 당장은 적금상단을 신경 쓸 때가 아니었다. 연합회 동안 복호상단의 수작과 견제에 휘말리지 않는 것이 중요했다.

"아버지! 제가 이번 기회에 적금상단의 기를 단단히 죽여 놓겠습니다! 그딴 놈이 의룡일 리도 없지 않습니까?"

"닥쳐, 이 병신 새끼야!"

죽이긴 뭘 죽여?

탁중일은 상단의 후계자로 차남인 탁소준을 선택했지만, 그 사실마저 알리지 못한 상태였다.

왜냐고?

첫째가 자신의 등에 칼을 꽂기는 했어도, 둘째보다는 나은 편이었다. 욕심은 비슷하게 많은 주제에 상재도, 눈치도 없었다. 잿밥에만 관심이 많아서는, 자신을 알리려고나 하니 답답할 노릇이었다.

또드륵, 푸욱!

그거 좀 욕먹었다고 또 기가 죽어서 눈알을 굴리니, 탁중일은 속이 터졌다.

눈치가 없으면 배짱이라도 있어야지!

그놈이 그놈이긴 해도, 형만 한 아우가 없기는 했다.

쫘득!

탁중일은 솔직히 억울했다.

자신이 한 일도 아니고, 전적으로 두원광의 명대로 했다가 이렇게 된 것이다. 끝까지 살펴 주지는 못할망정 토사구팽을 시킨 주제에, 되레 원한을 품었다. 두원광이야말로 적반하장의 화신과도 같은 쓰레기였다.

그러나 아무리 억울해도 힘이 없으면 도로 아미타불이었다. 누가 말이라도 들어 줄까? 이 기회를 살려 십대상단에 들어오려는 살쾡이들이 부지기수였다.

'일단은 조용히 있자.'

분수를 모르고 나섰다간 삼대상단의 등쌀에 재기 불능이 될 수 있었다.

현재로선 십대상단의 유지가 최선이었다.

탁중일은 은인자중을 되새겼다.

뻐어엉!

와장창!

말이 씨가 됐나? 마음을 먹기가 무섭게 생각지도 못한 사태가 벌어졌다. 느닷없이 문이 박살 나며 방 안으로 문짝의 파편이 날아왔다. 조용히 숨죽이고 있었는데 본전을 챙기기는커녕, 날벼락을 맞은 꼴이다.

"이게 대체 무슨 짓…… 네놈들은?"

혼란스러운 와중 문을 부순 침입자를 확인한 탁중일은 눈에 핏발을 세우며 이를 바득바득 갈았다.

"앉으란 말도 안 하나? 손님 대접이 형편없군."

"……?"

탁중일은 입이 턱 막혔다.

하아.

구서진의 어이없는 탄성이 탁중일의 심경을 대변해 준다.

'아들아, 아무리 그래도 문을 부수고 들어와서 그러는 건 아니지!'

게다가 탁중일도 손님이긴 마찬가지였다. 주인도 아닌데 손님 대접을 한다면 그 자체로 복호상단을 모욕하는 짓이 된다.

이도 저도 말이 안 되니, 말문이 막힐 수밖에.

"네놈은 존장에 대한 예의도 없느냐?"

정신을 차린 탁중일이 광분하여 외치지만, 천우에겐 남의 집 개 짖는 소리에 지나지 않았다.

보통 개가 짖으면 발로 차지 않나?

천우는 의연했다.

저벅, 저벅!

느긋하게 걸어서 탁중일의 맞은편 탁자의 의자에 앉았다.

그러고선 한다는 말이.

"앉아."

"이놈, 나를 우롱하는 것이…… 헉!"

내지른 주먹은 허공을 쳤지만, 권풍은 탁중일의 얼굴 옆을 아슬아슬하게 스쳤다.

슈웅!

퍼엉!

목적지를 이탈한 권풍은 내실의 벽면을 두들기며 말려들어가듯 소용돌이를 일으켰다.

천우는 언짢은 기색을 드러냈다.

"앉아."

"……이러고도 네놈이 무사할 성싶으……!"

말을 끝내기도 전, 천우가 주먹을 들어 올렸다.

권풍에 맞아 얼굴이 날아갈 수도 있다는 생각이 스치자, 탁중일은 황급히 자리에 앉으려고 했다.

"잠깐."

앉으라며, 또 왜?

탁중일은 자존심이 상하지만, 법보다 가까운 주먹에 몸은 정직했다. 의도치 않게 앉지도 서지도 않은 어정쩡한 자세가 되고 말았다.

부들부들!

그러다 병신 같은 둘째와 눈이 마주치자, 치가 떨렸다. 씻기 어려운 치욕이 분명한 데다, 이상할 정도로 익숙한 것도 짜증이 났다.

"예의가 없었군."

갑자기 맞는 소리를!

탁중일은 기가 막혀서 연이어 말문이 막혔다. 이놈이 대체 뭘 하려고 들어온 건지 도무지 판단이 서지 않았다.

드륵!

천우는 의자를 탁자에서 정중히 뺐다.

예의를 갖춘 후.

"제가 소양이 부족했습니다. 어서 앉으시지요."

"……고맙다."

엎으려 절받긴데, 왜 좋냐?

구서진은 아들의 마이동풍에 휩쓸린 채 의자에 앉았다. 한편으로 황당하고 어이없는 탁중일의 다채로운 얼굴을 보고 있자니 고소했다.

'내 아들이지만, 사람 환장하게 만드는 재주는 타고났구나!'

팽팽하게 당겨진 실이 맥없이 끊어지듯 탁중일은 정신줄이 나가는 줄 알았다. 후안무치한 놈이 자기 부모는 또 살뜰히 챙겨서 속을 긁었다.

"이제 앉아."

"나를 대체 어떻게 보고…… 앉겠다, 앉으면 되지 않느냐!"

두고 보자더니 결국엔 보자기가 되어 버린 탁중일이었다.

그간 꼴이 우습게 되기는 했어도, 젖비린내도 나지 않는 애송이한테 이리 모욕당하게 될 줄 누가 알았을까.

그러다 침묵이 흘렀다.

왜?

문까지 박살 내고 찾아왔으면서 빤히 바라보고만 있었다.

뭘 하는 짓이지?

탁중일로선 처음 겪어 보는 상황이라 뭘 해야 할지 갈피를 못 잡았다.

"왜 말을 하지 않지?"

"……?"

그건 내가 할 말이잖아!

두원광을 적반하장의 화신으로 알고 있었는데, 진짜는 따로 있었다. 이놈이야말로 화신이 아니라 적반하장 그 자체였다.

말 하나하나가 조법(爪法)도 아니고, 속을 심하게 긁어 댔다.

"아버지, 아무래도 팔을 하나 잘라야 정신을 차릴 것 같습니다."

"……."

구서진은 침묵하기로 했다.

아들이 이상하다고 저 얄미운 놈 편을 들어 줄 순 없잖아.

'진짜로 자르진 않을 거지, 아들?'

피바다가 되는 꼴을 보고 싶진 않지만, 근래에 아들은 도살자로 통했다. 수틀리면 언제 어느 때든 피바다로 만들지도 모른다.

주르르륵!

개 같은 놈들!

탁중일은 화가 머리끝까지 치밀었지만, 그냥 하는 말처럼 들리지 않았다. 뇌리를 관통하는 한기에 식은땀이 귀밑머리를 타고 홍수처럼 흘러내렸다.

'의도가 대체 뭐냐 말이냐?'

저 새끼의 의도를 도무지 모르겠다. 방문을 부수고 들어와 다짜고짜 정신을 차리라니?

그러는 네놈이나 정신을 차려라! 시원하게 쏘아붙이고 싶은 마음은 굴뚝같으나, 살기가 뇌를 지배했다.

"사과해야지. 명색이 상단주란 자가 이리 눈치가 없어서야. 꼭 말을 해 줘야 알아듣나? 그런 정신머리로 상단을 이끄니 그 모양 그 꼴이지. 쯧쯧쯧!"

이쯤 되면 그냥 팔을 자르는 편이 나으려나?

아들아, 말이 너무 심하지 않니?

탁중일이 비록 개 같은 놈이라도, 너까지 그리 나올 필요는 없지 않느냐.

남의 아들도 보는 앞에서 말이야.

'속은 시원하네.'

구서진은 끝까지 침묵으로 일관했다. 이런 분위기에서 말해 봤자, 좋을 게 없다는 결론을 냈다.

결국 참다못한 탁중일의 머리 뚜껑이 열리고 말았다. 사람이 참는 데도 한도가 있는 법이었다.

"이 버릇없는 놈이, 진짜 끝까지 가 보자는……?"

슝!

푸숙!

손가락을 튕겼을 뿐인데, 구멍이 2개가 났다. 깊이는 고민하지 않아도 되었다. 외부와의 소통으로 바람이 잘 들어온다.

휘이이이잉!

언제 날렸는지 어떻게 날아갔는지 뒤에서 불어오는 바람을 체감하고서야 알았다. 위치가 조금이라도 빗나갔으면 이마에 구멍이 뚫린 줄도 모른 채 고꾸라질 뻔했다.

탁중일의 열렸던 머리 뚜껑은 곧바로 닫혔다. 열 받는다고 함부로 역정 내면 오늘이 명년 제삿날임을 깨달았다.

침묵이 흘렀다.

흐엑!

뒤통수가 시원해진 탁소준은 그제야 상황이 어떻게 된 줄 알고 비명을 질렀다. 생각보다 더 눈치가 없는 녀석이었다. 죽을 뻔한 걸 알자, 천우를 감히 쳐다보지를 못했다.

'가만히 있었는데, 나는 왜?'

아버지를 못 잡아먹어서 안달인 건 둘째 치고, 탁소준은 굉장히 억울했다.

'원래 이런 놈이 아니었잖아!'

탁소준이 본때를 보여 주겠다고 한 호언장담은 과거에 형과 함께 본 적이 있어서다. 방구석 찌질이가 갑자기 의룡이라니, 천지개벽이 아니고선 가당키나 한 일이냐고. 당연히 거짓이거나, 소문이 과장되었다고 보았다.

'젠장! 이런 무서운 놈과 척을 져서 이 사달을 만들어옷!'

탁소준은 아버지와 형을 원망했다.

어서 석고대죄해서라도, 이 미친놈을 방에서 내보내라고요!

"팔을 잘라야겠군."

"······미안하네, 잠시 물욕에 눈이 멀어 상도의를 어겼네. 그러니 불민한 나를 부디 용서해 주게!"

"말투가 맘에 들진 않지만, 아량을 베풀어 주지."

"……고맙네, 이 은혜는 절대 잊지 않겠다!"

이제 끝났으면 꺼져라!

그 말이 입에서 나오려는 걸 간신히 참았다. 탁중일도 아들과 마찬가지로 저 미친놈을 한시라도 빨리 치워 버리고 싶었다.

"아직도 기본이 안 됐군."

"사과했으면 됐지, 나한테 대체 원하는 게 무엇이냐?"

"손님이 왔으면 차를 내와야지."

"이런 와중에 그걸 말이라고…… 알았네!"

보통은 주인이 차를 내온다. 손님이 먼저 요구하는 경우는 들어 보지도 못했다.

하나, 주먹 앞에서는 예외가 있었다.

탁중일은 멀뚱히 쳐다보고 있는 눈치 없는 아들놈의 행태에 복장이 터질 것 같았다.

'가라.'

'왜요?'

졸지에 차 심부름이나 하게 된 탁소준도 불만스러웠다. 자신은 차나 따르려고 복호상단에 오지 않았다.

탁소준은 마지못해서 차를 끓여 가지고 왔다.

"여기……요."

"대답 똑바로 해라."

"여 습니다요!"

말더듬이를 고친 천우는 고개를 끄덕였다.

그러다 아버지가 차를 마시려고 하자.

"마시지 마십시오. 독이 들었을 수도 있습니다."

"……아닙니다! 절대로!"

"당황하는 거 보십시오."

"아닙니다, 제발 믿어 주십시오!"

기겁한 탁소준이 황급히 바닥에 무릎을 꿇으며 믿어 달라고 사정했다.

저 미친놈의 말도 안 되는 억지를 지켜본 탁중일은 속이 썩어 문드러졌다. 더욱이 아들의 병신 같은 짓에도 입을 다물 수밖에 없는 현실이었다. 자신이 부린 추태가 있으니, 그 앞에서 무슨 말을 한단 말인가.

"독이 있을 리 없지 않느냐. 자, 봐라. 아무렇지도 않지. 차가 아주 훌륭하구나."

"제가 오해했습니다."

때리는 개새끼보다 말리는 개가 더 얄밉다더니. 여태 한 마디도 하지 않았던 구서진이 더 눈꼴시었다.

'두고 보자, 네 기필코……?'

뎅강!

천우는 심도 있는 대화를 위해서 찻잔을 검결지로 두 동강 냈다. 아버지도, 외총관에게도 통했던 교차 검증도 확실한 방도였다.

딸꾹!

눈치 없는 탁소준은 딸꾹질을 멈추려고 차를 후루룩! 하다가 뜨거워서 뱉어 내는 추태를 부렸다.

복수심도 어느 정도여야 들지.

그제야 천우가 누구인지 되돌아보는 탁중일이었다.

상대는 약관도 되지 않은 나이에 용의 반열에 든 신성으로 적백쌍협과 독두삼귀를 척살한 절정고수였다.

초정절, 화경, 절대경의 고수들과 비교한다면 격이 한참은 떨어질 수 있었다. 하지만 그들은 하늘 위에 있는 절대자들이다. 절정고수만 되어도 도시에서 손에 꼽히는 무위였다.

"실수했군. 오늘은 무림의 신성이 아니라, 상계의 소단주로서 왔는데 말이야."

사과가 아니라 협박으로 들렸다.

오늘은 소단주라고 했지만, 언제든 의룡으로 돌아갈 수도 있다는 의미다. 아까 팔을 자르겠다는 경고가 허언처럼 들리지 않는다. 찻잔을 매끄럽게 자르는 검결지만으로 충분했다. 계단처럼 층층이 쌓아 올린 협박이 이어지며 두려움을 극대화한다.

"호칭이야 피차 중요하지 않겠지만, 서열은 중요하지. 앞으로 화정상단은 본 상단의 아래임을 반드시 공지하도록."

"……."

"대답은?"

"……알겠네."

용건을 마친 천우는 일어섰다.

"아버지, 가시죠."

"그러자꾸나, 화정상단주는 상회의에서 또 봄세."

구서진과 천우가 떠나고 난 후, 방 안은 쥐 죽은 듯이 고요했다. 지풍에 뚫린 벽의 구멍을 통한 바람 소리만이 공허하게 들린다.

빠드득!

한참을 지난 후에야 탁중일은 분노하여 이를 갈았다.

'빌어먹을, 이런 개 같은!!'

저 무도한 놈을 죽이고 싶은 마음 이면에 두원광에 대한 원한이 사무쳤다. 이 사태를 일으킨 근원은 두원광이었다. 그가 자신을 이 방으로 보내는 바람에 저 미친놈이 방문을 부수고 쳐들어온 것이다.

"아버지, 이런 짓은 상계에선 있을 수 없는 일입니다. 적금상단의 만행을 복호상단에 따져 물어야 합니다!"

"닥쳐, 이 병신 새끼야!"

따진다고 두원광이 들어 줄 턱이 없고, 소문이 나도 좋지 않았다. 다른 상단의 비웃음이나 사지 않으면 다행이었다.

그렇기에 놈도 마음 놓고 행패를 부린 것이다. 무작정 들어온 줄 알았더니, 곰곰이 따져 볼수록 심계가 보통이 아니었다.

'많이 웃어라. 언젠가는 네놈들도 피눈물이 흐를 날이 올 것이다!'

제4장
태풍 전야

 행수의 보고에 두원광은 실소했다.
 적금상단은 현 사태의 시발점이었고, 화정상단은 현 사달을 만든 원흉이었다. 성질 같아서는 당장에라도 처리하고 싶었지만, 대외적인 시선 때문이라도 배첩을 보내야 했다.
 화정상단과의 다툼은 공공연한 비밀일 뿐, 공개적으로 인정하지 않았다. 그러나 연합회 동안 탁중일이 화를 입는다면 책임을 피하기 어렵다.
 두원광으로선 원하지도 않는 초대에다 손을 쓰지도 못하는 처지였다. 그래서 작은 여흥거리라도 만들 겸 적금상단과 화정상단의 위치를 바꾸어서 배치했었다.
 연합회 내내 서로 간에 다툼이 벌어지도록 유도하고, 무명협객이 개입했는지를 알아보기 위해서였다. 무명협객만 없다면 탁중일의 처리는 얼마든지 가능했다.

"어차피 손을 쓰지 못한다는 걸 알고 있다면 굳이 상단까지 오지 않을 수도 있겠지만."

그렇더라도 적금상단이 이토록 대범한 짓을 하리라고는 예상하지 못했다. 화를 당하고 어이없어할 탁중일의 분노에 기분이 좋아진 것도 잠시.

"건방지군."

서로 간의 분란을 조장하긴 했지만, 눈에 띄지 않게 조용히 다툼을 벌였어야 했다. 돗자리를 깔아 주었다고 제멋대로 설치고 다닌다면 주인을 안중에도 두지 않는 짓이었다.

"애송이가 무공 좀 배웠다고 세상 무서운 줄 모르고 설치는구나."

그리 말하는 것치고는 무명협객에게 당해 새로 만든 집무실의 위치를 공개하지 않았다. 말과 행동이 따로 노는 것만 봐도 여전히 무명협객에 대한 두려움이 있었다.

맘에 들지 않는 흐름이었다.

적금상단이 화정상단을 눌러놓아 더는 분쟁이 발생하지 않을 수도 있었다. 탁중일이 찾아와 호소했다면 적금상단을 훈계할 명분이라도 있지.

물론, 요청을 들어줄 마음은 쥐뿔만큼도 없었다. 적당히 애를 태우고, 적금상단을 옭아맬 족쇄로 쓸 요량이었다.

작금의 사태를 인지했는지는 몰라도, 의룡이 다짜고짜 문짝을 부수고 들어가는 바람에 상회의 시선이 집중되었다.

그 소란을 떨었으니 모른 척하기도 힘들었다. 이쯤 되니 자신의 의도를 대놓고 공개한 것이나 다름없게 되었다.

"여흥을 망친 대가를 줘야겠지."

행수에게 명을 내려 호실을 바꿔 주기로 했다.

대놓고 손을 쓸 수 없다면 자잘하게 귀찮게 할 순 있었다. 자리 배치가 마음에 안 들어 그 난리를 쳤으니, 자리를 바꿔 주면 그만이다.

명을 내린 지 얼마 되지 않아.

"어떻게 됐지?"

"싫다고 했습니다."

"내가 바꿔 주라고 했는데도?"

"……그렇습니다!"

행수는 착오로 인해 자리 배치가 잘못되었다고 사정을 설명했지만, 적금상단은 단칼에 거절했다.

그것도 상단주도 아닌, 후계자가 나서서.

"강호의 명성이 헛되었구나!"

적금상단을 압박하기 위한 경고 이전에 애송이의 명성을 이용한 계책이었다. 배치가 마음에 안 들어서 소란을 일으켰고, 하는 수 없이 자리를 바꿔 주려는 구도를 만들려고 했었다.

그래야 의도가 어찌 되었든 명분은 복호상단이 쥘 수 있다.

설령 알았다고 해도 의룡은 소란을 일으킨 당사자였다. 명색이 강호의 신성이자, 의룡이라면 책임을 졌어야 했다.

아주 건방지고, 무례한 행동이 분명한데.

두원광으로선 호실을 바꾸라고 다시 명령할 수도 없게 되었다. 의룡은 명성에 연연하지 않는 자였다. 소란을 피운 책임을 묻고, 따져 봤자 구차하게 보일 뿐이다.

부르르르!

그렇다고 공론화하기엔 의도가 뻔히 읽힌다. 상계에서만 알려지면 유야무야 넘어가겠지만, 무림에선 되레 문제가 심각해질 수 있었다.

무인은 상인보다 자존심이 세다.

강호에서 인정한 신성을 함부로 대했다면 무림을 무시하는 행위가 되었다. 의룡에 대한 호감이나 반감은 중요하지 않았다.

'무공에 그리 자신이 있다면 그에 상응하는 대접을 해줘야겠지.'

당장은 연합회에 집중할 필요가 있었다. 작은 여흥에 집착하다 정작 목적을 잃을 순 없다.

'화정으로 안 되면, 누가 좋으려나?'

쓸 만한 후보는 꽤 있었다.

기분 내키는 대로 행동하는 놈인 만큼 분란은 예정된 수순이었다.

사천상인연합회의 기간은 보름이었다.

행사는 각 상단이 자랑하는 상품의 판매와 새로운 활로

를 확보하기 위한 협상의 자리였다. 통상 5일은 친목 교류를 맺고, 10일은 회의와 행사를 진행한다.

모임의 목적 자체는 건전했다. 서로의 의중을 대놓고 드러내지 않을 뿐이지.

더욱이 은밀히 거래할 요량이면 연합회에선 접촉할 이유가 없다. 사석에서 따로 만나는 편이 외부의 시선에선 훨씬 자유로웠다.

결국 연합회의 목적과 달리 실제로는 상단의 서열을 확인하고, 친목 교류와 파벌의 형성에 있었다. 그마저도 진심인지는 시일이 지나고 나서야 밝혀진다.

그런 속내와 달리 연합회 내내 상단들은 꾸준히 관계를 개선하고 거래를 텄다.

행사 초반에 난리를 쳤던 것과 달리 적금상단은 조용한 편이었다. 이목의 집중이 부담스러워서 은인자중하는 듯 비쳤다.

하지만 사람의 궁금증이란 이럴 때일수록 극대화되기 마련이다. 어떤 일이 있었는지 내막을 집중적으로 살폈다.

반나절도 되지 않아 소문이 퍼졌다.

-자리 배치가 중요하긴 하지.

-고작 그런 일로 좋은 날에 그 난리를 치는 게 말이 되나?

-고작이라니, 자리 하나 얻어 보겠다고 참석한 상단은 뭐가 되는데?

―그래도 문짝부터 부수고 들어간 건 선 넘었지.
―부술 만했구먼, 적금상단이 화정상단 때문에 피해를 얼마나 많이 봤는데.
―따지고 보면 화정상단이 자초한 면이 없지 않지.
―그래서 복호상단이 자리를 바꿔 주겠다고 했더니, 그건 또 싫다고 거절했다고 하더라.
―문짝 수리가 안 됐잖아. 벽에 구멍도 나고, 내부가 아주 개판이던데.
―적금상단이 부순 거잖아!

개방이나 하오문 같은 전문적인 정보 집단은 아니더라도, 상인들의 정보 전달력은 상당히 빠른 축에 속했다. 난리를 친 원인과 결과를 알아내는 데까지 반나절이면 차고 넘쳤다.

다만, 이 모든 사태의 근본적인 원흉이 복호상단임을 아는데도, 상인 중 누구도 입에 올리지는 않았다.

자리 배치만 봐도 적금상단과 화정상단의 다툼을 조장한 면이 강했다. 적금상단으로선 자존심이 상했을 테고, 그간 당했던 앙금도 작용했을 것이다. 적금상단의 대처가 과격하긴 했어도, 충분히 역정을 낼 만했다.

불구대천의 원수는 아닐지언정, 적금상단도 감정적으로 좋을 리가 없었다. 불난 데 부채질하는 것도 아니고, 부서진 방으로 자리를 바꿔 주겠다는 복호상단의 호의가 호의로 받아들여지겠는가. 적금상단을 길들이겠다는 의도가 다분했다.

-거절은 할 수 있지.

-요즘 들어 밤공기도 찬데, 벽에 구멍 난 방에서 자면 입 돌아간다고.

-화정상단은 입 돌아가도 되는 거냐?

-정 그렇게 힘들면, 구멍을 막으면 되는 거지. 그게 뭐 대수라고.

-문짝은?

-술 떨어졌네.

상인들은 적금상단을 이해하고, 화정상단을 알게 모르게 비난했다. 그러면서도 복호상단으로 귀결될 때면 자연스럽게 화제를 돌렸다.

연합회의 목적이 친목 도모라지만, 누가 진짜 친한지 알 수도 없었다. 또한 상인은 이익을 위해서라면 언제든지 친구의 등에 비수를 여러 방 꽂아 줄 용의가 다분했다.

더욱이 이번 연합회에 복호상단은 사활을 걸고 있었다. 그 앞에서 꼬투리나 빌미를 제공할 만큼 어리석진 않았다.

복호상단의 의도대로 화제의 중심은 적금상단과 화정상단이 될 수밖에 없는 구도였다.

그중에서도 의룡을 배출한 적금상단에 기대가 컸다.

상단주야 연합회의 일정으로 바쁘다지만, 의룡이 어찌 나올지가 관심의 대상이었다.

기대가 컸던 만큼 의룡이 쥐 죽은 듯이 방에 틀어박히자,

복호상단의 압박에 굴복했다는 분위기였다.

이해는 되었다.

의룡이라고 해도, 상대는 사천을 대표하는 대상단의 주인이었다. 무림과 상계가 다르긴 하나, 대상단의 재력이라면 무인을 얼마든지 고용할 수 있었다.

한편으로 의룡이 소문과 달리 과장되었다고 보는 부류도 생겼다. 의룡과 한 번이라도 교류를 해 본 적이 있거나, 적금상단과 알고 지내는 경우라면 더더욱.

—위선자인 적백쌍협을 죽였다고 알려지긴 했지만, 본 사람이 있나?

—독두삼괴는 사파의 실세도 아니고, 일개 떠돌이 낭인에 불과하잖아.

—실제로 의룡이 싸우는 걸 본 사람이 없는데, 소문만 듣고 믿기는 좀.

—너희들 말대로라면 강호 무림에는 눈깔 병신들만 있는 거냐? 그렇게 알아들으면 되는 거지?

—……말조심해! 누가 그렇다고 했어! 의룡 맞아!

—아무렴, 의룡 맞지. 누가 의심했다고 그래. 우린 그저 적금상단의 후계자를 걱정했을 뿐이야.

의룡에 대한 의심은 들지만, 대놓고는 말하지 못하는 묘한 상황이 만들어졌다.

복호상단과 마찬가지였다.

자기들이 아는 적금상단의 대공자는 의룡이 될 만한 자

질을 갖추지 못했다. 방구석에서 나오지를 않는 폐인이 고수가 되는 예는 들어 본 적도 없다. 하다못해 기연이라도 얻으려면 밖으로 나가기라도 해야지.

이런 자세한 사정을 모르고, 공적만 보고 신성을 공표했다면 문제가 있었다.

하지만 누구도 의룡을 대놓고 의심하진 않았다. 그랬다가는 눈깔이 뒤집힌 무인들이 밤중에 찾아올 수 있었다.

그래도 궁금하잖아.

조금은 보여 줘야지.

방구석에만 있으면 어쩌란 거냐고?

사람은 호기심 때문에 죽는다고 하더니 만고불변의 진리였다.

이럴 때 방도는 하나뿐이었다.

"식탁에 고기가 부족하구나."

"숙수한테 긴히 전달하고 오겠습니다. 아무래도 이 작자가 아직도 도련님의 취향을 모르는 모양입니다."

"우린 손님이다. 부담은 주지 마라."

"숙수에게 제 비법을 조금 가르쳐 주겠습니다. 아마 당장이라도 저를 스승으로 모시려고 할 겁니다."

"일리가 있군."

지금도 식탁에는 채소류를 찾아볼 수 없다. 고기가 8할이고, 나머지도 두부였다.

천우는 심상으로 내외력을 수련하고, 고기 식단으로 체격을 완성하고 있었다. 지금도 완벽에 가깝지만, 패황기로 육체를 자극하여 벽을 부수고, 재건하는 중이다.

부수고, 재건하고.

뼈가 부서지고 회복하면 더욱 강해지듯, 육체의 단련은 파격과 재활의 연속이었다. 이를 가만히 앉아서 심상과 연결하여 완성체에 다가서고 있었다.

'심상과 영력을 합일한다면 권능을 강화할 수 있겠군.'

제대로만 된다면 패황기만으로도 어지간한 자들은 제압할 수 있었다.

물론, 기준은 패황의 주관이었다. 대다수 무인에겐 실례지만, 어지간한 수준에도 미치지 못했다.

하여튼 권능이 삼라만상을 지배하는 권역을 구축한다면 무영을 피해 회귀의 굴레를 제 손으로 끊어 낼 수 있을지도 모른다.

'회귀를 끝내도 내가 끝낸다.'

무영에게 일방적으로 끌려다니는 것은 패황의 자존심이 용납하지 않았다.

근시안 내에 멸악패도의 구도자로서 위엄을 되찾으리라!

그 전까진 수신제가를 위해서 매진해야 했다.

천우는 첫날 소란을 피운 이후로 아버지의 허락이 떨어질 때까지 방에서 대기했다. 언제든 상단의 후계자로서 소임을 다할 준비가 되어 있었다.

"때가 된 듯한데, 부르시질 않는군."

"상단주께서도 눈치가 있는데, 그 난리를 피운 도련님을 데리고 다니겠습니까?"

"종복이 쓸데없이 솔직하면 혀가 뽑히곤 하지."

"어서 고기를 가져오겠습니다!"

"반응이 느리구나."

"갑니다, 가요!"

가복이 신속히 방을 나서려던 때, 문이 먼저 열렸다.

다행히 손님은 미달인 줄 알고 있었다. 의도치 않게 문을 당겼다면 불상사가 발생했을 것이다.

"누구지?"

"우 소제, 날세. 이리 가까이 있는데, 이 우형을 찾지 않다니 섭섭하구먼."

상인치고는 키가 크고 건장한 체격으로 눈은 작은 편이었다. 자기 딴에는 호방한 분위기를 풍기려고 애를 쓰고 있었다.

천우는 빤히 응시했다.

멈칫!

문을 열고 들어와 알은체를 했던 이겸은 몸이 굳는 위화감을 느꼈다.

'이게 뭐지?'

이겸으로선 이해하기 힘들었다.

그는 서창상단의 후계자로 과거 적금상단을 방문한 적이

있었고, 구천우를 보았었다. 그 당시만 해도 구천우는 탁소평을 피해 다니기 위해서 방구석에 처박혀 있었다.

다시 본 구천우는 그때와는 분위기가 사뭇 달랐다. 눈도 맞추지 못하고 아래로 깔고 다녔던 소심한 녀석이었거늘. 의룡으로 불리게 됐을 때 이겸은 헛소리를 들은 줄 알았다.

'달라지긴 했군.'

외모는 그때와 비슷하지만, 체격만 봐도 다른 사람이었다. 시간이 흘러서 변하는 것과 수련으로 달라지는 건 다르다. 성장기라고 해도 체격에서 단단함이 흘러나왔다. 무공을 연마했다면 이해가 되기는 했다.

'그래 봤자 2년도 안 됐잖아!'

길게 봐도 2년이었다. 그 짧은 시간 강호의 신성이 되어 나타나다니, 아무리 봐도 이상하잖아. 그런 식으로 강해질 수 있다는 말은 들어 보지 못했다고!

"누구냐고 물었다."

"천우 아우, 날세. 서창의 이겸! 우리 같이 밥도 먹고, 담소도 나누고, 상인으로서 건전한 미래를 나누지 않았었나. 기억을 못 하는 척하는 거면 정말 서운하네."

"그렇군."

천우는 이겸의 흐릿한 편린이 잠시 떠오를 뿐, 시시콜콜한 개인사는 관심 없었다. 찾아왔다고 해서 일일이 상대해 줄 필요성을 못 느꼈다. 그가 대상단의 후계자로서 명망이 있는 자라면 모를까, 서창에 불과했다.

100회차에도 없던 기억이라면 스치고 지나가도 이상하지 않을 관계였다. 더욱이 개개인의 관계보다는 멸악패도가 중요했었다. 사람과의 관계도 멸악패도의 수행에 도움이 되는지가 관건이다.

물론, 필요하지 않다고 하여 괄시하진 않는다. 그저 관계 없는 사람으로 대할 뿐이지.

······!

침묵이 흘렀다.

친분을 다져 보려던 이겸은 뻘쭘했다. 알은체를 했으면 대화라도 오고 가야 하는데, 알았다고 한 이상 답을 정해 버린 게 되었다.

더욱이 말을 함부로 할 수 없게 하는 무언의 압박이 있었다. 평소 입담에는 일가견이 있다고 자부했던 이겸조차 그 어색함에 짓눌렸다.

어색한 기류 속에 가복이 나섰다.

"저기요, 이겸 도련님."

"어, 왜 그러나?"

반색도 잠시.

"문 앞에서 조금만 비켜 주시겠습니까? 대공자의 심부름이 바빠서요."

"······실례했군."

종복 주제에 건방진 짓이지만, 주인의 명을 수행하고 있다면 얘기가 달라진다. 길어진 침묵에 의도치 않게 방문 앞에서 망부석이 된 것도 사실이고.

뻘쭘하긴 해도 이겸은 무던한 척 최대한 자연스럽게 천우의 탁자 앞에 의자를 빼서 앉았다.

"중한 심부름인가 보군."

"그래."

이겸의 미간이 순간적으로 꿈틀거렸다. 살짝 빈정이 상해서 물었다. 일언반구도 없이 그렇다고 하니 다음에 이어갈 소재가 고갈됐다.

대화를 주도하기 위해선 상대의 호응을 끌어낼 수 있어야 한다. 아예 무시해 버리면 그에 맞추어서 대응할 텐데, 물어보면 또 대답은 잘해서 소통을 이어 가기 힘들게 했다.

"얼마나 중한 심부름인지 조금 궁금하군. 비밀이 아니라면 이 우형한테도 말해 줄 수 있나?"

"고기가 부족해서."

"……?"

이겸은 순간적으로 잘못 들은 줄 알았다.

어떤 심부름인지는 애초에 중요하지 않았다. 개인사라면 캐묻는 것 자체가 실례기도 하고. 말할 수 없다고 하면 괜찮다고, 그럴 수 있다고 유쾌하게 넘어가려고 했거늘.

'고기 생산, 품질, 수량, 유통 때문이겠지?'

업무의 일환으로 보는 편이 그나마 보편적이고 타당했다. 공적인 문제라 사실을 숨기기 위해서 적당히 둘러댔다고 보면 이해 못 할 바는 아니다.

"일전에 잡히긴 했지만, 전염병이 도는 바람에 돼지 생산량이 소비량보다 부족해지긴 했지. 이럴 때 생산량을 획기적으로 늘리고, 유통로를 넓힌다면 상단에 큰 보탬이 될 테지. 소제는 어찌 생각하나?"

"모른다."

"방금 종복에게 그 얘기를 한 것 아닌가?"

"아니다."

아니, 그럼 진짜로 고기가 부족해서?

식탁은 빈 그릇이 대부분이고, 채소가 담긴 한 그릇만 덩그러니 있었다. 빈 그릇에 남은 양념과 기름을 봐선 고기 요리가 분명했다. 9할이 고기 요린데, 1할의 채소는 먹지도 않고 한곳에 모아 놓았다.

'……이 망할 놈이 나를 놀리는 건가?'

차라리 무시해 버리면 그만일 수도 있으나, 자신을 빤히 응시하고 있었다. 무심한 눈빛엔 아무런 감정이 전달되지 않았다.

그것이 화가 치미는데도 함부로 대할 수 없게 했다. 조금이라도 엇나가면 왠지 모르게 위험할 것 같았다.

그래도 좀 약이 오른다.

돌이켜 보면 이 자식의 말투도 거슬렸다.

탁소평과 같이 만났을 때는 눈치나 살살 살피며, 시선을 피했던 소심한 녀석이었다. 나이도 다섯 살이나 차이가 나서 형님으로 모시겠다고 했었다.

'이대로 끌려다닐 순 없지.'

어떻게든 과거를 인지시키고, 강하게 나가야 할 때다. 서창과 비교하면 적금은 한 수 아래였다. 하다못해 군대도 바로 윗선임이 가장 무섭다고 하지 않나.

"우리가 도인이나 스님이 아니긴 하나, 편식은 몸에 좋지 않아."

"고맙군."

머리와 입이 따로 노는 이겸이었다.

강하게 나가려고만 하면 겨울도 아닌데 불알이 쪼그라드는 이상한 위화감이 들었다. 괜한 말을 하는 순간 하얀색의 벽면이 붉게 칠해질 것 같은 기분이랄까?

'감이 좋은 놈이군.'

천우는 무심하긴 해도, 상대를 무시하거나 가볍게 여기진 않는다. 작은 방심이 화근이 되어 멸악패도에 방해가 되었다. 최선의 대응은 필수였다. 그래서 멸악패도와 삭초제근을 동일시하곤 했었다.

오싹! 부르르!

이겸은 생사의 기로에 선 기분이 들었다.

그것을 정확히 꼬집을 순 없지만, 접근해선 안 되는 경계선에 발끝을 걸치고 있는 기분이랄까.

하나, 그조차도 제대로 인식하기도 어렵고, 하고 싶지도 않다는 점이 걸렸다.

어느 것 하나 맘에 들지 않는 전개였다.

서창은 적금보다 위에 있었고, 천우는 아우에 지나지 않았다. 이겸은 이 흐름을 반전시켜 우위에 서야 했다.

이는 사내로서 당연한 반응이다.

대놓고 인정하지 않을 뿐, 사내의 세계는 원초적인 약육강식이 팽배했다. 역사적으로도 누가 더 강한지를 가늠하고, 우위에 서려고 발버둥을 쳐 왔다.

무림, 상계, 황궁 분류는 중요하지 않았다. 결론적으로 보면 다 같은 목적을 두고 있었다.

'그래도 의룡이잖아.'

자존심은 상하나, 목숨은 하나였다. 소문을 곧이곧대로 믿지는 않더라도, 의룡이란 별호를 아무에게나 주진 않을 테니 말이다.

'그러니 더더욱 말이 안 되지.'

너무 빨리 강해졌다.

최소한으로 잡아도 초일류, 어쩌면 절정에 이르렀을 수도 있다.

무림 세가나 대문파의 무인도 어릴 때부터 각종 영약, 신공, 최고의 스승을 갖추어야 겨우 가능한 일이다. 애초에 자질이 받쳐 주지 않으면 삼박자가 맞아도 무의미했다.

'방구석에서 체질이 바뀔 리가 없잖아.'

편견과 불신이 7할 이상이긴 한데, 이겸은 안전제일을 중시했다. 굳이 자신이 직접 희생자를 자처할 필요도 없다.

"자자, 우리 그러지 말고 젊은 사람들끼리 만남을 가져

봄이 어떠한가? 이리 방에서만 있으면 인맥을 쌓을 아까운 기회조차 놓치고 말 걸세."

"불가."

"나야 상관이 없지만, 지금처럼 방에만 있다가는 오해를 살지도 모르네."

"아버지의 허락이 필요해."

"하하! 아직도 아버지의 결정이 필요한 모양이군."

"그대는 아닌가?"

"당연히 아니지."

"상단의 명운이 걸려 있는데도?"

"그 정도로 거창한 모임이 아니지 않나. 그저 젊은 사람들 간에 교류를 가져 보자는 건데, 고작 그런 일로 어른들의 허락까지 필요한 일인가?"

"일리가 있군."

상황에 따른 융통성은 필요하다. 상인연합회의도 아니고, 후계자의 모임에 상단의 명운을 좌지우지할 가능성은 크지 않았다.

"하면 나와 함께 가세."

"아버지가 오실 때까지 기다리겠다."

"이리 꽉 막혀서야. 적금상단주께서도 이런 정도의 일탈은 이해해 주실 것이네."

"네 맘대로 아버지를 판단하지 마라."

단호함에 기분이 나쁠 수도 있지만, 이겸은 이 이상 권유

하지 못했다. 적금상단주의 명령을 천우가 자발적으로 어겼다면 모를까, 자신의 요청으로 마지못해 어겼다면 나중에 문제가 될 소지가 있었다.

'뭔 놈의 눈빛이?'

감정의 변화가 일절 느껴지지 않는 무심한 눈빛에 분위기를 짓누르는 압박감이 있었다. 게다가 그런 기세가 참으로 공교로울 때만 발휘되었다. 마치 일부러 그러는 것 같은데, 자세히 보면 아무런 것도 느껴지지 않는다.

이게 그 고수들만의 분위기, 기세란 건가?

무형지기만으로도 사람을 죽인다고 들었다. 천우가 절대고수까지는 아니더라도, 범인이 감당하기는 쉽지 않았다.

'아쉽게 됐는데. 체면도 상하고.'

궁금해하는 부류가 꽤 있었다. 그들을 대신해서 천우를 끌고 나가려고 했다. 마침 상단주 회의가 있기에 홀로 있을 천우를 꼬드길 심산이었는데, 좀처럼 맘대로 되지 않았다. 예전이라면 이런 고민 따윈 하지도 않았을 테지만, 강권하기엔 의룡이란 별호가 걸렸다.

드륵!

문을 열고 가복이 돌아왔다.

두 손에는 큰 바구니가 들려 있었다.

"고기 가져왔습니다. 대공자의 취향대로 수육으로 챙겨왔습니다."

"수육은 부족하지 않더냐?"

"숙수가 대공자를 위해서 평소보다 많이 삶았다고 하더군요. 사실은 제 특제 비법을 배운 대가겠지만요."

"폐를 끼치지 않아서 다행이군."

자연스럽게 소외된 이겸의 속내는 잘 익은 수육처럼 부글부글 끓었다. 농담인 줄 알았더니, 진짜로 고기 때문일 줄이야!

이쯤 되니 전에 당한 것에 앙심을 품고 자신을 놀리는 것이 아닌가 하는 심증 높은 의심이 들었다.

"잘 삶았군."

"제 특제 양념에 찍어 먹으면 더 맛있을 겁니다."

천우는 고개를 끄덕인 후 이겸에게 의향을 물었다.

패황은 탁중일처럼 손님 대접에 박하지 않았다. 남의 상단이지만, 내 상단처럼 대접했다.

"들겠나?"

"나는 됐네."

"들지?"

"먹고 왔네만."

"한 젓가락이라도 하지?"

"배는 부르지만, 아우의 성의……."

"괜찮다니, 다행이군."

말은 도중에 끊었지만, 예의를 중시하는 천우였.
3번을 권했다면 할 만큼 했다.

'……이 새끼가!'

설마 아까워서 그럴까, 라는 의혹은 수육이 사라진 속도로 대신했다. 분위기만 봐선 절대 안 그럴 것 같은 놈이 대놓고 수육을 탐하니 어이가 없을 지경이었다.

"훌륭하다."

"복호상단의 숙수도 제법 합니다. 제 솜씨에 비하면 부족하긴 해도요."

이겸은 이대로 나가지 못했다.

어떻게든 천우를 끄집어내 실체를 밝혀내기로 마음먹었다.

때마침 상단주 회의를 끝낸 적금상단주가 돌아왔다.

이겸은 인사를 올렸다.

"적금상단주님을 뵙습니다. 저 이겸입니다."

"반갑네. 그래, 어쩐 일인가?"

"천우 아우와 친목을 다질 겸 같이 나가고 싶은데, 한사코 상단주님의 허락이 있어야 한다고 해서 기다리고 있었습니다."

부모의 허락이 중요하긴 했다. 하지만 중요한 계약이나 전쟁에 참여하는 것도 아니고, 친구들과 친목을 다지는 것까지 허락을 구한다면, 온실 속의 화초 취급을 받게 될 것이다.

상단의 후계자가 사소한 결정조차 부모의 허락을 받는 것도 그렇고, 천우는 무림의 신성인 의룡이 아니던가. 체면 때문이라도 거절 자체를 할 수가 없었다.

"이리 신경을 써 주다니, 의형을 맺은 보람이 있구나."

"아닙니다. 제가 뭘 하겠습니까, 그저 조금이나마 아우의 인맥 형성에 도움이 되기를 바랄 뿐입니다."

"하면, 서약서가 필요하겠구나."

"허락하신 줄 알고 같이 나가…… 예?"

"소문을 익히 들어서 알고 있겠지만, 내 아들은 사고뭉치거든. 자네가 데리고 나가서 책임지고 단속한다면 나로선 무거운 짐을 더는 일이니 고마울 따름이네."

"하하, 제가 책임지고 단속할 테니, 그 점은 심려하지 않아도 됩니다. 허락하신 줄 알고 같이 나가 보겠습니다."

"서약서를 써 달라고."

어떻게든 어물쩍 넘어가려고 했던 이겸으로선 되로 주고 말로 받은 격이었다. 상단주라면 체면 때문이라도, 자식의 허물을 언급하지 않을 줄 알았다. 물가에 내놓은 아이처럼 다루자, 이겸으로선 책임을 지지 않을 수 없게 되었다.

"그리 부담되신다면 없던 일로 하셔도 됩니다."

"아는 사람이라곤 없는 아일세. 천우의 인맥과 친목을 도와준다는 뜻이 아니었나? 내 이 상단주에게 고마움을 전하려고 했건만, 싫다면 하는 수 없지."

"……아닙니다, 제가 책임지고 천우 아우의 인맥을 넓혀 드리겠습니다!"

"부담되면 하지 않아도 되네. 난 강요하는 사람이 아니거든."

큭!

이겸은 적금상단주가 만만치 않은 사람임을 실감했다. 이대로 물러서는 것이 나을 수도 있겠지만, 적금상단주가 오늘 일을 언급한다면 자신은 물론, 아버지의 체면까지 깎이게 된다. 설령 중한 회의의 안건은 아니더라도, 넌지시 흘리기만 해도 마찬가지였다.

'당했구나!'

자기가 먼저 가자고 하고선, 책임지기 싫어서 회피한다면 신뢰를 잃는 행위였다.

상인에게 신뢰는 중요했다.

그것이 설령 위선일지라도, 최소한 지키는 시늉이라도 해야 한다. 단순한 약속조차 지키지 않는다면 서창상단의 위상에 흠집이 된다.

이겸은 한숨이 나오는 걸 간신히 참았다.

작금의 상황과 분위기가 마치 짜고 친 듯이 이어졌다. 처음부터 노렸다고 봐도 이상하지 않았다.

그러나 자신을 목표로 계략을 꾸몄다고 하기엔 무리가 있었다. 애초에 누가 되든 상관이 없었다. 처음으로 찾아오는 누구라도 걸려들, 발을 빼기 힘든 함정이었다.

'하는 수 없지.'

그 난리를 피우고, 또 사고를 치지는 않겠지?

복호상단의 눈 밖에 나고 싶지 않다면 얌전히 굴어야 했다.

친목 모임은 교감을 나누어 친분을 다지는 자리다. 말만

들어 보면 특별하지 않으나, 실제로는 복합적인 이해관계가 엮이는 치열한 현장이었다.

그렇게까지 심각하게 여길 필요는 없지 않냐고 볼 수도 있지만, 스스로를 떠올려 봐라.

모임에 가는데, 아무 생각 없이 가는 경우가 있는지를. 작든 크든 참석하게 된다면 머리부터 발끝까지 신경을 쓰게 된다.

모임의 성격.

나오는 사람들.

참석자의 배경과 외양.

내 모습.

막 나가는 인생이 아닌 이상, 어느 하나 신경 쓰지 않을 수 있는 부분이 있나?

하물며 단순한 친목 모임이라고 하기엔 상단의 후계자와 그 관련자가 함께한다.

미래의 상계를 책임질 이들이 단순히 친목을 위해서만 나왔을까? 상인 회의처럼 딱딱한 분위기가 아닌, 이런 기회에 서로의 속내를 떠보려는 의도가 다분할 것이다.

친목 모임을 위해 복호상단이 내어 준 수정루(水亭樓)는 수려하고 웅장한 크기의 정원이었다.

상단 내부에 이런 거대한 정원을 만들어 놓다니, 복호상단의 재력을 엿볼 수 있었다.

하나가 아니라 각각의 정원이 수로에 의해서 구분되었

고, 큰 성곽 같은 누각은 모임을 하기에 차고 넘쳤다.

 서열을 정하진 않았어도 자연스럽게 삼대상단, 십대상단, 중소 상단으로 누각별로 구분이 되었다. 그 주변을 후계자를 보필하는 경호 무인이 자리했다.

 상단과 연계한 문파의 무인도 종종 보였다. 하지만 대문파와 세가에서 개입하진 않기로 되었다. 명성 높은 무인이 관여한다면 사천상회의 취지와도 어울리지 않기 때문이다.

 천우는 이겸을 따라 수정루의 진입로에 당도했다.

 내부의 전망이 보이기 전 행수가 그 앞을 지키고 있었다. 그는 수정루의 누각을 설명하며 누가 있는지를 알려 주었다.

 "알아서 등급에 맞춰서 가라는 뜻이군."

 행수는 어디로 가라고 강요하진 않았다.

 이는 당연했다.

 본인이 주제를 파악하는 것과 남이 강요하는 건 느낌부터가 달랐다. 원한은 이런 사소한 부분에서 쌓이곤 한다. 이를 대수롭지 않게 여기다가 불구대천의 원수가 될 수도 있었다.

 복호상단은 현재 건재함을 과시하고, 무너진 인망을 다시 쌓아야 하는 때였다. 각각의 상단은 약하지만, 파벌이 된다면 위협이 될 수 있었다. 지금처럼 성도와 청풍이 물어뜯으려는 시기라면 더더욱.

 "우린 저쪽으로 가는 게 좋겠네."

"그러지."

이겸은 2번째 누각으로 방향을 잡았다.

제1 누각은 삼대상단과 명망 있는 자들이 모여 있었다. 그래서 십대상단이 있는 누각을 택했다.

사실 삼대상단도 십대상단에 포함되기에 제1 누각으로 간다고 해도 별문제는 없으나, 이목의 집중과 견제를 피하기 힘들다.

혹여 삼대상단의 눈 밖에라도 난다면, 십대상단으로 묶여 있다고 해도 급이 다른 체격 차이를 경험해야 했다.

실제로도 삼대상단의 규모는 다른 십대상단을 합해도 총량에서 상대가 되지 않았다.

이겸은 애초에 의룡을 돋보이게 한 후 돌아가는 상황을 방관자로서 지켜볼 심산이었지만, 적금상단주와 한 서약서가 걸렸다. 이럴 때는 문제가 생길 빌미를 최대한 주지 않는 편이 이로웠다.

'예상대로 주목하는구나!'

세상이 어디 맘대로 될까, 어찌 보면 당연했다. 의룡은 연합회 시작부터 그 난리를 피운 요주의 대상이었다. 더욱이 상단의 후계자가 무림의 신성이 되었다. 처음부터 관심이 갈 수밖에 없었다.

"이보게, 천우 아우. 초면에 말을 걸고 그러면 당황스러울 수도 있을 걸세. 하지만 내가 잘 말해 줄 테니 걱정하지 말게."

"기대하지."

사방의 쏠린 이목에도 천우의 대수롭지 않은 평온함이 이겸에게는 이질적으로 다가왔다.

'그 한심한 방구석 폐인이 맞는 건가?'

망할 놈의 호기심이 사람을 잡는다고 하더니, 자기가 판 덫에 걸린 꼴이었다. 다만, 적금상단주의 뜻대로 방에 있었던 걸 고려하면, 또 사고를 치지는 않겠지? 그렇지?

이겸은 누각에 도착해서 천우를 소개했다. 사전에 데리고 오겠다고 호언장담을 한 것도 있다.

"여기 천우 아우가 바로 최근 사천 무림을 떠들썩하게 만든 정도의 신성 의룡일세."

"적금상단의 구천우요."

제2 누각에 모인 이들은 이겸과 마찬가지로 천우의 기억에 남아 있지 않았다. 간혹, 낯이 익어도 초면처럼 대했다.

실제로도 기억에 남을 정도로 대단치 않은 것도 있고. 상계에 대해선 아는 바도 많지 않았다.

천우는 과하지 않은 선에서 상단에 누가 되지 않도록 예를 갖추었다.

스윽!

일일이 인사를 하다 천우와 눈이 마주친 탁소준은 최대한 태연한 척했지만, 심장이 철렁했다.

'망할, 저 자식을 진짜로 데리고 오면 어쩌자는 거야!?'

탁소준은 이겸이 큰형과 아는 사이기에 몇 번 본 적이 있었다. 적당히 대답하고 끝내려고 했지만, 이겸이 소문의 진상을 집요하게 물어보게 되자, 천우를 언급하지 않을 수 없었다.

그나마 첫날 개판을 치고 두문불출하기에 안심했더니, 저 인간이 천우를 데리고 나올 줄이야.

너도 그래, 오란다고 진짜로 오냐?

의룡이면 진득함이 있어야지.

'제발, 모른 척 넘어가라!'

탁소준의 바람이 하늘에 닿았음일까. 자기 나름대로는 진인사대천명이었다.

슥!

천우는 한 번 본 후 시선을 옮겼다.

관심을 보이기는커녕, 안중에도 두지 않았다. 앙금이 남았다고 하기엔 지나치게 무덤덤하다.

'이 자식, 날 무시하는 거냐!'

사람의 심리란 오묘하다. 방금 알은체하지 말아 줬으면 하고 간절히 바랐으면서도, 상대 자체를 하지 않으니 오히려 반감이 생겼다. 그렇다고 불만을 드러내기엔 첫날의 공포가 여전히 남아 있었다.

스윽!

움찔, 푸욱!

마치 그 얄팍한 속내를 다 알고 있다는 듯, 기가 막힌 순간에 쳐다보는 천우였다. 그 무심한 시선은 예리한 칼날이 되어 탁소준의 고개를 반으로 접었다.

'미안해! 다시는 그따위 불경한 생각은 하지도 않을게. 제발, 보지 마!'

천우로선 무척이나 아쉽고, 안타까운 현실이었다.

'벌써 2번째군.'

멸악패도였다면 탁소준은 다시 볼 일이 없었다. 연합회 첫날에 끝장을 보고, 복호상단도 처리했을 테니 말이다. 수신제가라 탁소준도, 복호상단도 같은 하늘 아래 서 있었다.

맘 같아서는 다른 하늘을 선사해 주고 싶었다. 한없이 고통스럽고 음침한 어둠의 하늘을.

'아쉽구나.'

효율성을 따지면 처리해 버리는 편이 나았다. 탁소준이 대세에 영향을 주진 않겠지만, 개미의 원한도 방치하다간 개미지옥이 될 수 있었다.

'예의를 지켰어야 하거늘.'

무시하기보다는 죽여 주는 편이 예의였다.

하지만 끝장을 내지 못하는 이상 어설프게 손을 쓰면 수신제가를 망치게 된다. 탁소준의 명줄이 언제까지 이어질진 모르지만, 당장은 운이 좋은 편이었다.

"여기에 앉게."

"그러지."

천우는 이겸과 같이 구석진 의자에 앉았다.

시비가 와서 간단한 술과 안주를 탁자에 놓아 주었다. 수로의 중앙에 보이는 제1 누각의 식탁과 비교하면 차이가 있기는 했다.

'앉아 있는 편이 그래도 낫겠지.'

이겸은 천우가 이리저리 서성이기보다는 진득하게 앉아서 오는 사람만 받아 줬으면 했다. 먼저 다가가서 분란을 일으키길 바라진 않았다.

'탁소평보다는 낫겠지만.'

탁소준과 거리를 둔 것도 발화의 시발점이 될 수 있기 때문이다. 최대한 자신의 선에서 적당히 차단하며, 조율하는 편이 낫다고 판단했다.

'이렇게 보면 또 아닌 것 같기도 하고.'

이겸은 천우가 아닌 다른 신성을 본 적이 있었다. 그들은 넘치는 자신감만큼이나 자존심이 무척이나 강했다. 의도하지 않았다고 해도, 격이 되지 않으면 사람을 아래로 깔아보았다.

그들과 비교하면 천우는 말투가 예전과 달라져서 요상하긴 해도, 자존심이 세진 않은 것 같았다.

사실 제2 누각으로 가자고 할 때 많이 쫄렸었다. 천우가 아닌 다른 신성들이었다면 자존심이 상해서 난장판을 만들었을 수도 있었다.

"음식이 입에 맞나 보군."

"나쁘진 않아."

"술도 한잔하게."

"고맙군."

말투가 거슬릴 뿐, 잘 따라 주고 있었다. 다른 건 몰라도 아버지는 잘 따르는 녀석인가 보군.

정작 적금상단주의 속은 썩어 문드러지고 있다는 사실을 이겸은 알까? 자식을 가져 봤어야 알지.

잠시만이라도 편해 보겠다고 적금상단주는 이겸에게 자식을 떠넘긴 거다.

제5장
다툼

"저기, 이제부터 구 소협이라고 불러야 하나요? 예전처럼 천우 오라버니라고 부르는 게 더 좋은데."

천우의 자리로 다가온 여인이 있었다. 그녀는 예전부터 천우를 알고 있는 것처럼 말하고 있었다.

천우는 이겸을 보았다.

"누구지?"

"자네도 본 적이 있지 않나, 남운상단의 정은예 소저일세."

남운상단은 십대상단에는 속하지 않지만, 역사가 긴 상단으로, 상단주 간 가벼운 모임이 있을 때 정경덕 상단주와 함께 정은예도 구가장을 찾았었다.

"반갑소, 정 소저."

"정말로 기억이 안 나는 건 아니죠? 오늘 천우 오라버니가 온다고 해서 많이 기대했는데, 좀 서운하네요!"

"구가장에서 본 기억이 난다."

"근데, 말투가 왜 그래요? 아! 그게 바로 무림식 말투군요."

"그렇다."

이겸은 어이가 없어서 헛바람을 삼켰다.

세상천지에 무림식 말투가 어디 있어?

이상하면 바꿀 생각을 해야지, 인정해 버리면 어쩌냐고!

무인이 되더니, 독특하다 못해 이상해져 버렸다.

"기억이 안 날 수도 있죠. 이해해요, 오늘처럼 마주 보며 대화를 한 것도 처음이고. 그래도 무공을 수련했을 줄은 정말 몰랐어요. 언제부터 하신 거예요?"

"오래되진 않았다."

호기심 많은 정은예는 이것저것 물어보며 조잘댔다. 천하에서 알아줄 미녀는 아니더라도, 젖살이 막 빠진 때 묻지 않은 천진함이 그녀의 매력이었다. 정은예에게 관심을 보이는 사내들이 꽤 있었다.

정은예의 수다에 일절의 흐트러짐 없이 단답형으로 대답하는 천우의 언행도 주변의 관심을 끌었다.

강호의 신성으로서 천우의 별호가 주는 무게가 있었다. 섣불리 다가가기 힘든 벽을 정은예가 깨 주었다.

"저, 청하예요."

기회를 놓칠세라 다가온 여인은 보곡상단의 차녀 진청하

였다. 보곡상단은 남운상단과 비슷한 규모와 자금력을 가진 상단으로 경쟁 관계에 있었다.

이번에도 천우는 이겸에게 물었다.

"천우 아우, 혹시나 해서 묻는 건데, 모르는 척하는 건 아니지?"

"내가 왜 그래야 하지?"

"시련의 상처를 잊고 싶은 마음은 이해하네만, 어릴 때야 그럴 수도 있지 않나. 아직도 마음에 담아 두고 있다면 실례일세."

"내가 고백했었나?"

"그게, 비슷하다고 볼 수 있겠지."

과거 천우는 구가장을 찾은 진청하를 보고 첫눈에 반했었다. 그때는 그녀가 세상에서 가장 예쁜 줄 알았다. 당시 어릴 때부터 모은 돈으로 향낭을 사 진청하에게 주었었다.

아무도 모르게 주려다 모두가 보는 앞에서 거절당한 천우는 수치심에 도망을 쳤었다. 탁소평을 비롯해서 다른 이들의 놀림감으로 전락한 날이었다.

'어릴 때의 일이고, 못되게 군 것도 아니잖아.'

청하도 그날을 기억하고 있었다.

그때만 해도 사내다운 면이라곤 없는 천우가 맘에 들진 않았다.

'의룡이 되어서 나타날 줄 누가 알았나.'

혹여 예전의 실수를 마음에 품고 있을까 봐 조심스럽게

눈치를 살폈었다. 여기저기 간섭하기 좋아하는 정은예를 대하는 걸 보고 결정했다.

'기억 못 하면 좋은 거지. 다시 시작해 볼 수도 있고.'

어릴 때의 순수한 호감이 커서도 작용하기 마련이다. 자신 정도면 어디에 내놔도 빠지지 않는다고 자신했다.

"내 고백으로 인해서 상심이 컸다면 미안하다. 그때와 같은 삿된 마음 따윈 없으니 안심해라. 이제라도 그대가 원하는 사람을 찾기를 기원하지."

"……?"

천우는 진심을 담아 사과했다.

패황 때도 언제든 사과할 용의가 있었다.

대상이 없어서 그랬지.

다행히 그녀에 대한 기억은 하나도 남아 있지 않았다. 거북한 과거로 인해서 마음을 썼다면, 앙금을 풀어 주는 것이 멸악패도의 정의였다.

"음. 이미 찾았다면 도리가 아니군. 나는 신경 쓰지 않아도 되니, 이만 과거의 앙금은 풀었으면 한다."

"……?"

표정 변화 없이 무덤덤한 천우의 사과는 되레 거북한 이질감을 주었다. 과거의 치욕을 대범하게 넘기려고 애써 부정한다기엔 백만 년 묵은 목석처럼 단단하고 매정하다.

아!

예상치도 못한 흐름에 진청하는 말문이 막혔었다. 어떤

말을 해야 할지 막막했다. 어려서 철이 없었다는 준비된 대사는 써먹을 수도 없게 되었다.

그렇다고 서운해하거나, 따져 묻기도 난해했다.

어릴 때의 풋사랑을 무작정 받아 줄 이유도 없고, 서로 풀 거 풀고 끝을 냈으면 된 거다. 누가 봐도 깔끔한 관계의 청산이었다. 이보다 뒤끝 없는 청산이 또 어디 있겠는가.

'이 자식이!!'

그러나 사람이란 참 오묘하다.

그때는 마냥 꼴 보기 싫었는데, 지금은 전혀 다른 사람이 되어 돌아왔다. 저 나이에 무림의 신성이 되었다면 앞으로도 전도유망했다. 그런 천우가 다른 사람을 찾아보라고 권유하니 괜히 열불이 터졌다.

'그런데 따질 수가 없잖아!'

엄밀히 말하면 천우는 자신의 치부를 공개했다. 그 앞에서 지금은 어째서 날 좋아하지 않는 거냐고 따진다면 속물처럼 보일 게 뻔하다.

이런 공개적인 자리일수록 감정을 드러내는 건 어리석었다. 자연스럽게 넘어가야 한다.

"그때는 너무 어린 데다 당황하는 바람에 대처가 미숙했어요. 그 일로 인해 구 공자에게 상처를 주었다면 정말로 미안해요."

"그리 말해 주니 고맙군. 그대의 앞날에 좋은 일만 있기를 바라지."

천우는 깔끔한 청산에 만족했다.

그녀에게 악감정도 없고, 기억에 남지 않았다면 멸악패도와도 거리가 있었다. 악인이 되어 활약했다면 반드시 기억했을 것이다.

'흥, 자기가 잘났으면 얼마나 잘났다고 사람을 무시해!'

연을 만들어 보려고 접근했던 진청하는 안중에도 없는 천우의 태도에 신경질이 났다. 차라리 과거의 일로 감정이 쌓였으면 위로라도 해 줄 텐데, 기억조차 못 하는 것 같아서 자존심도 많이 상했다. 그렇다고 이대로 물러서기엔 천우의 주변을 노리는 여우 년들이 많았다.

"처음 뵈요, 적풍상단의 배중화예요."

"반갑소, 배 소저."

서창, 적금, 화정이 십대상단의 말석에 있다면 적풍은 그 중간에 있었다. 한 단계의 차이로 볼 순 있지만, 서열이란 쉽게 바뀌지 않았다.

여인들의 관심은 꽤 적극적인 편이었다.

이유는 명확했다.

예전의 천우는 잘생기기는 했어도, 희고 연약해 보여 기생오라비 같은 느낌이 강했다.

반면 현재의 천우는 강인한 사내의 야생성과 전설의 송옥과 같은 아름다움이 뒤섞인 매력을 풍겼다.

사내는 여인의 아름다움에 끌리고, 여인은 사내의 강인함에 끌린다고 했다.

천우는 무림의 신성이자, 십대상단의 후계자였다. 이만하면 이 자리의 누구에게도 꿀리지 않을 배경과 실력이 있다.

여인들이 관심을 가지는 것도 당연했다. 속된 말로 미녀 못지않게 미남이면 어딜 가나 잘 통한다.

천우의 단답형도 여인들에겐 꽤 매력적으로 다가왔다.

왜냐고?

잘생겼으니까.

이겸의 입담에 다들 재밌다고 깔깔대지만, 정작 시선은 천우에게 향하는 것처럼. 못생겼는데, 단답형이면 무뢰한으로 찍힌다.

'쩝! 못생긴 놈은 서러워서 살겠나.'

이겸도 아주 못나지는 않았지만, 천우 옆에 있어 손해를 크게 봤다. 맘 같아서는 거리를 좀 두고 싶지만, 천우는 안심할 수 없는 벽력탄과 같았다. 뒷감당을 전부 책임져야 하는 판이라, 묵어(墨魚)를 감수해야 했다.

"반갑소, 오 소저."

"반갑소, 안 소저."

"반갑소, 정 소저."

무시하지 않고 일일이 대응은 해 주는 천우의 무던함도 긍정적으로 작용했다. 냉소적으로 보이는 무심함이 소녀들의 방심을 흔들었다. 꿈속의 이상적인 왕자가 현실로 뛰쳐나온 것처럼 두근거리게 했다.

'다들 왜 그렇게 좋아하는 거냐?'

이겸은 갈수록 입맛이 썼다. 특별한 미사여구를 쓴 것도 아니다. 그냥 한결같은 톤으로 같은 말을 반복했다.

이게 깔깔대고 웃을 일인가?

'세상 참 불공평하구나.'

누군, 여인과 잘해 보겠다고 금기서화까지 익혔거늘, 다 쓸모가 없었다. 얼굴 하나 믿고 설친다고 시비 거는 이유를 알 것도 같다. 저런 얼굴로 무수히 많은 소녀의 방심을 흔들고 다니면 화가 날 만도 하지.

'아, 미치겠네.'

이겸은 바늘방석에 앉은 기분이었다.

빛이 있으면 어둠이 있듯, 관심의 대상이 있으면 소외되는 자들이 있기 마련이다.

이겸의 예상대로 여인들의 열렬한 반응이 사내들의 심기를 불편하게 했다.

이 자리의 목적이 친목에 있지만, 여인의 관심 역시 사내들의 목적에 부합한다. 혼자서 모든 여인을 독점한다면 상도의에도 어긋났다. 반독점 위반이었다.

하지만 상대는 단순히 상단의 후계자가 아닌 무림의 신성이었다. 시비를 걸기에는 꺼림칙한 부분이 있었다. 설마 여기서 난장을 부리지는 않겠지, 라는 만약을 거론하기엔 첫날의 소란이 걸렸다.

"소해상단의 종사진입니다. 사천을 떠들썩하게 한 천하의 의룡을 뵙게 되어 무한한 영광입니다."

"반갑소, 종 공자."

종사진은 다른 이들과 똑같이 대하는 천우의 모습에 내색은 하지 않았지만 심사가 뒤틀렸다. 무림에선 의룡일지 몰라도, 적금상단은 소해상단의 상대가 되지 않았다. 예전이라면 눈도 마주치지 못했었다.

"의룡께선 적백쌍마와 독두삼귀를 처단했다고 들었습니다. 그 나이에 정말 대단한 업적입니다."

"실력을 보여 주지."

"실력이라니요? 그런 뜻으로 한 말이 아닙니다!"

"보여 준다고 했다."

종사진은 내심 당황했다.

일단은 놈을 띄워 주면서 분위기를 만들려고 했거늘, 다짜고짜 실력을 보여 주겠다고 할 줄은 몰랐다. 이러면 자신은 의룡을 의심해서 나선 꼴이 되었다. 게다가 마치 윗사람이 아랫사람을 대하듯 명령을 내렸다.

'흥! 얼마나 대단한 실력인지 똑똑히 보아 주마!'

어쨌든 목적에는 부합했다. 모두가 보는 앞에서 소문의 진위를 확실하게 살필 기회가 생겼다.

"오해가 생겨서 안타까운 일이지만, 의룡께서 그리 원하신다면 하는 수 없지요. 장 무사, 한번 나서 보시겠소?"

"이 장 모가 사천의 신성이신 구 공자님의 적수가 될지는 모르겠지만, 최선을 다해 여기 모인 분들의 기대를 충족해 보이겠습니다."

종사진은 자신을 호위하던 장경수를 내세웠다.

장경수는 정중히 예를 갖춘 후 누각과 연결된 화강석으로 넓게 펼쳐진 공터로 걸어가서 대기했다.

천우도 천천히 누각에서 나와 공터에 섰다.

상계의 친목 다짐이긴 해도 무인의 대결은 관심이 갈 수밖에 없다. 하물며 다들 의룡의 실체가 궁금하긴 했다. 대체 얼마나 대단한 실력이기에 무림에서 신성으로 인정했는지를 확인하려는 의도가 다분했다.

"의룡과 겨루게 되어 영광입니다. 부디 서로가 최선을 다한 비무가 되기를 바랍니다."

"그 전에 몸부터 풀겠다."

"아, 술을 드셨군요. 그러시다면 원하는 만큼 푸십시오. 저는 얼마든지 기다릴 수 있습니다."

"고맙군."

장경수는 속으로 비웃었다. 애송이들이 주변에서 띄워 준다고 자기가 진짜로 뭐라도 되는 줄 아는 것들이 많았다.

'나는 소문 따윈 믿지 않는다.'

무림에서 누가 됐든 함부로 대하지 말라는 격언이 있지만, 뒤집어 보면 그만큼 쭉정이도 많았다.

장경수는 눈으로 보지 않으면 신뢰하지 않았다. 시작과 동시에 독문비검 삼로비섬(三路飛閃)을 펼친다면 승산은 충분했다. 위명만 믿고 방심하다 당황할 모습이 눈에 선했다.

"잠깐."

대결을 위한 사전 준비가 끝나기 전에 개입이 있었다.

복호상단의 소단주 두정천이었다.

제1 누각에서 연회를 즐기던 성도상단의 소단주 자공윤, 청풍상단의 소단주 동휘영도 공터로 나왔다.

복호상단과 적금상단의 관계를 알기에 좌중의 흥미를 끌었다. 두정천이 어찌 나올지가 기대가 되었다.

한편으로 의아한 일이기도 했다.

두정천이라면 의룡의 실력을 누구보다 알고 싶어 했을 것이기에 굳이 대결을 막아설 이유가 없었다.

종사진은 속내를 감추며 물었다.

"두 공자, 어찌하여 막는 겁니까?"

"그렇게 안 봤는데, 종 공자는 참으로 무례하구려."

"무례하다니요? 이 대결은 의룡께서 원한 겁니다!"

"사천의 신성으로 명망 높은 의룡이시네. 마땅히 그에 걸맞은 존중을 보여야 하지. 자네는 무림이 그리 우스워 보였나?"

등 뒤로 식은땀이 흐르는 종사진이었다. 여기서 말 한마디 잘못하면 자신은 무림을 무시한 것이 된다.

상인이야 이해득실에 따라서 움직이는 편이지만, 무림의 절반은 미친놈들 천지였다. 맘 상했다고 당장 칼 들고 집으로 쳐들어온다 해도 이상하지 않았다.

"소인은 그저 의룡께서 모두에게 실력을 보일 수 있도록 자리를 마련하고자 했을 뿐, 무림을 무시할 의사는 전혀 없었습니다."

"하면 자네의 호위무사가 의룡과 견줄 만한 위명이라도 있나?"

"그렇지는 않지만, 당장 의룡께서 보여 주신다고 하기에 마지못한 선택이었을 뿐입니다."

"그래서 문제일세. 최소한 의룡에 대한 예의를 보이려면 우리부터 그에 걸맞은 상대를 내놓아야지."

우리라니?

언제부터?

종사진은 자신이 만든 판을 어그러뜨린 두정천이 맘에 들지 않았다.

그러나 근래에 들어 위명이 많이 깎였다곤 해도, 복호상단은 여전히 삼대상단의 한 축이었다. 소해상단만으론 복호상단과 견줄 수 없었다.

'빌어먹을, 도와주지도 않는구나!'

흥미로운 시선으로 바라보기만 하는 자공윤과 동휘영의 방관에 짜증이 났지만, 일단 두정천의 의중을 물었다.

"하오면 어찌해야 할지 가르쳐 주십시오."

"우리라고 다른 신룡을 부를 능력은 없네. 그래도 최소한의 격식을 차릴 필요는 있겠지. 그래야 무림에 대한 예의가 될 테니 말이야. 그러니 이 자리에서 호위무사를 선별하여 우열을 가른 후에 대결하는 것이 어떠한가?"

"아! 그러면 되겠군요."

두정천의 제안은 나름 합리적으로 들렸다.

소해상단 호위무사인 장경수의 실력과는 별개로 의룡과 대결하기엔 명성이 부족하다. 이 중에서 가장 강한 호위무사를 선별하여 비무를 벌이는 편이 그나마 최선이긴 했다.

"타당한 의견이군."

"나는 두 형의 말에 찬성일세."

자공윤과 동휘영도 두정천의 의견에 공감했다. 일사천리로 이어지는 흐름을 보건대, 누각에서부터 사전에 대화가 오고 간 게 분명하다. 이번 기회에 서로의 힘을 확인하고, 과시하려는 의도도 있었다.

그렇다면 직접 나서는 편이 낫겠지만, 복호상단의 한복판이었다. 소단주인 두정천이 주도하는 것이 이치에 합당했다.

'쳇! 자기 멋대로 숟가락만 얹는구나!'

판이란 만들기가 어렵지, 키우기는 쉬운 편이다. 대상단이 흔히 하는 수작질 중 하나였다.

애써 특상품을 만들면 도중에 훔쳐서 똑같이 만들고, 규모와 자금력 싸움으로 몰고 가는 것이다.

종사진으로선 자기가 만든 판을 뺏어 가 버린 두정천의 얄팍한 수작에 반감이 들었다.

하지만 트집을 잡기에는 두정천의 말에 허점이 보이지 않았다. 괜히 말 한마디 더 했다가는 속 좁은 인사가 될 테고, 두정천의 심사를 불편하게 할 수 있었다.

'이 빌어먹을 애송이들이 일생일대의 기회에 찬물을 부어!'

의룡의 허를 찔러 실력을 보여 주려고 했던 장경수로선 아쉬움이 컸다. 방심을 노리려면 실력을 드러내선 안 되었다.

더욱이 삼로비섬은 비장의 수였다. 한 번이라도 보여 준다면 의룡이 대응할 수도 있었다.

장경수로선 열불이 터졌지만 대꾸하진 않았다. 상대는 소속 소단주도 어찌하지 못하는 삼대상단의 작은 주인들이었다. 불만을 드러냈다간 쥐도 새도 모르게 매장당할 수 있었다.

'안 되지. 이런 기회를 이름도 없는 놈에게 맡길 수야 있나.'

모두에겐 의룡의 명성을 위해서 나섰다고 둘러댔지만, 두정천은 누구보다 의룡의 행태가 맘에 들지 않았다.

적금상단은 손해를 입힌 시발점인 데다, 행사 첫날의 행패는 복호상단을 무시하는 행위였다. 그 사건을 놓고 술자리 내내 자공윤과 동휘영이 비아냥거린 걸 떠올리면 이대로 넘어갈 수 없었다.

'십보추혼이라면 네놈이 아무리 빨라도 막기 힘들 거다.'

십보추혼(十步追魂), 오경.

일전에 어이없이 죽어 버린 진천권처럼 위명이 알려지진 않았지만, 절정에 이른 쾌검수였다. 십보 내에서라면 본인보다 강한 자도 상대할 수 있었다.

더욱이 오경은 자신을 숨길 줄 아는 자였다. 경호 무인으로 신분을 위장하여 대기하고 있었다.

'눈치 없이 나서진 않겠지.'

자공윤과 동휘영에겐 사전에 양해를 구했다. 저들이 굳이 이 판에 껴서 좋을 것도 없었고.

각 상단의 경호 무인들이 하나둘 나섰다.

두정천은 계획대로 되자 속으로 회심의 미소를 지었다. 아무리 의룡이라도 이제는 벗어나지 못한다.

그러나 다들 간과한 점이 있었다.

가장 중요한 당사자의 허락을 구하지 않았다는 것을.

슈웅!

꽈아아앙!

슈웅!

푸아아앙!

마른하늘의 뇌성벽력이 이럴까?

가공할 굉음이 울리고, 일대를 울리는 폭발이 일어났다. 사방으로 휘몰아치는 기의 파문이 일으킨 소요는 가라앉기는커녕 위력을 과시한다.

우우우웅!

사막의 모래폭풍처럼 격렬한 소용돌이에 일대가 휘말렸다. 잔잔해질 때까지 모두는 자리에 못이 박힌 듯 망부석이 되었다.

 희뿌연 돌가루가 가라앉고 난 후 드러난 광경에 경악을 금치 못했다.

 직경으로 3장에 달하는 담벼락이 휑하다.

 멍!

 할 말을 잃고 망연히 바라보았다. 어떤 말을 하기에는 현실적이지 않은 광경이었다.

 대체 누가?

 그런 의문은 떠올릴 필요도 없었다.

 슈웅!

 꽈아아앙!

 천우는 주먹을 내질렀다.

 권심에 형성된 권경이 끌어들인 와류가 벽면에서 터지면서 권풍을 완성한다. 폭발 후 파괴의 현장이 3장이나 더 벌어졌다.

 "……권풍이라고?"

 "저게 권풍이었어?"

 "저런 게 권풍이라고?"

 권풍은 사실 누구나 사용할 순 있다. 단지 내지른 주먹에서 바람이 나간다고 다 같은 권풍이 아니듯. 저처럼 멀리 떨어진 벽면을 부수려면 최소한 절정 이상은 되어야 했다.

스윽!

천우는 주변을 돌아보았다.

"몸은 다 풀었다."

……?

다들 말문이 막혔다.

왜 저런 짓을 했냐고 따지려던 입을 다물게 했다. 몸을 풀겠다고 미리 양해를 구한 것은 사실이기 때문이다.

그러나 몸을 푸는데, 권풍을 펼칠 줄 누가 알았으랴!

실력을 의심하는 모두의 입을 닥치게 하는 그야말로 완벽한 증명이었다.

"나로 인해 번거롭게 선별할 필욘 없다. 모두 상대해 주겠다. 누가 먼저 나서겠나? 참고로 권풍을 쓸 거다."

"……!"

아무도 대답하지 못했다.

실제로는 의룡을 의심해서 벌인 판이지만, 말로는 대결을 할 수 있어 영광이라고 떠벌렸었다. 지금 와서 대결을 회피한다면 의룡을 의심했음을 인정한 꼴이 된다.

더욱이 의룡은 권풍을 쓰겠다고 밝혔다.

실전이 아닌 비무에선 초식을 미리 밝히고 시작하는 게 예의긴 한데, 권풍의 속도와 파괴력이 상식적이지 않았다.

"판을 만들어 준 성의를 봐서 최선을 다해 주지."

천우는 예의와 격식을 차렸다.

모두가 기대하고 있는 와중에 기만할 수는 없지 않은가.

하지만 모두에겐 깊은 경고가 새겨졌다.

-최선을 다해 죽여 주마.

굳이 최선을 다할 필요는 없어 보였지만, 신소리로 들리지 않았다. 이 정도도 되지 않으면 나설 생각도 하지 말라는 경고처럼.

선봉의 출전이 늦어졌다.

모두가 사양의 미덕을 발휘했다.

"몸을 풀 시간이 필요한가 보군. 얼마든지 기다려 주지."

아무나 와도 상관하지 않겠다는 천우의 예의가 당사자들에겐 지옥의 전언처럼 다가왔다.

주르륵!

상인이 아닌 무인일수록, 경지가 높을수록 의룡의 권풍에 담긴 가공할 패도를 느낄 수 있었다. 순간적으로 폐부를 찌르고 들어온 경천의 패도에 식은땀으로 목욕해야 했다.

게다가 권풍에 암파경이 실렸다.

'이런 미친, 제정신이야?'

'저걸 날리겠다고?'

'맞는 순간 갈가리 찢길 거라고!'

'저딴 괴물을 우리가 어떻게 이겨!'

'저건 스쳐도 사망이잖아!'

소단주들이야 순전히 구경하는 처지라지만, 대결을 벌여야 하는 호위무사들은 죽을 맛이었다. 선별은 애초에 중요하지 않았다. 권풍을 1발이라도 맞으면 즉사였다.

스윽!

헉!

천우와 찰나지간 마주쳤던 장경수는 급히 시선을 피했다. 혹여, 지목하지 않을까 간이 콩알보다 작아졌다.

'내 특기는 암격이라고!'

암격은 상대의 방심을 이용하여 허를 찌르는 데 특화되었다. 저건 피할 수 없는 규모의 권풍이다. 시작부터 권풍을 날리고 보겠다는데, 반격은 저승에서나 가능할 판이었다.

"나는 얼마든지 기다릴 수 있으니, 신경 쓰지 않아도 된다."

천우의 아량이 두정천과 종사진에겐 경고이자 비아냥으로 들렸다. 시간이 지날수록 판을 깔고, 넓힌 당사자에게 이목이 집중되기 마련이었다.

"술잔을 비우지 않았군."

"술을 남기면 예의가 아니지."

이를 증명하듯 자공윤과 동휘영이 한 발 뒤로 뺐다. 어차피 자신들은 시간만 끌면 어떻게든 된다고 생각하는 모양새였다.

'이 시건방진 놈이 감히 나를!!'

두정천은 이 모든 사태의 원흉인 천우를 죽일 듯이 노려보았다. 눈빛만으로 사람을 죽일 수 있으면 능히 가능하리라.

저딴 괴상한 짓을 하지 않았다면 설령 지더라도 적당한 선에서 마무리하면 될 텐데.

생사가 걸려 있는 이상, 망설임은 당연했다. 자신을 망신 주려고 일부러 저런 식으로 행동한 것이다.

천우에 대한 원한과 원망이 악의로 발산되었다.

그것이 실수였다.

스윽!

크억!

두정천의 악의에 천우의 멸악천리안이 자동으로 발동했다. 차라리 마주치지 않았다면 괜찮았을 텐데, 스치듯이 마주친 멸악천리안에 악의가 분쇄되었다.

철퍼덕!

부들, 부들!

상대를 죽이고자 한다면, 자신도 죽을 수가 있었다. 촌음간 되돌아온 살의에 정신이 붕괴하는 줄 알았다. 바닥에 무릎을 꿇은 채 벌벌 떨었다.

자공윤과 동휘영이 누가 먼저랄 것도 없이 다가와 부축했다.

이 기회를 틈타 자신들도 같이 빠지겠다는 의도였다. 상인의 후예답게 계산들이 아주 빨랐다.

"두 공자, 왜 그러시오?"

"……괜찮소."

"이 식은땀 좀 봐, 어찌 이리 긴장하신 게요?"

"좀 쉬면 되니, 염려하지 않아도 된다니까!"

"하긴 심적으로 무리가 갈 만도 하겠지."

자공윤과 동휘영의 조롱 섞인 위로에 두정천은 이를 갈았다. 맘 같아서는 같이 쏘아붙이고 싶었지만, 심신미약을 기회 삼아 빠져나갔다. 이유를 모르겠지만, 저 괴물 같은 놈을 다시는 쳐다볼 엄두가 나지 않았다.

"아버지를 도와 며칠간 밤을 새웠더니 몸 상태가 좋지 않소이다. 나는 신경 쓰지 말고 연회를 마저 즐기시오."

"두 공자, 많이 불편한가?"

천우도 신경을 써 주었다. 스치는 인연도 악연이 되기에 충분했다. 수신제가로 도금했을 뿐, 멸악패도의 근간은 남아 있었다.

움찔!

두정천은 천우의 원치 않는 관심에 몸이 굳었다. 당장에라도 자신을 죽일 것 같은 위화감에 급히 거리를 벌렸다.

부축하던 자공윤과 동휘영은 둘 사이에 뭔가 있음을 직감했다.

"내가 맥을 좀 볼 줄 안다."

"……괜찮다니까, 어서 하던 일이나 마저 하라고."

"그래도 되나?"

"얼마든지 해도 된다!"

"주인이 해도 된다면 해도 되겠지."

목적을 달성한 천우는 순순히 물러서 주었다.

대화는 두정천을 주인으로 인정하는 듯하지만, 자공윤과 동휘영에겐 달리 보였다.

'처음부터 이자의 계획대로 흘러간 것일지도.'

'이젠 어떤 결과가 나오든 탓할 수도 없지 않나.'

장기판의 장기말은 의룡이 아니라 자신들이었을 수도 있었다. 의도했다면 놀랍고, 의도하지 않았어도 만만치가 않은 자였다.

여러모로 놀라움을 선사한 의룡이었다.

그렇다면 굳이 적이 될 필요는 없었다. 대비가 되어 있지 않은 상태에서 알지도 못하는 미지의 적을 만드는 건 어리석었다. 상인이라면 상대를 알기 전까지는 굽힐 줄 알아야 했다.

"이 자 모, 보는 눈이 없었음을 인정하는 바요."

"이 종 모, 구 공자로 인해 개안을 했소이다."

자공윤과 동휘영은 사과하고, 보상을 약속했다.

천우는 사과와 보상을 거절하지 않았다. 특히 보상에 대해서는 확실하게 못을 박았다.

기실 처음부터 저들의 의도는 알고 있었다.

예나 지금이나 출신 성분은 중요했다.

이름깨나 알려진 대문파와 세가의 출신이었다면 애초에 의심도 하지 않았을 터. 100회차 동안 이런 경험은 많았다. 천하패도의 위업을 달성하기 전까지 출신 성분으로 인해 의심을 사고, 시험을 당하곤 했었다.

'일일이 상대하긴 귀찮지.'

출신 성분에 의한 의심을 해결하는 가장 효과적인 방도는 압도적인 무력시위였다. 굳이 말로써 설득할 필요가 없었다. 한 번만 제대로 보여 주면 알아서 자기 주제를 파악했다.

'쭉정이를 걸러 낼 때도 효과적이기도 하고.'

무력시위를 보고도 덤비는 경우는 두 가지뿐이다. 그에 걸맞은 무위를 갖추고 있거나, 그마저도 볼 줄 모르는 천치거나.

'빌어먹을, 괜한 짓을 해서는!'

자공윤과 동휘영이 사과와 보상을 약속한 이상, 두정천도 그냥 물러설 수는 없게 되었다. 어떤 식으로든 보상해야 형평성이 맞았다.

"조만간 오늘 일에 대해서 보상을 약속하겠소."

"나는 현물보다는 금이나 은을 선호하는 편이다."

"……알겠네."

"그대의 씀씀이를 기대하지."

두정천은 구겨지는 인상을 숨기며 서둘러 자리를 피했다.

경호 무인들이 급히 뒤를 따르며 대결에서 빠졌다. 가만히 있다가는 비무에 참가한다는 의사 표현이 될 수 있었다. 주인이 빠지는 이때를 놓치지 않았다.

허!

한발 물러서서 관망하려던 자공윤과 동휘영도 고민이 되었다. 의룡에게 호감을 사려고 보상을 약속하긴 했지만, 돈으로 줘야 한다고 하니 얼마를 줘야 할지 판단이 서지 않았다.

'대놓고 돈을 달라고 할 줄이야?'

'하긴 의룡이기 이전에 소단주였지.'

무림은 돈을 요구하는 행위를 속물로 취급하는 편이지만, 상계에선 계산적인 행동을 부정적으로 보진 않았다. 상인이라면 셈이 빠르고, 원하는 걸 얻어 내는 수완이 있어야 했다. 그런 면으로 볼 때 의룡은 무인이라기보다는 상인에 가까웠다.

'갑자기 무력시위를 한 걸 보면 또 아닌데.'

'평상시엔 상인이라도 수틀리면 무인이라는 건가?'

무인으로도, 상인으로도 대하기가 껄끄러우며 갈피를 잡기 어려웠다. 그러한 면이 자공윤과 동휘영에겐 깊은 인상을 심어 주었다.

휑!

이로써 천우는 한 발 걸치려던 삼대상단의 소단주를 치워 버렸다.

이제는 대결을 제시했던 당사자만이 덩그러니 공터에 있었다. 공터 주변은 방관하는 시선들뿐이었다.

주르르!

종사진은 축축이 젖었다.

방금까지만 해도 다 된 밥상에 숟가락만 얹는다고 타박했던 자신을 저주해야 했다. 밥상이 엎어지기 전에 같이 빠졌어야 하는데, 몸이 좋지 않다는 핑계는 두정천이 써먹은 지 오래였다.

'얼마나 보상해야 하나?'

상대는 대놓고 돈으로 달라고 하는 속물이었다. 한두 푼으로는 끝나지 않을 것이다.

종사진은 무의식적으로 의룡과 호위무사를 가늠해 보았다. 호위무사를 버리는 편이 싸게 먹힐 것 같긴 했다.

'비무를 지속할까?'

의룡이라도 비무에서 사람을 죽인다면 세간의 질타를 받을 수 있었다. 정신이 나가지 않은 이상, 죽이지는 않을 테고.

'이런 미친! 자기 일 아니라고 고민을 해!'

장경수는 한시라도 빨리 비무를 중지하기를 기다렸다. 삼대상단도 사과하고 물러섰다. 미련하게 대결하지 않아도 질타받진 않을 거다.

혹여, 비무를 가볍게 생각했다면 오산이었다. 아무리 봐도 의룡이란 놈은 호락호락하지 않았다. 어쩌면 자신을 본보기로 본때를 보여 주려고 할 수도 있었다.

"흥이 식었군, 오늘은 이만하겠다."

장경수를 구원해 준 사람은 다른 누구도 아닌 의룡이었다. 사위를 돌아본 의룡이 비무 중지를 선언한 것이다.

후우우!

우연의 일치인지 모르지만, 각 상단의 경호 무인들은 안도의 한숨을 쉬다 멋쩍은 듯 시선을 피했다. 혹여, 연회의 재미를 위해서 비무를 받아들이는 순간 참상의 당사자가 될 수 있었다.

'고맙습니다, 의룡님!'
'역시 대협이 될 싹은 다르구먼!'
'씨발, 간 떨어지는 줄 알았네.'
'먼저 보여 줘서 얼마나 고마운지 모르겠습니다.'
'이런 게 대협이지!'

내력을 감추고 있다가 결정적인 순간에 짜잔! 드러내는 것들은 싹수가 없는 놈들이었다. 자신들은 일개 경호 무인에 지나지 않았다.

천하 공적인 천마나 혈마라도 되냐고. 이겨 봤자 무슨 득이 있겠나. 주인들이 주제를 모르고 설칠 때마다 얼마나 가슴이 두근거리던지, 그 떨리는 심정을 너희들이 아느냐고!

'푼돈 좀 벌겠다고 아등바등하는 모습이 애처롭지도 않냐.'
'우리가 봉은 아니잖여.'
'의룡은 진정 대협이라고 불릴 만해.'
'돈을 좀 밝히는 것 같지만, 오히려 솔직하고 좋지.'
'돈 싫어하는 인간은 위선자지.'

정작 비무는 하지도 않았다. 그런데도 의룡은 체면도 살리고, 실리도 챙기며, 자비도 베풀었다. 말로만 대협이 아니라, 실제로도 대협의 싹을 보였다.

'저저저, 할까, 말까? 망설이는 것 좀 보게!'

'삼대상단 소단주도 꼬리를 말았는데, 지가 뭐라도 되는 줄 아나!'

'장 씨 어떡하냐. 똥줄 타게 생겼네.'

'나중에 술이나 사 주자고.'

'그건 위로주가 아니라 제삿술 아니여?'

상인만의 교류가 있듯, 경호 무인도 서로 어느 정도 안면과 교류가 있다. 남의 돈 벌기가 힘든 각박한 세상과 전주(錢主)의 무리한 요구로 인한 고충을 토로하곤 했다.

"그러면 이 비무는 의룡께서 그만하자고 하신 겁니다."

"홍이야 다시 데우면 되는 일이지. 할까?"

"……아닙니다."

"합당한 보상을 기대하겠다."

"……알겠습니다!"

의룡이 아량을 베푸는 듯이 말해서 배알이 꼴렸었다.

무인이라면 한 입으로 두말하진 않을 터, 보상이라도 줄여 볼 심산이었거늘.

주변의 질타하는 분위기에 종사진은 아차! 싶었다. 이로써 자신은 돈도 못 지키고, 경호 무인의 신망도 잃고 말았다.

'젠장, 괜히 자존심을 부려서는!'

제2 누각으로 사람이 몰렸다.

마치 영역을 전개하여 권역을 만든 것처럼 의룡을 중심으로 연회가 확대되었다. 너도나도 일단 의룡과 엮여 보려는 의도가 명확했다.

의룡의 연배로 보건대, 무림에서도 이만한 능력을 갖춘 무인은 흔하지 않았다. 지금도 이렇다면 앞으로가 더욱 기대될 수밖에 없었다. 상인만이 아닌, 무인으로서도 알아 두면 요긴할 인맥이 되었다.

"앞으로도 구 오라버니라고 부를게요."

"편한 대로 해라."

진청하는 저 화호(火狐) 같은 정은예 혼자서 오라버니라고 부르도록 놔둘 순 없었다.

"그럼, 저도 구 오라버니라고 불러도 되나요?"

"후일 그대의 정인이 될 사람에게 예의가 아니다."

"……미래는 아무도 모르잖아요!"

"그렇긴 하다만, 우린 동갑으로 아는데."

"생일이 느려요!"

여기까지 말하고 나자, 진청하의 얼굴은 새빨갛게 물들었다. 사방의 눈빛이 독 가시가 되어 얼굴을 찔러 대고 있기 때문이다. 자신이 생각해도 집착한 면이 없지 않아 있었다. 하지만 이왕 이렇게 된 거 끝까지 철판을 깔아야 했다.

'이년이!'

입을 소매로 가리고 웃음을 참는 정은예의 여우 짓에 진청하는 이가 갈렸다. 한편으로 어릴 때긴 해도 왜 저런 사람의 고백을 찼을까 후회했다. 되돌릴 수 있다면 되돌리고 싶었다.

'이렇게 멋진 사람이 될 줄 누가 알았냐고!'

진청하는 조금이라도 호감을 사려고 노력하면서도 마음 한편으로는 짙은 회의감이 들었다. 정은예와의 경쟁 때문에 적극적으로 나서는 감이 없지 않았기 때문이다. 내가 못 먹더라도 남 주기에는 아까웠다.

천우는 대화를 이어 갔지만 알맹이는 없었다. 그저 서로의 이름을 아는 것이 전부였다. 하지만 그것만으로도 적금 상단엔 도움이 되었다.

'대단하군.'

이겸은 적지 않게 감탄했다. 종사진이 일을 키울 때까지는 불편한 정도였지만, 두정천이 개입하여 판을 키웠을 때는 심장이 쪼그라드는 줄 알았다.

어떤 식으로 해결하나 지켜봤는데, 결국에는 비무를 하지도 않았다. 그러면서도 챙길 건 다 챙기고, 호감까지 샀다.

두정천과 종사진이야 애초부터 의도가 불순했으니 논외로 치더라도, 일련의 과정을 되짚어 보면 놀라우리만치 딱딱 맞아떨어졌다. 하나라도 삐끗하면 상계를 무시한 무력 행사로 여겨질 수도 있었다.

'일관성 있는 태도가 중요하긴 하지.'

이겸이 지켜본 천우는 일일이 대응만 해 줄 뿐 호의적으로 보이진 않았다. 한결같은 언행으로 의도적으로 호감을 사려고 하지도 않는다.

그것이 되레 신뢰를 주었다.

'그래도 무력이 받쳐 주지 않았다면 어림도 없지.'

누각에는 경호 무인만 있지 않았다. 제1 누각에는 아미파, 청성파, 당문의 속가 무인도 포함이 되었다. 비록 직계나 직전의 무인은 아니더라도, 그 일부를 받은 무인들의 자존심이 어떠하겠는가. 그런 이들조차 입을 닥치게 만들었다.

'내가 보지 못하는 부분까지 봤다는 거겠지.'

범부가 무인의 경지를 자세히 알 수도 없는 노릇이고, 본다고 해서 그 안에 실린 오의까지 감별하진 못한다.

자공윤과 동휘영이 태도를 급히 바꾼 것도 그러한 연유가 작용했을 것이다.

'이건 위험한데.'

의룡과 잘 지내는 편이 나은 듯싶지만, 실제로도 그런지는 따져 봐야 했다. 저처럼 뛰어난 상인이자, 무인이 나이도 어렸다. 앞으로의 성장 잠재력을 놓고 본다면 능히 대종사에 이를 수도 있었다.

'싹이 자라도록 내버려 둘 세상이 아니지.'

낭중지추란 말이 좋게 들린다면 아직 세상의 쓴맛을 보지 못한 것이다. 천하는 튀어나온 못을 가만히 두지 않는다.

처음부터 피하면 되지 않느냐고 반박할 수도 있지만, 세상일이란 게 절대 자기 맘처럼 돌아가지 않는다.

'갈림길인데…….'

판단 잘해야 했다.

아무리 뛰어난 잠재력이 있어도 의룡은 나이도, 배경도 미숙하다. 성룡이 될 때까지 버틸 수 있느냐가 문제였다.

"자세한 사정은 이 형이 해 줄 테니 얼마든지 질문하도록."

"……내가?"

가만히 있다가 날벼락을 맞은 이겸은 평소답지 않게 대답이 늦었다.

"소제를 책임져 주기로 하지 않았나?"

"……그렇지."

"이 형만 믿겠다."

이겸은 선택의 기회 따윈 애초에 없었다는 걸 깨달았다.

연회에 참석한 내내 천우는 자신을 통해서 주변을 상대했다. 알든, 모르든 지금의 흐름과 맞물리자 빼도 박도 못하게 되었다. 더욱이 친분을 먼저 내세운 것도 자신이었다.

'당했다!'

이겸은 주변의 부러운 시선이 부담스러울 지경이었다. 부정할 수도 없는 분위기라, 연회가 끝나 갈 즘엔 천우의 절친이 되어 있었다.

"이 형께서 구 공자와 이토록 친밀한 사인 줄 미처 몰랐소이다."

"확실히 이 바닥의 개방다운 처세시오."

"구 공자는 언제부터 무공을 수련한 거예요?"

"대체 누구한테 사사한 거죠?"

비밀 친구들도 다수 발생하고 있었다. 서창의 소단주에 대해선 관심도 없으면서 전부 천우의 사생활을 알아내려는 자들이었다.

'아무렇게나 지껄여도 되는 건지 모르겠네!'

이러면 보통 아니라고 반박해야 하는데, 천우는 고개만 끄덕이고 있었다. 이게 도와주는 건지, 독박을 씌우는 건지 헷갈렸다. 의도한 것 같지 않아서 더욱 찜찜하다.

제6장
예고

 상단주 회의를 마치고 돌아온 두원광은 짜증을 지우지 못했다. 상단의 건재함을 과시해야 할 때마다 성도와 청풍이 끼어들어 사사건건 훼방을 놓는 바람에 울화가 쌓였다.
 당장은 이탈하는 상단을 잡기 위해서라도 아량을 베풀어야 했다. 화정상단을 버린 일로 자신에 대한 신뢰가 깨진 상태였다. 성도와 청풍이 번번이 상도의와 신뢰를 걸고넘어지는 바람에 예정되었던 예산을 초과하고 말았다.
 "내 언제고 이 수모를 반드시 갚아 주고 말 것이야."
 "대업을 위한 일시적인 부침일 뿐입니다. 상단주께서 건재하신 이상 사천제일은 오래지 않을 겁니다."
 "당연한 건 됐고. 냉 총관과 연관된 흔적은 다 지웠겠지?"
 "부스러기가 남긴 했지만, 철혈성이 직접 온다고 해도

증명할 방도는 없습니다."

부정적인 소문에 성도와 청풍이 기름을 붓고 있지만, 화마처럼 불타오르려면 심지가 있어야 했다. 결정적인 증거가 없으니, 기름만 부어 봤자 역효과만 날 수 있었다.

"애송이들의 친목질은 어떻게 됐어?"

"그게 조금 이상한 방향으로 흘러갔습니다."

"이상하다니 무슨 말이야?"

"소해상단의 소단주가 의룡을 시험할 무대를 만들고, 소단주가 나서서 판을 키웠습니다. 그런데 정작 비무는 하지도 않고 끝이 났습니다."

노 총관은 윤 행수의 보고를 받고 골이 지끈거렸다.

사실을 숨기기엔 보고 들은 눈과 귀가 너무 많았다. 최대한 사실대로 말하되 소단주의 불가항력에 집중했다.

쾅!

눈물겨운 노력은 가상하나, 결론은 변하지 않았다.

두원광은 불같이 화를 내며 탁자를 부술 듯 내리쳤다.

근래에 대상단의 주인으로서 위명에 손상을 입긴 했어도, 사태의 본질을 간과할 만큼 눈이 멀진 않았다.

"오경은 아니더라도, 비룡장도 있었을 텐데. 대결조차 벌이지 않고 물러섰단 말이더냐?"

"비룡장이 말하길 자신보다 윗줄이라고 했습니다. 게다가 성도와 청풍의 소단주도 실수를 인정하고 사과했습니다."

비룡장(飛龍掌) 운사영은 아미파의 속가제자로서 재능을

인정받은 절정의 장법가다. 특히 무공에 관해서는 자부심이 강했다. 그런데도 나서지 못했다면 실력의 차이를 인정한 것이다.

"쓸모없기는!"

이대로라면 복호상단의 소단주는 사람 보는 안목이 없음을 모두가 보는 앞에서 시인한 꼴이 되었다. 아들의 의도는 알겠지만, 결과가 중요했다. 종사진이 판을 만들었을 때 기다렸다가 슬쩍 부추기기만 했어도, 조롱거리는 되지 않았을 텐데.

"그 빌어먹을 애송이가 자꾸 신경을 긁는구나!"

"그러나 딱히 위해를 가한 것도 아니고, 두 번째라 손을 쓰기가 어렵게 됐습니다."

의룡의 허물을 탓하기에는 잘못이 없었다. 오히려 무림의 신성을 멋대로 시험하려고 했는데도, 사과를 받고 끝냈으면 아량을 베푼 것이다.

무림과 상계의 위치를 봐도 소단주는 의룡과 견주지 못한다. 오히려 대상단을 배경으로 삼아 무림의 자존심을 건드리는 행위로 비쳐질 수도 있다.

더욱이 의룡은 만약의 불상사를 염려하여 무위를 드러냈다. 아무것도 모르고 도전했다면 복호상단은 유혈 사태에 대한 책임도 져야 했다. 사태의 악화를 막아 연회를 망치지 않은 것만으로도, 복호상단에겐 은인이나 다름이 없었다.

"그놈은 애당초 은혜를 베푼 게 아냐! 위에서 내려다보며 우월함을 만끽하려고 한 거지!"

"무인이란 족속들이 대부분 그렇지 않습니까. 그렇다고 한들, 내막은 중요하지 않습니다. 이번 일이 공론화가 된다면 이유 불문 무림을 무시한 처사가 됩니다."

정황과 진실은 중요하지 않았다. 사람들이 어떻게 바라보고, 느끼냐가 중요하지.

하물며 거짓 소문을 이용해서 목적을 쟁취했던 방식은 두원광이 자주 써먹었던 전가의 보도였다.

자기가 하던 대로 애송이한테 당한 것이다.

의룡은 첫날부터 개판을 치고, 상단의 후계에도 타격을 주었다. 능력이 안 되면 갈아 치울 순 있지만, 약관도 안 된 애송이한테 휘둘린 현실이 맘에 들지 않았다.

욱신! 욱신!

분노 때문인지 몰라도, 어깨까지 잘린 팔 부위에서 환통이 올라왔다. 아직도 그날 겪었던 치욕과 공포는 밤마다 두원광을 괴롭혔었다.

"괜찮으십니까?"

"됐어! 이대로 애송이가 설치는 걸 두고 볼 순 없잖아!"

"하오나 손을 쓴다면 의심을 살 겁니다."

"연합회가 끝난 이후라면 다르겠지."

분노와 공포로 판단력이 흐려진 대신 두원광의 독기는 한층 독해졌다.

연회를 마친 천우는 이겸의 성실한 안내를 받아 2관 3실에 당도했다.

"이 형, 덕분에 연회가 제법 흡족했다."

"소제가 즐거웠다니, 이 우형도 안심이 되는구먼."

"앞으로도 잘 부탁해."

"내일도 나가게?"

"혹시, 귀찮은 건 아니겠지? 싫다면 거절해도 된다. 나는 부담을 주는 사람이 아니다."

"부담은 뭔 놈의 부담! 나만 믿으라고!"

이겸은 내일도 식은땀을 흘릴 팔자에 한숨이 나오려고 했다. 자신을 형이라고 하면서도 말투는 철저히 하대였다.

누가 보면 개인 종복인 줄 알겠다.

'내가 왜 그딴 서약을 했지?'

처음부터 잘못된 만남이었다. 이런 만남이 지속될수록 속만 타고, 결국에는 파국을 맞을 수밖에 없다.

그런데 천우란 존재 자체가 외면하기엔 너무나 매력적이었다.

가까울수록 대함에 있어 신중해야 한다고 했다. 친우가 적이 되었을 때 가장 무섭고, 배신감이 큰 연유였다. 친한 척이란 척은 다 했는데, 이제 와 귀찮다고 피한다면 과연 천우가 어찌 나오겠는가.

예전의 방구석 대공자라면 모를까, 연회에서 행한 무력 시위만 봐도 보통 성깔이 아니다. 말로만 부담을 주지 않는다고 할 뿐, 행동은 부담 그 자체였다.

 실제로 말 대신 주먹부터 날리면 다음을 어떻게 보장해?

 게다가 천우의 권풍은 멀리 떨어진 벽면을 종잇장처럼 찢어발겼다.

 사람은 말해 뭐 하겠는가.

 '탁소평, 이 병신은 무슨 배짱으로 애를 건드린 거냐!?'

 다시 생각해 봐도 하지 말았어야 할 금기였다. 더는 방구석 대공자가 아니었다. 실제로 가만히 있는 천우를 건드린 화정상단은 존폐의 기로에 섰고, 탁소평은 소단주 자리도 빼앗겼다. 듣기로는 가문에 유폐되어 산송장 신세가 되었다고 하더라.

 '젠장, 피할 길이 없잖아!'

 애초에 연을 맺지 않았다면 고민할 필요도 없겠으나, 악연이 되고 싶지 않으면 최선을 다해야 했다.

 그것만이 자신도, 상단도 사는 길이다.

 "천우 아우, 오늘은 피곤해서 이만 가 보겠네."

 "수고했다, 이 형."

 최소한 평대는 해야 하는 거 아닌가?

 형이라며.

 강하게 나가 볼까, 고민하던 이겸은 천우를 바라보다 자연스럽게 눈을 내리깔았다.

 힘센 놈이 형이긴 하지.

 그래도 허리를 숙여 인사를 하진 않았다.

장하다, 이겸.
대장부였었다.
허!
멀어져 가는 이겸의 어정쩡함에 가복은 고개를 절레절레 흔들었다. 어떤 심정인지는 알겠는데, 그런다고 사라진 품위가 돌아오진 않는다.

구서진은 아들을 전적으로 믿는다.
아버지니까.
궁금해도 참았다.
대신 가복이 바로바로 알려 주긴 했다. 행여나 소식이 늦어도 나오지 않는 기침을 여러 번 했을 뿐이다. 닦달하지 않았다.
그저 상인은 정보가 빨라야 한다는 가치관을 되새겼을 뿐이다.
"사고를 쳤더구나."
"아직 치지 않았습니다."
구서진은 대수롭지 않은 척, 오늘 일을 거론했다.
아들이 잘 대처하기는 했어도 앙심이란 쉬이 사라지지 않는 법이다. 자고로 아군은 만들지 않아도 최소한 적은 만들지 말라고 했다.
이번 일로 복호상단의 소단주는 원한을 품었을 수도 있었다. 그것이 설령 본인이 잘못했을지언정, 두원광의 피를 이어받았다면 인정하지 않을 테니 말이다.

한데, 아들 녀석에겐 그런 건 사고 축에도 끼지 않는 모양이다.

자고로 병가지상사엔 유비무환은 필수였다. 일생의 뼈아픈 상처가 되지 않으려면 작은 불씨도 조심할 필요가 있었다.

"알아본 건 아니고, 비무가 있었다고 들었다만."

"다들 제가 궁금한 듯하기에 무위를 일부 드러냈습니다."

"패는 끝까지 숨겼어야지. 본 실력의 3할을 숨기라고 하지 않더냐."

"그래서 1할도 보이지 않았습니다."

"잘했구나, 그래야…… 응? 뭐?"

"제가 결정하면 연회에서 살아남을 사람은 아무도 없습니다. 그러니 안심하셔도 됩니다."

"……무척 안심이…… 되는구나!"

설득이 남다른 줄 알고는 있었지만, 엄청난 설득력이었다. 누구라도 설득당할 호소력이랄까. 아니라고 부정하는 순간 연회에 피바람을 불러온 장본인이 될 수 있었다.

'비무는 사고가 아니긴 하군.'

혈풍과 비교하면 비무는 안전했다. 죽은 사람도 없고, 정작 비무는 하지도 않았다.

'잠깐.'

간과한 부분이 있었다.

아직 치지 않았다고?

앞으로 치겠다는 거잖아!

지성이면 감천이라고, 구서진은 아니기를 간절히 소망했다.

"3일 후에 두정천을 죽이겠습니다."

"……?"

그래, 우리 아들은 이런 놈이었지.

믿는 발등에 도끼가 아닌 벽력탄을 던지고서도 태연하기만 하니 현실성이 떨어진다. 모르는 사람이 들었다면 시시껄렁한 농을 한다며 웃어넘길 수도 있겠지만, 아들은 이제 한다면 하는 녀석이 되었다.

두정천은 이미 죽었다고 봐야 했다.

아들은 밤중이긴 해도 대놓고 쳐들어가서 두원광의 팔을 자르고 유유히 빠져나온 녀석이었다. 그런 아들이 넌 이미 죽었다를 시전하고 있었다.

'두원광과 그놈 아들은 만나지 말아야겠다.'

3일 후에 네 아들놈이 죽는다는데, 그 앞에서 대화하려니 양심에 찔린다.

그 전에 이유라도 들어 봐야 했다.

원한이 생겼다면 두정천이 더 클 텐데. 아들의 무미건조한 얼굴을 봐선 화난 것 같지도 않았다. 티끌만도 못한 놈일 텐데, 굳이 죽이려는 이유가 궁금했다.

'혹시, 내 말 때문인가?'

유비무환이 그렇게 위험한 말이었나? 이제부터는 함부로 꺼내선 안 될 말이 되고 말았다.

유비무환.

너 죽고.

쟤 죽어.

다 죽네.

확정 살인 예고와 일맥상통했다.

새로운 뜻으로 발전됐다고 하기엔 지나치게 섬뜩하다.

"그 애송이를 죽이려는 까닭이 대체 무엇이냐?"

"세 번이나 우릴 건드렸습니다. 사람이 참는 데도 한계가 있지 않습니까."

지극히 상식적인 이유다.

수신제가를 위해서라도 참으려고 했었다. 그러나 두원광, 두정천 부자는 주제를 모르고 계속 건드리고 있었다.

"가장 중요한 이유는 원한이 쌓이고 있다는 점입니다. 잘못했으면 시인하고 반성해야 하는데, 저들은 우리에게 죄를 묻고 있습니다. 적반하장으로 나오는 자들이 과연 구가장을 내버려 두겠습니까."

듣고 보니 죽일 만했다.

가문을 먹어 치우려고 화정상단과 작당했던 주제에 얄팍한 수작을 부렸고, 이제는 아들을 의심하여 시험했다.

그랬음에도 저들은 반성은커녕 우리에게 원한을 품었다.

세상이 어찌 이리 불공평하단 말인가!

피해자는 참고, 가해자가 득세하는 현실이라니!

'지금이 아니더라도, 우릴 가만히 두진 않겠군.'

호사다마(好事多魔)라고, 현재 사업이 순항 중이었다. 당장은 순익이 크진 않지만, 정착된다면 그때부터는 지금과는 비교도 안 되는 수익을 올릴 것이다.

그리된다면 복호상단이 가만히 있겠는가.

자고로 먹지 못한 남의 떡이 커 보이는 법이다. 내가 먹지 못했는데, 기대보다 몇 배로 커졌다면 욕심 많은 돼지에게 금식을 기대하는 꼴이었다.

'합리적인 판단이라 죽이지 말라고 할 수도 없겠군.'

그렇다고 받아들일 수 있느냐고 물어본다면, 또 아니다. 죽이고 싶다고 해서 다 죽이면 이 세상에 죽이지 못할 사람이 어디 있겠나. 황제라도 아무나 죽일 수 없고, 정당한 절차가 있어야 했다.

죽이고 싶다고 죽인다면 세상은 용납하지 않을 거다. 아들의 무위가 대단하긴 해도, 천하가 적이 되기를 바라진 않았다.

"두정천을 죽인다면 그 파장을 감당하기 힘들 거다. 일례로 아미파에서 너를 공적으로 몰 수도 있어."

"그 점은 걱정하지 않아도 됩니다. 제가 이 분야에선 누구보다 뛰어나다고 자부하는 편입니다."

"그렇다면 다행이구…… 뭐?"

아니, 그런 부분에서 왜 뛰어나?

아들아, 대체 방구석에 어떤 걸 배우고, 익히고, 경험한 것이더냐!

이쯤 되니 아들의 과거가 심히 의심스럽다. 방구석에서 도무지 나올 수 없는 예외적 존재였다.

혹시…… 아니다!

절대 아냐.

아내가 듣는다.

그나마 화경이라서 다행이었다. 절대경을 초월하면 심(心)의 극에 이르러 독심술도 가능하다고 하지 않던가. 어쩐지 요즘 들어 남자로서 비밀이 사라지고 있었다.

그래, 좋다. 가문을 위한 합리적인 판단이다. 그건 납득하겠다.

그렇다고 아들에게 위험을 감수하라고 할 순 없다.

"내가 하지 말라고 하면 어찌하겠느냐?"

"가문의 후환이 되어 두고두고 피해가 생기겠지만, 아버지의 명이라면 따르겠습니다."

구서진은 아들이 다른 건 몰라도 설득력 하나는 최고란 걸 다시 한번 실감했다.

이러면 하지 말라고 할 수도 없었다. 결국 해야 한다면 아들에게 부담을 주지 않을 방도를 찾아야 한다.

아비로서 감당해야 할 몫과 정당성이 필요했다. 나중에 아내가 당신은 뭐 했냐고 쌍심지를 켰을 때, 손 놓고 기다렸다고 하면 뒷감당이 더 안 된다.

 아들과 일신의 안위를 위해서라도 가장은 다 된 밥상에 수저라도 올려야 했다.

 "나는 뭘 하면 되느냐?"

 "어차피 복호상단은 우리에게 우호적이지 않습니다. 성도상단과 청풍상단의 의견에 동조하시면 됩니다."

 "아예 적이 되라고?"

 "어설프게 나가는 것보다는 확실하게 선을 긋는 편이 낫습니다."

 "그러면 의심을 살 텐데."

 "그걸 역으로 노릴 겁니다."

 아들의 머릿속에 대체 뭐가 들었는지 근래에 들어서 많이 궁금했다. 이제까지 알고 있던 아들과는 다르지만, 가문을 위하는 마음만은 진심이었다.

 "가는 길에 볼 수 있도록 개방에 연통을 넣어 주십시오."

 "개방이 부른다고 오는 곳이 아니긴 하다만, 네가 부르면 오겠구나."

 "형만 한 아우가 없지요."

 "원래 그런 뜻이더냐?"

 "융통성이 필요할 때입니다."

 잘도 갖다 붙이는군.

 여하튼 늙은 아우는 매우 서럽겠구나.

다음 날부터 천우는 연회에 매일 참석했다. 며칠간 두문불출이 거짓말처럼 착실하다.

이쯤 되니 복호상단의 압박이 기정사실처럼 받아들여졌다. 연회에서 성도상단이나 청풍상단과 어울리면서 심증을 뒷받침했다. 그동안은 복호상단의 압박에 두문불출한 것이 되었다.

천우는 의중을 떠보려는 두정천과는 대답은 하되 주관은 철저히 배제했다. 사소한 농이나 신변잡기도 하지 않았다.

그렇다면 배척하지는 않는다고 봐야 하나, 자공윤과 동휘영과는 사소한 질의에도 성의를 보였다.

대놓고 배척하지 않다 뿐이지, 복호상단에 호의적이지 않음을 직간접적으로 드러내고 있었다.

그런 데다 자공윤과 동휘영은 이때를 놓치지 않고 천우를 유용하게 이용했다.

성의를 보이긴 해도 천우는 자공윤과 동휘영을 윗사람으로 대하지 않았다. 그럼에도 자공윤과 동휘영이 친근하게 달라붙는 건 전적으로 두정천을 약 올리기 위해서였다.

"오늘따라 술이 아주 달군."

"자네도 그리 느꼈나? 나도 그렇네."

"자네들과 마시니 더 좋군."

"이 목석같은 친구가 이런 말도 할 줄 알고, 감동일세."

"나는 친우에겐 진심을 다하는 편이다."

"우리도 그렇다네! 오늘 먹고 죽어 볼까?"

"진심과는 별개로 내 상대로는 부족해. 혹, 죽고 싶은가?"

"……그건 아니네만."

천우의 한 마디는 힘이 있었다.

기세가 담기지 않더라도, 워낙 말수가 없는데도 농이라곤 아예 모르는 사람 같기 때문이다. 호사가나 말 많은 사람의 호언장담과는 무게가 달랐다.

"우리 상단엔 이보다 더 맛이 좋은 술이 많다네. 얼마 전엔 귀하디귀한 모태주가 들어왔지 뭔가."

"언제 한번 들르지."

"그 약속 꼭 지켜 주시게."

"나는 허언을 하지 않는다."

"허허! 사내대장부가 따로 없구먼."

비무 이후로 자공윤과 동휘영은 천우를 편하게 대하기가 쉽지는 않았다. 은연중 풍기는 기세가 남달랐고, 두정천의 계획에 동조한 원죄가 맘에 걸렸다.

"이 형은 말을 참 예쁘게 잘하는구려."

"자 공자께서 그리 말씀해 주시니 황공할 따름입니다."

"친우의 형이면 우리에게도 형이지, 편하게 대해 주시오."

"그대로 됩니까? 되나?"

"이 형이 아니었으면 이 친구와 이리 편하게 말할 수 없었을 거요."

이겸은 졸지에 자공윤과 동휘영에게 형이라 불렸지만, 하나도 기쁘진 않았다. 천우의 옆에서 어떻게든 앙금을 풀어 보겠다고 머리에 쥐가 나도록 쥐어짜야 했다. 그 결실로 자공윤과 동휘영의 가교로서 친구가 되었다.

'이거 나까지 찍힌 거 아닌지 모르겠다!'

이겸은 한시도 쉬지 않고 천우의 말에 사족을 붙여야 했다. 있는 그대로 말하면 의미 전달에 오해를 불러왔다. 사족을 달고, 해석을 첨언하여 재미까지 주어야 했다.

'내가 팔자에도 없는 아첨꾼이 됐구나!'

최대한 본인은 낮추면서 천우를 돋보이게 해야 했다. 그래야 문제가 발생하지 않는다. 행여나 천우가 돌기라도 하는 날엔 모든 책임에서 자유롭지 않았다. 그 망할 놈의 서약서가 발목을 잡았다.

'그렇다고 빠질 순 없지.'

맞은편에서 두정천이 이를 갈고 있었다. 연회의 주인임에도 그 주변으론 사람이 많지 않았다. 비무로 망신당하고, 손님한테 자리마저 빼앗겼으니 속이 오죽할까.

이겸은 두정천과 원한을 맺고 싶진 않지만, 천우의 옆에 있는 한 불가능했다.

"여긴 술만 좋군. 자네들이 없었다면 나오지 않았을 거야."

"이 친구, 볼수록 말을 참 예쁘게 하는구먼."

"옛말에 말로써 천 냥 빚도 갚는다고 하지 않나."

천우는 말이 많지는 않다. 대화의 6할은 자공윤과 동휘 영이, 3할은 이겸의 사족이, 남은 1할이 천우였다. 그마저도 간간이 끼어드는 각 상단의 소단주와 여인들이 차지했다.

'일부러 그러는 게 분명해.'

의미 없이 툭툭! 던지는 말들이 전부 두정천의 심기를 건드리는 바람에 이겸은 덩달아 심장이 쫄깃쫄깃했다.

"술만 좋다고 하기엔 이 연회에 나온 산해진미를 모독하는 말일세. 솔직히 구주의 어떤 식당이나 주루에서도 이만한 요리를 내오긴 쉽지 않으이. 특히 이 많은 요리의 신선함은 복호상단이 아니고선 어림도 없네."

"그렇긴 하군."

"이 형의 말이 맞아."

이겸은 어떻게든 포장을 해 주었다.

물론, 그런다고 통할 만큼 세상이 녹록하진 않았다. 최대한 자신이라도 어떻게든 두정천의 시야에서 벗어나 있기를 소원할 뿐이다. 고래로 미친놈 옆에 있으면 봉변은 당연지사였다. 당하고 나서 하소연한들, 무슨 의미가 있을까.

'천우 아우, 제발 그 무심한 표정은 어떻게 안 될까?'

우연이라고 하기엔 천우의 맞은편에 두정천이 있었다. 거리가 있긴 해도 서로의 표정을 읽는 데는 부담이 없었다.

차라리 대놓고 비아냥거리는 편이 나았다. 저 무심함은 상대의 존재 자체를 무시해 버리는 느낌이 강했다. 연회의 주인임에도 안중에도 두지 않겠다는 도발적인 태도였다.

그러면서 한다는 소리가.

"목에 가시가 걸린 듯 불편하군."

"어이, 두 공자! 그러다 이 친구의 얼굴이 뚫어지겠어."

"밥 먹으라고 초대하고선 예의가 아닐세."

천우가 한 마디 하면 자공윤과 동휘영이 가세하여 열 마디를 했다. 죽마고우처럼 죽이 아주 잘 맞았다.

두정천의 속은 편할 리가 없었다. 더욱이 기세 싸움이 지속되다 보니 누각에서도 편이 갈리고 있었다.

여러 상단의 소단주도 복호상단의 눈치를 보면서도 성도상단과 청풍상단에 붙고 있었다. 건재함을 과시하기 위해서 돈을 썼지만, 중과부적이었다.

하물며 천우가 청풍상단과 성도상단의 손을 들어 주니 두정천이 눈에 들어오겠는가.

부글부글!

이겸의 예상대로 두정천은 속이 용암처럼 끓어오르고 있었다. 맘 같아서는 저 얄미운 두 놈의 목을 쳐 버리고 싶었다.

그러나 가장 죽이고 싶은 대상은 저 시건방을 떠는 의룡이었다. 무엇 하나 맘에 드는 구석도 없고, 하는 말마다 속을 긁어 대니 울화가 치밀었다.

'……제기랄!!'

네가 뭘 할 수 있는데, 라는 표정이었다.

십대상단에 속하긴 해도 적금상단은 복호상단과 비교하면 바람 앞의 등불에 지나지 않았다. 그런데도 놈의 눈을 제대로 마주하지 못하고 있었다.

 비무 이후로 눈을 마주치면 무의식적으로 내리깔았다. 자존심이 무척이나 상하는 일이나, 억지로 버티려고 하다가 최악의 참사가 벌어질 뻔했다.

 스윽!

 움찔!

 마주치지 않으려고 해도, 저 새끼가 의도적으로 맞은편으로 가서 앉고 있었다. 그게 자연스러우면 허용할 범위지만, 저 새끼는 일부러 자신과 같이 움직였다.

 '……이 개자식이!'

 문제는 자리를 옮기는 걸 가지고 시비를 걸기도 어렵다는 거다. 눈을 마주칠 용기가 없어서 피한다고 사실대로 밝힐 수도 없지 않은가.

 빤히.

 저놈은 항상 무심했다.

 비웃지도 않는다.

 그것이 더욱 심한 모멸감을 느끼게 했다.

 '저놈을 죽여야 해!'

 이 일련의 상황이 아버지께 고스란히 전달되고 있었다. 이대로는 소단주 자리를 지키기도 힘들었다. 배다른 동생들이 호시탐탐 이 자리를 노리고 있었다. 장남 승계로 소단주가 되었지만, 근래에 더욱 독해진 아버지가 언제 자신을 버릴지 알 수 없었다.

'됐군.'

천우는 보지 않아도 보였다.

태연함으로 가장해 봤자, 멸악천리안의 권역에 갇힌 이상 벗어나지 못한다. 연회에 참석한 연유는 소단주와의 친목을 위해서가 아닌 두정천을 심리적으로 몰아가기 위해서였다.

전성기 시절이라면 이런 식으로 시간 낭비는 하지 않았겠지만, 아버지의 심려를 덜어 드려야 했다.

두원광에게도 확실하게 전달이 됐을 테니, 더는 두고 보지 않을 것이다.

확인을 마친 천우는 흡족한 무표정을 지었다.

'웃는 건지, 비웃는 건지 모르겠네!'

이겸은 천우의 한결같은 표정에 혀를 내둘렀다. 어제도, 오늘도, 내일도 다르지 않을 것 같았다.

"연회가 보람차군."

"그랬다니 다행이구먼."

"앞으로도 종종 부탁하지, 이 형."

"맡겨만 달라고."

하루하루 피 말리는 이겸으로선 한숨이 나오는 현실이나, 피할 수 없으니 즐길 수밖에. 이대로 자포자기하기에는 자신의 주둥이에 가문의 명운이 걸렸다.

연회를 마치고, 2관으로 가는 길에 이겸은 조용히 타일렀다.

"복호상단의 소단주를 너무 긁지 말게나, 그러다 정말로 큰일 날 수 있어."

"앞으로는 신경 쓰지 않아도 된다."

"그렇게라도 말해 주니 다행이군."

며칠 고생했다고 이해를 해 주는군.

이겸은 안도했다.

한편으로 자신만 고생하는데도, 말 한마디에 감동하는 현실이 너무나 싫다.

예상하지 못한 사태였다. 당초 계획은 일거수일투족을 파악하며 시기를 차분히 기다리면 되었다.

'귀찮게 하는군.'

이러다 끈 떨어진 신세가 되기라도 한다면 처음부터 다시 해야 했다. 이제까지 해 온 일이긴 하지만, 시술 과정이 녹록하진 않았다. 한 사람의 일생을 완벽하게 파악해야 하기 때문이다. 조금이라도 미심쩍은 부분이 있으면 탄로 날 수도 있었다.

'이 빚은 꼭 갚아 주도록 하지.'

자신을 귀찮게 한 대가를 후일 치러 주기로 다짐했다.

지금은 경호 무인으로서 책임을 다할 때였다.

어제 밤늦게까지 술을 마시는 소단주를 경호하느라 진땀

을 뺏었다. 생각 같아서는 다른 이들에게 맡기고 싶으나, 직접 해야 했다. 그래야 의심을 덜 사고, 무의식적인 행동까지 파악할 수 있었다.

응?

소단주의 방 주변이 소란스러웠다. 대체 무슨 일이 벌어졌기에 이러는지?

서둘러 소단주의 방으로 향했다.

상단의 경호 무인들이 방을 에워싸고 있었다.

"아침부터 웬 소란이야?"

"소단주께서 돌아가셨습니다!"

"……뭐?"

예상했던 범주를 한참이나 벗어난 상황에 말문이 막혔다. 어제까지만 해도 멀쩡하던 사람이 갑자기 죽다니, 상식적이지 않았다.

안으로 들어가서 시신을 살폈다.

미간이 절로 찌푸려졌다.

특별한 외상은 보이지 않지만, 돌연사하곤 다르다. 극심한 고통에 몸부림을 쳤는데도, 비명조차 지르지 못하고 죽었다.

'끝까지 골치 아프게 하는군.'

그간의 계획이 물거품이 되고 말았다. 도대체 누가 이런 짓을 벌였는지 반드시 알아내야 했다.

잔칫집이었던 복호상단은 별안간 초상집으로 변했다.

건재함을 과시하기 위해 막대한 자금을 소모했던 두원광의 노력이 한순간에 허사가 되었다.

아무리 잘 포장해도 상단의 심처에서 소단주가 살해당했다는 사실은 변하지 않았다.

상단의 내부조차 단속하지 못한 주제에 건재함을 과시한들 어느 누가 선뜻 손을 잡아 줄까. 앞에선 아들의 죽음을 위로하지만, 뒤로는 무능을 비꼴 게 분명했다.

"이놈이 살아서도 속을 썩이더니만, 죽어서까지 말썽을 부리는구나!"

두원광은 아들의 죽음보다 상단의 위명에 또다시 흠집이 간 현실에 분노했다.

욱신! 욱신!

잘려 나간 팔에 또다시 환통이 왔다.

따지고 보면 심처에서 아비는 팔이 잘리고, 아들은 죽음을 맞았다. 상단 경계의 허술함을 대놓고 드러낸 꼴이다. 아들을 탓해 봤자, 본인 얼굴에 침을 뱉는 격이 되었다.

"사인이 대체 뭐야?"

"심장이 파열됐습니다. 죽기 전까지 극심한 고통에 시달렸을 겁니다."

"심장에 직접 충격을 줬다는 거야?"

"소용돌이처럼 말려 들어간 장법의 흔적이 남아 있었습니다."

단번에 죽이지 않고, 천천히 심장을 부수었다는 소리다.

원한이 있지 않고서는 그리 죽이지 않는다. 하물며 가주실보다는 덜하지만, 아들의 방 주변도 경계가 삼엄한 편이었다. 아무도 모르게 들어가서 아들을 고통스럽게 죽이려면 특급 살수거나, 초절정의 고수는 되어야 했다.

"성도와 청풍이 손을 썼을 가능성은?"

"저들도 생각이 있다면 그런 무리수는 두지 않았을 겁니다. 굳이 그럴 이유도 없습니다."

돌아가는 흐름만 봐도 청풍과 성도는 아쉬울 게 없는 현실이었다. 이런데 복호상단의 소단주를 죽여 부정적인 인식을 준다면 되레 손해였다. 상인은 이득을 위해 움직이는 자들이었다. 손해가 될 게 확실한 일엔 손을 쓰지 않는다.

더욱이 모임에서 망신당한 이후로 두정천은 소단주의 자리마저 위태로운 상황이었다. 무능을 공개적으로 드러낸지라, 언제든 교체될 수 있었다.

반면 성도와 청풍으로선 두정천이 소단주가 되는 편이 더 나았다. 상대의 무능은 곧 나의 이득이 된다.

"그러면 대체 누가 천이를 죽인 거야?"

"부검을 비롯해서 다각도로 조사하고 있으니, 조만간 밝혀질 겁니다."

"지금 그딴 한가한 소리나 할 때야! 이대로 연합회가 끝나면 내 입장이 뭐가 되는데, 용의자라도 특정해야 할 거 아냐!"

"의룡과의 관계가 불편하긴 했지만, 용의자라고 하기엔 증거가 부족합니다."

심증만이 있을 뿐, 동기와 목적이 없었다. 조사를 더 해 봐야겠지만, 범인을 색출하긴 쉽지 않았다.

이는 전혀 예상하지 못했던 탓이 크다. 어느 누가 대상단의 심처에서 소단주를 살해할 줄 알았을까. 행사를 성대히 치르는 데 집중하느라, 기본적인 경계를 소홀히 한 대가였다.

흠.

상단의 평판이 가뜩이나 좋지 않았다. 그런 데다 자신은 팔이 잘리고, 아들마저 잃었다고 한다면 누가 복호상단을 믿고 따르겠나. 당장 아미파의 지원부터 끊길 수도 있었다.

신뢰란 쌓기는 어렵고, 깨지기는 쉬웠다. 그렇기에 수단 방법을 가리지 말고, 들키지 말았어야 했다.

그마저도 어렵다면 사건의 중심에서 멀어지거나 본질을 흐려야 한다.

"심증은 있다는 거지."

"하오나 상대는 의룡입니다. 모함…… 아닙니다."

"모함이라니, 이 사람! 무서운 소리를 하는군. 우린 그저 심증을 토대로 범인을 잡기 위해 노력할 뿐이지. 안 그런가?"

"그렇습니다."

"우연치 않게 증거와 증인이 나온다면 금상첨화겠지만,

하늘이 내 편이 아니구나."

"진인사대천명이라고 했습니다. 상단주의 치성을 하늘이 이해해 줄 겁니다."

이제 와 아들의 죽음을 되돌리진 못한다. 그렇다면 이목을 다른 데로 돌리면서 본질을 흐릴 필요가 있었다.

"탁중일을 볼 때가 됐군."

"은밀히 부르겠습니다."

살고 싶다는데, 살려 주는 것도 상도의였다.

상인들은 숨을 죽인 채 돌아가는 분위기를 살폈다.

복호상단의 소단주가 돌연사도 아니고, 타살되었다고 했다. 행사에 찬물을 끼얹은 듯 침묵이 흘렀다.

한시라도 빨리 행사를 마치고 돌아가고 싶으나, 당장은 불가능했다. 두정천을 죽인 흉수가 밝혀지지 않았다.

서둘러 발을 빼는 시늉만 있어도 오해를 살 판이다. 더욱이 복호상단과 완전히 척을 지고 싶지 않다면 순순히 따라야 했다.

상인들은 범인을 찾기란 수월치가 않으리라 보았다. 실제로 용의자조차 특정하기가 어려웠다.

무엇보다 상단의 경계가 허술하다고 꼬집지만, 실제로 행하기란 간단하지 않았다. 경계망을 뚫어 내고, 시선마저 숨겨야 했다.

그런 능력을 갖춘 자가 하늘에서 뚝! 떨어지지 않고서야.

더욱이 두정천을 죽인 동기와 목적이 뚜렷하지 않았다. 그를 죽여서 누군가 이득을 봐야 하는데, 성도와 청풍을 거론해 봤자 무의미했다.

치정이나 원한에 의한 사적 복수라고 하기엔 복호상단의 경계를 뚫고 들어와 쥐도 새도 모르게 소단주를 죽일 능력이 되어야 했다.

그러다 의룡과 두정천 사이의 불화가 갑자기 불거졌다.

처음에야 오해였다고 둘러댔지만, 이후로도 서로에게 좋지 않은 감정을 보였다.

복호상단에 소속된 종복과 시녀가 의룡의 행적에 의문을 더한 증언을 하면서 분위기가 돌변했다. 확실한 증거는 아니더라도, 의룡의 무위라면 아무도 모르게 살수를 쓸 수 있었다.

그런데 복호상단은 의룡이라고 단정하진 않았다.

확실하지 않은 증거로 의룡에게 죄를 묻는다면 무림을 무시한 처사가 되었다. 복호상단으로선 위험부담이 크기에 용의선상에만 올려놓았다.

이대로 의심만 하다 유야무야 넘어가리란 예상을 뒤엎은 것은 화정상단이었다.

탁중일과 탁소준이 의룡이 어제 몰래 밖으로 나가는 것을 봤다고 증언했다. 적금상단과 관계가 좋지 않기는 해도, 따지고 보면 복호상단과도 호의적이라고 하기는 어려웠다. 양쪽에서 미움을 받는 처지라 의외로 중립성이 있어 보였다.

상황이 이렇다면 적금상단에서도 적극적으로 나서야 하거늘, 이상할 정도로 잠잠한 것도 의심을 키웠다.

"이보게, 천우 아우. 이럴 때가 아니지 않나?"
"상인 따위가 뭘 할 수 있지."
"그런 말은 삼가게."
"나는 하늘을 우러러 한 점의 부끄러움이 없다."
"알지, 나도 소제가 그럴 사람이 아니라는 걸 믿지. 하지만 세상이 언제 진실이 중요했었나? 복호상단은 지금 자네에게 책임을 떠넘기려고 이러는 걸세!"

위험성을 말해 줘도 귓등으로도 듣지 않는 천우의 무사안일에 이겸은 미치고 환장할 노릇이었다.

금줄인 줄 알았더니 썩은 동아줄이 될 판인데, 정작 본인은 남의 일처럼 태연했다.

돌아가는 흐름이 그리 녹록지 않았다. 죄가 없으니 당당하다, 이런 식의 접근은 위험했다. 역사가 언제 약자의 편에 선 적이 있었나?

"자공윤과 동휘영이 발길을 끊은 것만 봐도, 상황이 그리 좋지만은 않네."
"끝까지 같이 갈 사람을 판별할 수 있게 됐군."

두정천의 죽음을 인맥 판별기로 쓸 때가 아니라니까.

복호상단의 행사에 사사건건 방해했던 청풍상단과 성도상단이 중립을 지켰다. 그렇다면 복호상단의 의심에 어느 정도는 신빙성이 있다는 의미가 된다. 아니면 지저분한 사태가 벌어질 걸 알고 미리 발을 빼는 걸 수도 있고.

전자든, 후자든 천우에겐 좋지 않은 흐름이었다.

그러다 문득.

-앞으로는 신경 쓰지 않아도 된다.

그 말이 떠올랐다.

그땐 자신의 처지를 이해한 위로인 줄 알았는데, 두정천의 죽음을 돌이켜 보니 섬뜩했다.

'……아니겠지?'

쉬이 단정하기엔 이겸은 천우의 광기를 알고 있었다. 수틀리면 뭔 짓을 할지 판단이 서지 않는다. 연회에서 대놓고는 아니더라도, 모두에게 티가 나도록 두정천을 괄시했었다.

보통 사람이라면 과연 그럴 수 있을까?

상대는 대상단의 소단주였다. 무림의 신성이라도 함부로 대해선 안 되었다. 대상단의 자금력과 인맥을 동원한다면 강호에서 의룡을 지울 수도 있었다.

무림이 상계를 한 수 아래로 보는 경향이 있다지만, 대놓고 무시하진 않는다. 무인도 사람이고, 문파와 세가도 돈이 있어야 운영할 수 있었다.

상계와 척을 진다면 당장 먹고사는 문제부터 다양한 어려움을 겪을 수밖에 없다. 그도 아니면 녹림이나 수로채처럼 재물을 빼앗고 살아가든가.

돈은 편의성을 높여 준다. 그거 없다고 죽진 않는다고 하나, 사람은 편의에 익숙해지면 불편해질 수 없는 존재다. 하물며 자존심 하나로 살아가는 무인들이 불편을 감수하겠는가. 무림과 상계는 그러한 악어와 악어새의 관계였다.

'진짜면 어떡하지?'

일순간 이겸은 기로에 서고 말았다.

자공윤과 동휘영 아우들처럼 방관자가 되는 편이 나을지도.

"불쾌하군."

"……뭐가?"

"방금 나를 범인으로 보지 않았나?"

"그럴 리가. 나는 아닐세."

"다시 말하지만, 나는 절대 아니다."

"알지! 누가 아니라고 했나. 그런 사람 있으면 이 우형이 가만두지 않을 걸세!"

이겸은 그나마 안도했다. 이 정도로 강경하게 나온다면, 정말로 아닐 것이다. 두정천과 불협화음이 있긴 했어도 죽여야 할 동기나 목적이 없었다.

"그래도 만사 불여튼튼이라고 했네. 조심해서 나쁠 건 없지 않나."

"걱정해 줘서 고맙지만, 심려할 필요 없다."

이겸이 나가고 난 후 옆방에서 다 듣고 있던 구서진과 가복은 혀를 내둘렀다.

입에 침도 안 바르고 대놓고 거짓말을 하는데, 누가 봐도 아닌 것 같았다.

밤중에 몰래는 아니더라도, 동선을 일부러 흘렸다. 두정천의 방으로 가는 것인지, 아닌지 모르게 혼선을 빚도록 한 것이다. 그러니 더더욱 오리무중일 수밖에 없다.

"아들아, 양심은 챙겨야 하지 않겠니?"

"필요에 따라선 거짓말도 할 줄 알아야 합니다."

"그렇구나. 한데, 어떻게 한 게냐?"

"일전에 보여 드린 멸악천리안입니다."

기억을 상기한 구서진은 입맛이 썼다.

의도치 않게 비자금과 금기가 털렸던 걸 상기하면 가능할 듯도 싶지만, 이처럼 만병통치약처럼 쓸 수 있다면 가히 전지전능한 능력이었다.

"아무 때나 통하진 않습니다. 당장은 상대를 정신적으로 압박하여 허점을 만들어야 합니다. 게다가 작업을 하는 시간도 꽤 깁니다."

"다행히 인간적이긴 하구나."

앞으로는 가능하다고 하려던 천우는 입을 닫았다.

실제로 멸악천리안도 만능은 아니긴 했다. 화경부터는 사용성에 제한이 생긴다. 물론, 제한이라고 해 봤자 저항을 의미할 뿐이다. 화경을 강제로 백치로 만든 적이 수두룩했다.

그렇다고 낭비는 하지 않는다. 백치로 만든 후 강시로 제

조해 멸악강시대를 탄생시켰다. 악을 악으로 제압하는 올바른 이독제독이었다.

그래서일까? 멸악천리안에 대해서 여러 말들이 생겼다.

도살안에 버금가는 백치안으로.

패황의 눈을 보지 마라, 평생 아무것도 기억나지 않은 채 도구가 될 테니.

천우로선 억울한 일이긴 했다.

패황은 멸악천리안에 의존하진 않았다. 악을 멸하는데, 잘잘못을 따질 이유가 없기 때문이다.

두정천이 이틀 전까지 살아 있었던 건 수신제가 덕분이었다. 멸악패도였다면 다툼과 동시에 상단 전체가 분해되었을 것이다.

100회차 동안 복호상단의 역사는 최대 2년이었다. 그 안에 매번 잿더미가 되었다.

'거리도 중요하지.'

패황기를 직접 주입했다면 시간 약정을 걸 수 있지만, 흔적이 남는다. 일전 낭인들이야 어디서 객사해도 적당히 살피다 들짐승의 먹이가 되거나 화장할 테지만, 대상단의 소단주는 죽음을 면밀하게 살필 것이다.

아직까지는 증거가 남지 않는 선에서 해치워야 했다. 그래서 며칠 동안 두정천을 같은 공간에 두었다.

두정천은 자기와 마주하는 자리로 옮겨 다닌 것이 단순히 약 올리려는 수작으로 봤겠지만, 멸악천리안이 파고들어 안착할 시간을 번 것이다.

드르륵!

3실의 문이 거칠게 열리며 무인들이 우르르! 몰려들어왔다. 중심에 복호상단의 상단주 두원광이 있었다.

각 상단의 상단주도 돌아가는 사태를 확인하기 위해 찾았다.

구서진이 아들을 막아서듯 일어나면서 물었다.

"복호상단주께서 예까지 어인 행차십니까?"

"의룡에게 볼일이 있네."

"설마 소단주의 죽음에 제 아들이 관련되었다고 보시는 겁니까? 심중만으로 이러신다면 자칫 무림의 공분을 살 수도 있습니다!"

"적금상단주! 나는 상단의 후계자이자 아들을 잃었네. 증언이 나왔는데도 무림의 눈이 무서워서 심문조차 하지 말라는 것인가?"

공감을 사는 발언이었다.

이성적인 판단은 나중의 문제였다. 상계와 무림으로 나누어서 입장을 표명했다. 처음부터 천우를 소단주가 아닌 의룡으로 부른 연유였다.

자식을 소중히 여기고, 아니고는 중요하지 않았다. 자식을 잃은 아비의 심정을 대변할 뿐이다.

'이빨이 빠져도 호랑이는 호랑이구나.'

'확실히 궁지에 몰아넣으면 위험하겠어.'

성도상단의 자운엽과 청풍상단의 동무광이 아들들을 단속하여 나서지 말라고 한 까닭이다. 복호상단이 예전만 못하긴 해도, 굳이 불구대천의 원수가 될 필요 없었다. 의룡과의 관계가 아쉽지만, 복호상단의 주의를 끌어 준다면 여러모로 이득이었다.

'아예 증거가 없는 것도 아니고.'

'확실히 의심스럽긴 해.'

그들도 의룡에 대해서 조사를 해 봤다.

하늘 아래 우연은 없고, 하루아침에 고수가 되는 경우는 흔치 않았다. 기연을 얻었어도 바탕이 없다면 한계가 뚜렷했다. 대상단도 아니고, 적금상단에서 갑자기 용이 나올 순 없지 않은가.

조사할수록 그 행적에 의문이 가득했다. 도무지 고수가 될 여건을 갖추지 않았다. 부지런하기라도 했다면 기연을 얻었을 테지만, 집구석을 나간 적이 없다. 인근 마을이라도 둘러본 적이 있나 했더니, 의룡에겐 구가장이 천하였다.

'마공을 익히지 않고선 불가능하긴 한데…….'

'우리도 아는 걸 무림의 고지식한 위인들이 몰랐다는 것도 말이 안 되지.'

마공이나 사공은 제외했다. 무림은 대충 아무나 신성으로 인정할 만큼 호락호락하지 않았다.

더욱이 이 안엔 아미파의 본산제자는 아니더라도, 속가로서 위명을 쌓은 비룡장도 있었다. 그가 익힌 금정공은 항마의 효력이 있었다. 마공을 익혔다면 곧바로 알아챘을 것이다.

제7장
결백

 천우가 일어났다.
 아버지를 방패막이로 내세우진 않았다. 자연스럽게 뒤로 빠지게 하고, 전면에 나섰다. 여태 태연히 앉아서 듣고 있었단 사실마저 잊게 한다.
 스윽!
 움찔!
 좌중을 돌아봤다. 항거 불능의 위압감은 절대자의 심판처럼 압박감을 주었다. 앉아 있을 때와는 차원이 다른 존재감에 침묵이 흘렀다.
 천우는 두원광을 마주했다.
 사위를 에워싼 다수의 압박에도 아랑곳하지 않는 당당함이었다. 두원광은 인상을 찌푸렸다가 급히 신색을 되돌렸다.

'무림의 신성이라 이거더냐!'

천이가 어째서 반감을 품었는지 두원광은 이해가 되었다. 이놈은 누군가의 밑에 있거나 어울리는 놈이 아니었다. 어쩌면 진짜로 아들을 죽였을 수도 있다는 직감이 스쳤다.

"나는 소단주 이전에 의룡이다. 무림의 법도대로 나를 죄인으로 몰고 싶으면 전부를 걸어라."

"……!!"

무림의 법도는 생사결이었다.

이런 식으로 강하게 나올 줄 누구도 예상하지 못했다. 자존심을 건드리긴 했어도, 다짜고짜 생사결을 언급할 줄이야.

만인의 앞에서 대놓고 도발을 한 이상, 이제는 발을 빼는 것도 이상해졌다.

'……이놈이!!'

복호상단은 안중에도 두지 않는 발언이었다.

두원광은 자존심이 상할 수밖에 없었다. 어쨌든 자신은 대상단의 주인이자 자식을 잃은 아비였다. 최소한의 합당한 예우와 대접은 해야 했다. 관계의 기본적인 예의조차 무시하고, 모두가 보는 앞에서 깔아뭉개 버렸다.

빠득!

하물며 저놈의 표정을 봐라.

너 따위가 뭘 할 수 있느냐, 라는 뜻이 담겨 있었다. 복호상단의 주인조차 하찮게 여기는 태도였다.

"왜 말이 없지? 두려운가?"

갈수록 점입가경이었다.

상대에 대한 존중, 그딴 건 처음부터 존재하지 않았다. 이를 뒷받침하는 의룡의 행사는 연합회 첫날부터였다. 주인을 무시한 처사의 연속이었다.

이는 무인이 상인을 대하는 모습과 같았다.

음.

지켜보는 상인들도 불편해졌다. 죄의 유무보다 상계를 대하는 태도가 맘에 들지 않았다. 상인의 자존심을 근원적으로 건드리는 무인 특유의 오만이었다.

'경솔하군.'

'저런 녀석일 줄은.'

성도상단주와 청풍상단주는 의룡의 오만함에 미간을 찌푸렸다. 설령 그런 마음을 품고 있다고 한들 철저하게 숨겼어야 했다. 위명에 취해 본심을 드러내는 건 경솔한 태도였다.

무인으로서도, 상인으로도 현명하지 않았다. 아직은 신성에 불과할진대, 저런 모습을 보인다면 어느 누가 따르려고 하겠는가.

'자네는 이제 어쩔 텐가?'

'물러서기엔 모양새가 좋지 않군.'

두 상단주는 복호상단주가 어째서 의룡을 거론하며 몰아가는지 예상은 하고 있었다. 작금의 불미스러운 흐름을 반전시키고, 본질을 흐리고 싶어서겠지.

그러기 위해선 의룡이 당황해서 숙이고 들어가는 모양새가 나와야 했다. 제아무리 뛰어난 자라고 해도 약관도 되지 않았으니, 심적으로 흔들릴 거라 판단했을 것이다. 모두를 이끌고 온 것도 의룡에게 압박감을 주기 위해서였다.

그것이 도리어 본인을 옥죄는 족쇄가 되었다. 상인들이 보고 있는 자리에서 의룡에게 대놓고 멸시를 당했다. 그런데도 고개를 숙인다면 상인들이 과연 순순히 따르겠는가.

대상단의 주인이라도, 무인에게는 어쩔 수 없다는 꼬리표가 달린 채 무시나 받지 않으면 다행이었다.

이젠 상계의 실세로서 물러설 수도 없었다.

'잠깐, 이마저도 의도했다면?'

'그럴 리가, 없지 않나.'

그들은 고개를 저었다. 말이 되지 않았다. 이 일련의 상황을 대체 어떻게 알고 대처한단 말인가.

어찌 되었든 그들로선 매우 흥미로운 구도였다. 복호상단주가 어떤 대답을 내놓는다고 해도, 사태의 방관자로서 그에 맞추어서 대응하면 그만이었다.

굿이나 보고 떡이나 먹어 보자.

"복호상단주, 대답하라."

"네놈이 무림의 신성일지라도 엄연히 상계의 후예일진대, 존장에 대한 예우도 없는 것이더냐!"

"무림의 신성을 살인자로 몰았으면 그만한 대가를 치러

야지."

"죄인이라고 하지 않았다. 나는 그저 심증과 증언이 나와 용의선상에 올렸을 뿐이다. 자식을 잃은 아비로서 묻는다. 네놈은 정녕 무죄를 증명할 수 있느냐?"

"당연하다. 나는 하늘을 우러러 한 점의 부끄러움이 없다."

"그토록 자신한다면 어디 한번 증명해 보거라! 심증과 증언을 완벽히 반박할 수 있다면 무림의 법도대로 나도 목숨을 걸겠다!"

"남아일언?"

"중천금!"

일이 점점 커지더니 무림과 상계의 자존심 싸움으로 번졌다. 상인들은 심정적으로 복호상단의 편을 들어 주었다. 그럼에도 의룡의 단호함에 불안감이 엄습했다.

'이성을 잃은 척하더니, 실속을 챙기는군.'

'용의자가 특정되지 않은 사건일수록 반박하기가 어렵지.'

성도상단주와 청풍상단주는 복호상단주의 말 속에 함정을 읽었다. 분명 심증과 증언에 완벽히 반박하라고 했다.

이게 말처럼 간단하지 않았다.

심증은 사실 감정적인 영역이었다. 상인들을 적으로 만들어 놓았으니 두정천과의 불화를 부정하긴 힘들다. 더욱이 증언은 복호상단에 소속된 가솔이고, 화정상단주는 포

섭되었을 가능성이 크다.

 의룡이 설령 죽이지 않았다고 한들, 부정할 만한 증거나 증언이 있을 리 만무했다. 적금상단주의 증언은 객관적이지 않다고 부정할 게 뻔하다.

 이런 경우엔 의룡은 복호상단주에게 자신이 범인인 확실한 증거를 내놓으라고 해야 했다. 어차피 복호상단주도 심증과 증언일 뿐, 그것만으로 의룡을 단죄하긴 어렵다. 의심 암귀만 심어 놓으려는 심산일 테니, 확실한 증거 따윈 처음부터 없었을 것이다.

 '세간에 신성이니 용이니 해도, 아직은 어리군.'
 '위명에 취해 사태를 경시했어.'
 두 상단주는 의룡의 실패에 무게를 두었다. 오늘의 선택을 평생 후회하게 될 것이다.

 '애송이 놈, 어디 맘대로 해 보거라!'
 두원광은 속으로 쾌재를 불렀다.

 앓던 이를 빼게 생겼다. 이번 일로 의룡을 죽이기는 어렵더라도, 다시 일어나지 못하도록 밟아 줄 순 있었다.

 '살려는 주마.'
 무인으로서는 아니지만.
 '허! 참으로 씁쓸하구나.'
 구서진은 아들을 몰아가는 두원광이야 원래 그런 인간으로 봤지만, 사태를 관망하는 상인들의 태도에 회의를 느꼈다.

저들의 판단이 잘못됐다고는 보지 않는다. 이런 일에 끼어들어 봤자 이득이 되지도 않을 테니, 심정과는 별개로 납득은 되었다.

그러나 누구 하나 복호상단주의 억지에 항의는커녕 외면하기에 바빴다.

그래, 다들 지켜야 할 식구가 있는 이상, 눈치를 볼 수밖에 없기는 하지.

최소한 청풍과 성도는 나서서 만류하는 척이라도 해야 했다. 그것이 대상단의 주인으로서 가져야 할 품격이었다.

'상도의는 지켜 줬으면 하거늘.'

자기들이 자초했으니 어쩌랴.

아들의 노림수를 정확히는 모르지만, 무엇을 생각하든 그 이상이었다.

천우는 두정천의 시신을 보여 달라고 했다.

다른 때라면 과한 요구였으나, 생사결이 주는 정당성이 있었다. 죽은 사람으로 인해 산 사람이 죽어선 안 되었다.

확실하지 않다면 더더욱.

두원광은 부검한 자식을 다시 봐야 하는 일이 아비로선 내키지 않았으나, 의룡의 미래를 위한 대승적 차원으로 허락하겠다고 했다.

물론, 상인들도 생각이 있는 만큼 두원광이 마냥 호의를 베풀었다고 보진 않았다. 애초에 사인을 정확히 규명해 줌거를 확보했다면, 의룡을 심문할 필요도 없기 때문이다.
 천우는 두원광과 모두가 있는 자리에서 시신의 상태를 살폈다. 그러면서 한다는 소리가.
 "흠. 확실히 못생겼군."
 "들창코가 문제야."
 "몸 관리도 형편없고."
 "하체도 부실해."
 "어차피 오래 살진 못했겠어."
 시신을 자세히 살피는 것 같지도 않았다. 손으로 대지도 않는 모습이 마치 더러운 오물을 대하는 듯했다.
 '이놈이, 진정!'
 두원광은 이를 바득바득 갈았다.
 아들의 시신을 함부로 만지지 말라고 경고했지만, 저런 식일 줄은 예상 못 했다. 시신을 보여 달라기에 혹시나 하는 불안이 한순간에 날아가 버렸다. 못난 자식일지라도, 죽어서까지 모욕을 받도록 놔둘 순 없었다.
 "대체 무엇 때문에 보여 달라고 한 것이냐?"
 "그냥 한번 보려고."
 "이러고도 결백을 입증 못 할 시 평생 후회할 뼈아픈 대가를 치르게 해 주마!"
 "나는 목숨을 걸었다."
 두원광의 흉흉한 살기가 일순간 태풍에 휩쓸린 듯 사라졌다.

천우의 패도였다.

그 당당함과 오만함엔 흠집도 내지 못했다.

큭!

의룡의 위압감에 눈을 내리깔았다.

두원광은 상처 입은 맹수처럼 분노에 치를 떨어야 했다. 그런데도 근원적인 공포가 열등감을 부추겼다.

상인들은 복호상단주를 심정적으로 편들었지만, 의룡의 패기에 압도되어 고개를 돌렸다. 실로 간담을 서늘하게 하는 고압적인 패도였다. 세간에선 의룡이라고 하지만, 저 오만무도함을 보니 패룡이 어울렸다.

'자중해도 부족한 판국에 저래도 되나?'

이겸은 천우의 대범함에 감탄하면서도 불안했다. 은연중 편이 갈리는 순간 아버지를 데리고 적금상단의 진영에 서 있었다.

'줄을 잘못 선 건 아니겠지?'

아버지가 원망스러운 듯 바라보고 있어서 양심에 찔리는 이겸이었다. 이러다가 잘못되면 자신이 모든 걸 뒤집어쓰는 걸로도 끝나지 않을 수 있었다.

그러나 돌이키기엔 늦었다.

이겸은 자신의 감을 믿었다. 저 인간이 안하무인의 오만무도한 녀석이긴 한데도.

"이 형이 있어서 한결 안심이 되는군."

복호상단주에겐 하대.

자신에겐 평대.

위해 주는 거야, 맥이는 거야?

저러는데 어떻게 안 믿냐고?

좌중의 주목을 받은 와중이라 배신하기도 힘들어졌다. 다시 상인들 쪽으로 향하는 순간 박쥐 취급을 받게 될 것이다.

"결백을 밝히겠다. 전원 누각의 공터로 모이도록."

천우는 강압적이었다.

그런데도 이상하리만치 자연스러웠다. 만인의 위에 군림하는 자의 기도에 상인들은 의도하지 않았음에도 이끌리듯 따라갔다.

심각한 상황과는 별개로 정원은 아름다웠다. 인공적인 맛과 자연의 맛이 오묘하게 엇갈려서 조화를 이루었다.

내리쬐는 태양 아래.

비극이 될 두 사람과 주변인들이 원을 그리며 공터에 자리를 잡았다. 굳이 공터에 왔어야 했는지는 의문이었다.

방에서 하나, 밖에서 하나 똑같지 않나?

천우는 자신답지 않지만, 기회를 주었다.

멸악패도였다면 지금처럼 많은 기회를 얻기도 힘들었을 터. 삼생(三生)이 아니라 백생(百生)의 영광이었다.

"후회하지 않겠나?"

"네놈이야말로 다른 소린 꺼내지도 마라!"

"기회를 주지. 무릎을 꿇고 잘못했다고 사과해라. 오늘 일은 없던 것으로 해 주겠다."

"……네놈이 정녕 죽고 싶어 환장을 했구나!"

공개된 자리에서 무릎을 꿇고 사과하라니!

어이가 없을 지경이다.

두원광은 치밀어 오르는 극한의 분노에 표정조차 관리가 안 되었다. 무명협객에게 팔을 잘리고, 굴욕적인 협상했을 때보다 더했다.

"어렵진 않다. 잘못했다고 하면 된다."

"닥쳐랏! 허튼수작으로 시간을 끌어 보려는 심산이겠지만, 나한테는 통하지 않는다! 어서 결백을 증명이나 해라! 하지 못한다면 네놈의 말대로 목을 취하겠다!"

점점 악화하는 사태에 상인들은 걱정이 앞섰다. 이러다가 돌이킬 수 없는 일이 될 수 있었다.

생사결을 약속했지만, 서로의 목숨을 취하기에는 명분이 부족했다. 그러나 이쯤 되면 자존심 때문이라도 목숨을 걸어야 하는 분위기였다.

과했다느니, 농담이라느니.

이런 말이 통하기엔 너무 멀리 왔다. 상계와 무림의 자존심이 걸린 한판이 되었다.

자기들끼리만 알고 끝내면 다행이나, 공터엔 상인만 있지 않았다. 상단에 소속된 경호 무인들도 무인이었다. 저들의 입까지 막을 수 있다고는 장담할 수 없었다.

웬만해선 피하기 어려운 현실이었다.

슬슬 피비린내 나는 생사결의 종착점이 다가왔다. 누가 됐든, 피를 봐야 끝이 날 판이다.

무인의 피 튀기는 생사결이 아님에도 그에 버금가는 긴장감이 맴돌았다.

두원광은 천우를 채근했다. 주둥이가 길어진 걸 보면, 시간을 끌려는 수작이 분명하다.

"어서 답을 해 보거라!"

"그러지."

목숨이 오고 가는데도 천우의 무심함은 여전했다.

상인들은 그 배짱을 인정하면서도, 생사결은 정해졌다고 봤다. 죄란 입증하기도 어렵지만, 결백을 주장하는 건 훨씬 어렵다.

하물며 증거도 없이 심증과 증언이 전부였다.

이걸 어떻게 뒤집는단 말인가! 말은 언제든 바뀔 수가 있고, 의룡의 편에 설 까닭이 없었다.

"멸악패도의 구도자로서 명한다. 죄인은 앞으로 나와 본 모습을 드러내라."

……?

이게 무슨?

지금 결백을 증명한 거 맞지?

생사결은 맞고?

아니, 대체 무슨 자신감이래?

저래 놓고.

너무 뻔뻔해서 다들 넋을 놓았다. 두원광마저 황당함을 감추지 못한 채 말문이 막혔다.

경호 실패의 책임을 의룡에게 돌리려는 복호상단주의 암계는 한계가 뚜렷했다. 구체적인 증거, 목적, 동기 없이는 여론몰이에 지나지 않았다.

이도 저도 아닌 본질을 흐리는 방도도 시간이 지나면 안개가 걷히듯 사라지기 마련이다. 의룡은 결백을 주장하지 않아도, 문제가 되지 않았다. 심증만으로 강하게 몰아붙였다간 복호상단은 강호의 지탄을 받을 수 있었다.

적당히 흐지부지, 그 정도 선에서 끝날 줄 알았거늘.

'근래에 보기 드문 미친놈일세.'

상단에서 신성이 나왔다고 하기에 얼마나 대단한 놈인가 했더니. 하지 않아도 되는 긁어 부스럼을 스스로 만들었다.

하루아침에 명성을 얻으면 생기는 불치의 정신병이 있었다.

무림에서는 이를 고수병(高手病)이라고 한다.

위명에 취해 정신이 나가지 않고서야.

'결백을 주장한다고? 그게 되겠냐? 누군 줄 알고?'

솔직히 그도 이 점이 가장 궁금했다.

대체 누가 복호상단주의 소단주를 죽였을까?

아무리 머리를 굴려 봐도 해답이 나오지 않았다. 그럴 이유나 목적은커녕 동기조차 의문이었다.

'특급 살수가 아니라면 최소한 초절정은 되어야 할 텐데.'

복호상단의 경계가 대문파와 비교하면 부족하긴 해도, 소단주를 쥐도 새도 모르게 죽일 수 있을 만큼 허술하진 않았다.

처음에는 하도 당당하게 결백을 주장하기에 혹시나 하였다. 시신을 보여 달라고 할 땐 자신이 보지 못하는 부분을 본 줄 알았다.

작게나마 기대했거늘.

-멸악패도의 구도자로서 명한다. 죄인은 앞으로 나와 본모습을 드러내라.

저건 답도 없는 고수병 말기가 분명했다.

저딴 말을 입에 침도 안 바르고 할 수 있다니, 기도 안 찬다. 아무도 응하지 않을 호소에 지나지 않았다. 설령 죄가 있다고 한들, 미쳤다고 이 앞으로 나서겠는가.

그렇게 생각했다.

의룡과 시선을 마주치기 전까지는.

흐윽!

감히 거역할 수 없는 강력한 의념이 뇌리를 꿰뚫고 들어왔다.

항거 불능의 절대명령.

그는 의룡과 마주하며 걸어 나오고 말았다.

'……이게 무슨?'

의지를 배반했다.

내부에 꿈틀대고 있는 본질이 가려진 위장을 뚫고 나오려고 한다. 이대로 가다가는 본성을 드러내는 것만이 아닌, 가지고 있는 전부를 잃을 것이다.

저항해야 했다.

어떤 수작인지 모르지만, 이토록 허무하게 당할 순 없다. 감추고 있었던 진의를 끄집어내자, 저항할 여력이 생겼다.

그제야 육신을 통제할 수 있게 되었다.

"사술을 쓰다니, 네놈이…… 헉!"

"늦었다, 백면식괴."

혹시, 회복할 때까지 기다려 주기를 바랐나?

그렇다면 멍청하군.

백면식괴의 정면에 당도한 천우는 일체의 망설임도 없이 주먹을 뻗었다. 패황공이 외력과 합일한 권풍의 파괴력은 공간을 찢어발기는 굉음을 동반했다.

콰아아앙!

귀를 찢는 파공음과 폭발적으로 뿜어진 기파에 바닥의 대리석이 터져 나가면서 파편이 날린다.

휘이이잉!

휘몰아치는 기운의 파장은 쉬이 멈추지 않으며 귀를 먹먹하게 했다. 순간적으로 공간이 일그러지듯 출렁였다가 제자리를 찾는 광경이 펼쳤다.

파문의 중심에 자리한 두 사람.

공세를 취했던 천우는 기운을 갈무리한 채 무심히 서 있었다.

빠드드득!

반면에 부지불식간 당해 버린 오경은 흉신악살처럼 구겨진 채 이가 부서지도록 갈았다. 입에서는 다스리지 못한 내력에 핏줄기가 흘렀다.

쇄아아!

파격적인 격돌 이후로는 정적이 흘렀다.

그러다 충돌의 여파로 나가떨어졌던 두원광이 벌떡 일어나며 고함을 질렀다.

"네 이놈, 이러고도 살아남을 수 있을 것 같으냐!"

결백을 증명한다고 하고선 느닷없이 권풍을 출수했다. 강호의 법도를 어긴 행위였다. 더는 의룡의 장단에 맞춰 줄 필요가 없었다.

"의룡은 우리 상계를 농락한 합당한 대가를 치러야만 한다!"

한데, 아무도 동조하지 않는다. 되레 의혹 어린 시선을 보냈다.

분위기가 이상해지자 두원광은 십보추혼을 다시 보았다.

응?

십보추혼의 얼굴이 아니었다.

급속한 노화라고 하기엔 눈을 찡그리게 하는 추면이었

다. 십보추혼이 있어야 할 자리엔 화상처럼 뒤틀어져 있는 추악한 노괴가 있었다.

"방금 백면식괴라고 하지 않았나?"

"백면식괴라면, 살해한 자의 삶까지 갈취하는 희대의 마귀잖아!"

"게다가 식인을 한다고 들었는데!"

백면식괴(百面食怪) 공추.

죽인 대상을 식인하고, 그 사람으로 위장하여 인생마저 송두리째 갈취하는 마귀. 추한 외모를 역용술으로 바꾸어 수많은 사람을 농락하고, 죽음으로 몰고 간 강호 공적.

수십 년을 타인의 목숨과 삶을 뺏으며 완벽한 범죄를 저지르던 그는 딱 한 번 실수로 정체가 발각되었었다. 이후로 줄줄이 과거 행적이 밝혀진 공추는 희대의 악적으로 분류되어 강호 공적에 올랐다.

"……이럴 수가!!"

10년이면 강산도 변한다고 했다. 강호를 떠나 깊은 산기슭에 숨어 살고 있을 줄 알았거늘. 강호 공적이 십보추혼으로 위장하여 보란 듯이 살아가고 있을 줄 누가 알았으랴.

어처구니없이 정체를 들킨 공추는 악마처럼 일그러뜨리며 본성을 드러냈다.

"……네놈을 산 채로 씹어 먹어 주마!"

줄기줄기 뿜어지는 농후한 살의에 상인들은 물론, 경호 무인도 기겁하며 물러섰다. 공적에 오른 만큼 공추의 무위는 절정의 극에 이르렀다고 평가를 받는다.

게다가 신출귀몰한 역용술과 독술을 사용하여 상대하기가 무척이나 까다로웠다. 강호 공적이 되고도 10년이 넘도록 살아남은 것만 봐도 보통이 아니었다.

"그러기엔 몸 상태가 정상이 아니지. 같잖은 호기는 죽어서나 부리도록."

결백을 증명한 이상, 천우에게 공추는 더는 필요 없는 증거물에 지나지 않았다. 굳이 쓸데없는 말을 하도록 내버려 둘 이유가 없다.

생사의 위기감을 느낀 공추가 즉시 반격했다.

슈웅!

퍼엉!

혈수괴공(血髓怪功)을 최대한 끄집어내 성명절기인 혈수장(血髓掌)을 뿌렸다. 본래의 위력을 발휘했다면 혈무(血霧)로 공간을 장악하고, 접인지력을 활용해 회피 자체를 차단했을 텐데.

천우는 어린아이에게 당과를 빼앗듯 혈수장을 피한 후 공추의 공간을 무력화했다. 단 일보로 거리를 뚫고 들어와서 거료, 천돌, 거궐에 삼연격을 먹였다.

커억!

코와 입이 무너지고, 쇄골이 부서지며 숨이 턱 하고 막혔다.

이어진 권격이 기해를 부순다.

신속, 정확, 파격의 삼박자가 균형을 이룬다. 여지를 주지 않는 절명권이었다.

퍼억! 쩌어엉!

단전이 부서지자 식인을 통해 흡수한 혈수괴공의 내력이 사방팔방으로 날뛰었다. 일순간 피가 역류하여 칠공에서 피를 흘리는 공추였다.

부르르! 부들부들!

칠십 평생을 모은 공력이 산산이 부서지자, 반진력이 거셌다. 일순간 무력화되어 퇴화하듯 무너져 내렸다.

주르르르!

피눈물을 흘리고 객혈하면서도 자신을 이리 만든 의룡을 죽일 듯이 노려보았다. 죽어 가는 순간, 이 일련의 상황들이 결론을 향해 치닫는다.

"……네놈이구…… 커억!"

"쓸데없는 소리를 하는군."

천우는 시간을 주지 않았다. 가차 없이 공추의 천령개를 쪼개 버렸다.

뻐억! 뿌각!

진실을 말하니까, 명줄이 짧아지지.

천우는 도구의 저항을 용납하지 않았다.

악인은 쓰임을 다해도 토사구팽이겠지만.

털썩!

천령개가 움푹 들어간 공추는 본인의 얼굴마저 잃어버린

채, 흐물흐물 녹아내리듯 쓰러졌다.

죽은 공추를 천우는 내려다보았다. 무심하지만, 성에 차지 않는 분위기를 풍겼다.

'아직은 부족하군.'

완성된 멸악천리안이었다면 공추는 죄를 자백하고, 스스로 천령개를 후려쳤을 것이다. 고작 초절정에서 시간을 낭비하다니, 전회차와 비교해 아쉬움이 크다.

'목적이 달라진 영향이겠지.'

수신제가와 멸악패도의 선후에서 오는 괴리였다.

전회차였으면 굳이 멸악천리안을 이용해서 공추의 본성을 끄집어내기 위한 작업은 하지도 않았다. 잡것들한테까지 일일이 시간을 할애하는 건 사양했다.

주변의 비난은 상관하지 않았다. 잔혹한 살인마라고 오해한들, 멸악패도를 위해서라면 얼마든지 감수할 수 있었다.

그로 인해 칼을 든 자들이 많이 죽어 나가긴 했다. 착각과 오해라도 칼을 들었다면 대가는 멸악패도였다. 패황은 그러한 개개인의 사정을 봐주지 않는다.

'역사가 바뀌었군.'

공추의 죽음은 지금이 아니라, 먼 후일이었다.

공적이 된 이후로 자취를 감추었던 공추는 사천이 아닌 요동에서 나타났었다.

100회차 동안 번번이 있어 왔던 시행착오긴 해도, 이번엔 시간적인 오차 범위가 꽤 있었다.

어찌 보면 당연했다.

멸악패도의 구도자인 패황과 수신제가의 의룡은 다른 사람이었다. 지향점이 다르니 오차 범위를 따지는 것도 무의미했다.

'돌발 변수를 계산해야겠어.'

패황은 오차를 계산하여 적재적소에서 악인을 제거했었다. 하지만 그리 쉬운 작업이 아니다. 단순히 미래를 알고 있다고 해서 정답을 찾아내진 못한다. 작은 변화조차도 미래가 되면 전혀 다른 파장을 일으키기 때문이다.

그래서 더욱 아쉬웠다.

100회차가 되면서 천우는 가장 효율적이면서도 빠른 멸악패도를 구축했었다. 이 모든 자료와 정보가 수신제가가 되면서 무용지물이 된 것이다.

'지후가 있었다면 달랐겠지만.'

그녀를 데리고 와도 되는지가 문제였다. 패황성의 군사로서 악인의 몰살을 일생의 보람으로 여겼을 텐데. 가문의 총관으로 썩히기엔 아까운 재능 낭비였다.

'현재로선 들어줄 수가 없구나.'

천우는 악인 몰살의 달인인 그녀의 바람을 들어주지 못해 안타까웠다. 지후, 무후와 같이 악인을 사냥할 때가 좋았는데, 회차의 반복이 될 우려가 컸다.

'고민은 해 봐야겠군.'

확실히 이전 회차와 달리 날카로움과 정확성이 떨어졌다. 걸어 보지 않은 길을 가고 있는지라 실수와 착오는 각오해야 했다.

스윽!

화들짝!

천우가 사위를 돌아보자, 상인들은 움찔하며 조심스럽게 침음을 삼켰다. 그들은 예측을 벗어난 사태의 연속에 정신이 하나도 없었다.

'십보추혼이 백면식괴였어?'

'그렇다 한들, 백면식괴를 저토록 간단히 죽이다니!'

'과연 무림의 신성은 다르구나!'

무림의 인정을 받긴 했어도, 의룡의 평가는 엇갈렸다.

일단 배경은 둘째 치고, 나이가 너무 어렸다. 약관도 되지 않은 상단의 자제가 대문파와 세가의 후예도 얻기 힘든 용의 칭호를 받기란 불가능에 가까웠다.

'공추의 무위는 최소한 절정 이상, 어쩌면 초절정일지도 모르는데.'

'의룡의 무위가 절정을 넘어선단 뜻인가?'

'우리가 의룡을 지나치게 간과했구나!'

절정에만 올라도 세간의 인정을 받는다. 하물며 저 나이에 절정을 넘어선다면 가히 대종사의 반열에 들 자질이었다. 설령 대종사가 아니더라도, 능히 일세를 풍미할 신위였다.

하아.

자운엽과 동무광은 아쉬운 듯 한숨을 쉬었다. 의룡이 저토록 대단한 무위를 가지고 있는 줄 알았다면 절대로 방관하지 않았을 것이다.

이제는 적이 되진 않더라도, 호의적으로 다가가긴 어려울 수밖에 없다. 사람이란 어려운 상황일 때 그 진가가 드러나기 마련이었다.

지금도 저런데 후일에는 얼마나 성장할지 예측조차 되지 않아 안타까움을 더했다.

'이제라도 편을 들어줘야 하나?'

'많은 걸 내어 주는 한이 있더라도, 적금상단과는 우호적인 관계를 맺어야겠군.'

지난 일은 되돌리지 못한다. 그렇다면 차선책으로라도 관계를 개선할 대책을 세워야 했다.

상인으로서 대의적인 전제는 있었다.

돈이면 된다.

안 되면, 돈이 부족한 거고.

상인들은 어떻게든 의룡의 환심을 살 방도를 찾기 위해 머리를 싸맸다. 다만 선뜻 나서기엔 마무리가 되지 않았다.

부들부들!

가장 충격을 받은 사람은 다른 누구도 아닌 복호상단주 두원광이었다. 의룡과의 생사결에 종지부를 찍을 기회인 줄 알았더니, 오늘 본인의 명줄이 끊기게 생겼다.

'어떻게 이런 일이 벌어질 수 있는 거지?'

작금의 사태는 엄밀히 따지면 전적으로 무명협객 때문이었다. 당시 진천권이 죽고, 상단의 경계에 구멍이 생기면서 경호 무인을 대거 받아들였다. 한데, 사천상회가 얼마 남지 않아 검증할 시간도 부족했었다.

그러나 이유 여하를 막론하고 백면식괴가 십보추혼으로 위장하고 있었다는 사실만으로도 상단에는 큰 타격이었다. 무식하기 짝이 없는 무림이 내부적인 사정까지 고려해 주지는 않을 테고.

'이 천하의 두원광이 이따위 말도 안 되는 일로 무너질 순 없다고!'

백면식괴가 정체를 숨기고 위장 잠입했을 거라고 누가 생각이나 했을까. 하나같이 불합리한 현실이었다.

백면식괴는 강호의 공적이었고, 위장에 관해서는 천하제일이라 평가를 받는다. 무림조차 잡지 못한 채 공적록에 이름만 올려놓았다. 강호 공적이 작정한 이상 대상단이라도 당할 수밖에 없었다.

빌어먹을!

성도나 청풍에나 들어갈 것이지!

하는 일마다 안 되고, 꼬이며, 난장판이 되었다.

하늘이 자신을 버리지 않고서야.

'잠깐, 이게 상식적으로 말이 되는 일이야? 시기가 지나치게 공교롭잖아!'

범인을 밝히기 어려운 오리무중의 사건이었다. 그런데 갑자기 범인이 등장해서 결백을 증명한다?

마치 잘 짜 놓은 계획처럼 딱딱 맞아떨어졌다. 현실이 어디 그러냐고. 모사재인 성사재천이었다. 실상은 정교하게 계획을 세웠다고 해도 온갖 변수로 인해 틀어지는 일이 비일비재했다.

'하물며 강호 공적에 이름을 올린 공추를 일격으로 죽인다고?'

의룡의 무위가 뛰어나다고 해도, 상식적이지 않은 결과였다. 애초에 공추가 정체를 드러낸 과정도 이상했다.

얼떨결에 실수로 사람을 죽인 것도 아니고, 사람을 수도 없이 죽인 백면식괴가 죄를 자백할 리가 없다. 면전에다 증거를 내놓아도 거절할 판이었다.

천우는 머리를 굴리는 두원광을 재촉했다. 계산된 시간 속에서 결단을 강요하면 사리 분별이 되지 않는다. 대부분 일이 다 끝나고 나서야 왜 그런 언행을 했는지 후회했다.

"이제 생사결을 받아들일 때가 됐군."

"어림도 없는 소리 하지 마라! 애초에 그놈이 백면식괴라는 증거가 어디 있느냐?"

"무림공적록에 백면식괴의 인상착의와 무공에 대해서 적혀 있다."

"그걸 네놈이 봤을 리도 없고, 당장 증명하지 않으면 생사결은 무효다!"

두원광의 억지는 예상했던 바였다. 자기 목숨이 걸렸는데, 저 욕심 많은 위인이 순순히 받아들일 리 만무했다.

"비룡장, 그대도 그리 생각하는가?"

천우는 경호 무인들 사이에 서 있는 중년의 사내, 비룡장에게 물었다.

아!

비룡장 운사영은 찰나 이맛살을 찌푸렸다 회복했다.

솔직히 끼고 싶지 않은 현장이었다.

자신조차도 십보추혼이 백면식괴인 줄 까맣게 모르고 같이 밥도 먹고, 술도 마시고 다 했었다.

바로 옆에 식인귀를 두고, 밥을 먹고 있었다는 사실만으로 안목이 까막눈임을 인정하는 꼴이었다. 어디 가서 말도 하지 못할 비극의 검은 역사였다.

'그걸 왜 나한테 묻는 것이냐?'

푼돈 좀 벌어 보겠다고 왔다가 날벼락을 맞게 생겼다. 죽일 듯이 노려보고 있는 복호상단주의 표정만 봐도 어떤 대답을 원하는지 알 수 있었다.

운사영은 이 사태의 원흉인 의룡이 원망스러웠다. 다른 사람한테 물어봤어야지.

하물며 대답은 정해져 있었다.

다른 말을 할 수도, 해서도 안 되는 궁지에 몰렸다.

"주검은 백면식괴 공추가 맞습니다."

"그걸 어떻게 믿지? 네놈도 의룡과 한패더냐?"

예상치 못한 대답에 실언을 하고 말았다. 두원광은 아차! 싶었지만, 내뱉은 말을 주워 담기엔 늦었다.

 그렇더라도 상단의 녹을 먹는 위인이 의룡의 편을 들다니, 배신감이 컸다. 아미파에 쏟아부은 자금까지 더한다면 팔은 안으로 굽어야 했다.

 운사영은 자신을 함부로 대하는 상단주의 태도에 화가 나지만, 내색하지는 않았다. 이해가 안 가는 것도 아니고. 이럴 때 같이 화를 내 봤자, 불신만 키울 뿐이었다.

 "내공을 극성으로 일으켰을 때 발생하는 붉은 혈기와 끈적한 혈무는 혈수괴공의 특징입니다. 게다가 혈무의 농도로 봐선 족히 9성에 도달했다고 봅니다."

 "……!"

 운사영은 화를 내기보다는 사실로써 복호상단주를 두들겨 팼다. 반박해 봤자 현실 부정일 뿐, 주검의 운기행로만 확인해도 밝혀질 사안이었다.

 '이딴 판엔 끼지 않는 게 최선인데.'

 그렇다고 시원하지도 않았다. 공명정대한 판결일지라도, 두원광의 반대편에 섰다는 사실은 변하지 않는다.

 저 좀스러운 성향을 봤을 때 오늘 무사히 벗어난다고 해도, 두고두고 가슴에 원한을 품고 있을 위인이었다.

 '나도 어쩔 수 없다고! 여기서 거짓말을 하면 안목도 없는데, 거짓말까지 한 게 되잖아!'

 사실이 밝혀지지 않으면 모르겠지만, 모두가 보는 앞에

서 공추가 죽었다. 정파의 고수라도 찾아온다면 한눈에 백면식괴임을 알아낼 텐데, 두원광이 여물처럼 주는 푼돈 좀 받자고 평생 조롱거리가 될 수는 없었다.

'본산에서도 날 가만두지 않을 테고!'

다른 거 다 떠나서 아미파에서 일대제자라도 찾아온다면 아! 그냥 목매고 죽을란다.

여승들만 있는 문파에 남자가 들어가서 수련하기가 얼마나 힘든 줄 알아! 그건 겪어 보지 못한 사람은 알지 못한다고!

이 나이 먹고도 눈물이!

고지식하고, 융통성은 없고, 성질은 고약하고, 게다가 힘은 어찌나 센지.

아미파의 여승들 눈치를 보며 혹독한 훈련을 해 봐야, 남자로서 속가제자의 삶이 얼마나 힘든지를 알 수 있었다.

'잘생겼어야 했는데.'

평범하게 생겨서 문제가 됐었다. 심성과 불공은 개뿔! 비구니도 사내의 얼굴을 심하게 따진다는 걸 어린 나이에 깨닫게 되었다.

운사영은 아미파에서 살아남고자 속가제자임에도 최선을 다했다. 얼굴이 안 되면, 실력이라도 있어야 살아남을 수 있었다.

"인정할 수 없다! 설령 백면식괴였다고 해도 네가 어떻게 알고 있는 것이냐? 더욱이 사술을 쓰지 않고서야 백면식괴가 죄를 고백할 리 없지 않느냐!"

일리는 있었다.

문제는 증명할 수 있느냐다.

"내가 사술을 펼쳤다는 걸 증명해라."

"그걸 내가 왜 증명……."

두원광은 할 말이 궁색해졌다.

의룡에게는 심증뿐인 증언에 대해서 결백을 증명하라고 강요했었다. 그런 주제에 정파의 신룡을 좌도방문의 사도(邪道)로 몰아간 이상, 확실한 증거가 있어야 했다.

두원광은 스스로 한 말로 인해 발목이 잡힌 자승자박이 되었다.

"비룡장의 금정공은 사기와는 상극이라고 들었다."

"……(망할)!"

왜 또?

운사영으로선 미치고 환장할 노릇이었다. 이제 좀 빠져 있나 싶었는데, 금정공의 항마기가 발목을 잡는다.

그렇다고 항마기로는 알지 못한다고 했다간 내력이 시원치 않다고 떠벌리는 꼴이 되었다.

"완맥을 허락하지."

"알겠소."

여인이 발을 보여 주면 평생을 허락하는 것처럼, 무인이 완맥을 내주면 내력을 전부 보여 주겠다는 뜻과 일맥상통했다.

결백 249

이는 상대를 완전히 믿는다는 의미가 된다.

실제로는 경지의 차이가 크면 무의미하긴 했다.

그런 정도의 경지 차이를 비룡장은 인정할 수 없을 것이다. 스스로 못났다고 떠벌리고 싶지 않은 이상.

"내기를 운용하겠다."

"……하시오!"

천우와 눈앞에서 마주한 운사영은 오싹한 전율에 소름이 돋았다. 그저 바라보고만 있는데도, 심신을 옥죄는 무시무시한 기세였다. 비교 대상을 찾는다면 아미파의 장문인쯤은 되어야 할 듯싶다.

우우웅!

……헉!

금정공을 운용하여 항마기를 주입했던 운사영은 기겁하며 바닥에 무릎을 꿇었다. 일순간이었음에도 전신이 땀으로 번지며 번들거렸다.

허억! 허억!

거칠게 숨을 몰아쉬는 비룡장의 초췌한 모습에 두원광은 쾌재를 불렀다.

"자, 보시오! 사공이 분명하지 않소!"

"아닙니다! 절~대로~~~!"

"……?"

다른 사람도 아니고, 비룡장의 외침이었다. 그러니 복호상단주로선 합죽이가 될 수밖에 없었다.

운사영의 외침엔 절박함이 있었다. 복호상단주가 헛소리하도록 내버려 두어선 안 되었다.

"지금 그 꼴을 하고선 사공이 아니라고!"

"항마기가 반응하지 않았습니다."

"웃기지 마라! 사공이 아닌데, 어째서 그리 당황하는 거지?"

"의룡의 성취에 놀랐을 뿐입니다."

"나는 네 말을 믿을 수 없다!"

"본산의 금정공을 신뢰할 수 없다는 말씀입니까?"

"……!"

두원광은 답하지 못했다.

그렇다고 하는 순간 아미파의 절학을 평가절하 한 것이 된다. 당장에라도 본산에서 뛰쳐나올 열 받은 비구니들이 눈앞에 아른거렸다.

본산 제자의 대부분이 비구니다. 그 말은 여인들로 구성되어 구파의 한 축을 담당한다는 뜻이 된다. 얼마나 지독할지, 상상 자체가 소름이었다.

무인은 남녀를 구분하지 않는다고 하나, 태생적인 차이는 존재한다. 여인으로서 한계를 뛰어넘어 대문파가 되었다면 무공에 대한 자부심도 남다를 수밖에 없었다.

한데, 무인도 아닌 일개 상인이 아미파의 절학을 무시한다면 복호상단은 그날로 간판을 내려야 한다. 한동안 본산의 재정에 타격을 받겠지만, 아미파는 결단을 내릴 것이다.

비룡장의 성취를 무시할 수도 없게 되었다. 속가제자라도 일정 성취를 이룩해야 아미파의 허락을 받아 무공을 사용할 수 있었다. 비룡장을 폄하한다면 아미파는 안목이 없는 문파가 된다.

더욱이 완맥을 잡고 항마기를 사용했다. 그런데도 사기를 확인하지 못한다면 비룡장은 무인의 자질이 부족하다는 뜻이 된다.

'……어쩌지?'

두원광은 고립무원의 사면초가에 직면했음을 직감했다. 빠져나갈 구석이 보이지 않았다. 이대로 계속 의룡을 몰아가다간 의도마저 의심을 살 것이다. 일전에 화정상단을 이용해서 적금상단을 획책했던 원죄까지 뒤집어쓸 수 있었다.

"의룡! 그대는 애초에 십보추혼이 백면식괴임을 알고 있었던 것이 분명하다. 그렇지 않고서야 생사결을 걸고 그토록 당당하게 나올 순 없어!"

"몰랐다."

"거짓말하지 마라! 네놈은 알면서도 공적을 내버려 둔 것이다. 그러고도 네놈이 정파의 신룡이더냐!"

"내가 알았다는 증거가 있나? 전적으로 당신의 심증일 뿐이지. 설령 알았다고 해도, 믿어 줬을까? 심증만으로도 사람을 이처럼 몰아가던 당신이?"

의룡의 말투는 맘에 들지 않지만, 압도적인 설득력에 상인들과 경호 무인들은 고개를 끄덕였다.

논리로는 안 되자, 두원광은 갈수록 억지를 부렸다.

"정파의 신성이라면 악적을 처단해야 할 의무가 있지 않느냐!"

"의무를 다하지 못해서 미안하군."

천우의 시큰둥한 조롱에 상인들은 헛웃음을 터뜨렸다.

그들이 봐도 두원광의 주장은 터무니없을뿐더러, 적반하장 자체였다. 살인 누명을 씌우려고 했으면서 미리 알아내지 못했냐고 따지는 경우는 들어 본 적도 없었다. 이쯤 되면 같은 상인으로서 편을 들어 주고 싶어도, 사람으로서 염치가 있어야 했다.

"이제는 인정하게."

"자네의 패배일세."

확실하게 판이 갈리자 자운엽과 동무광이 나섰다.

이제까지는 방관했지만, 더는 손 놓고 있어선 안 되었다. 상황이 이런데도 방관했다간 자신들까지 덤터기를 쓸 수 있었다. 상계 전체에 악영향을 끼칠 사건이기도 했다.

"인정 못 해! 네놈들이 의룡과 짜고 나를 몰아가려는 것이 분명해!"

억지조차 통하지 않자 두원광은 이성을 잃고 발광했다. 더는 자신을 지켜 줄 어떤 것도 없다는 사실에 정신줄을 놓았다.

"생사결을 마무리 짓겠다."

천우는 분기탱천하여 날뛰는 두원광의 광기에도 아랑곳하지 않았다.

자기 할 말을 했다.

무심히 내리깔리는 얼음처럼 차가운 기도는 두원광의 광기를 사정없이 꿰뚫었다.

허억!

털썩!

실 끊어지듯 무너진 두원광이었다.

활화산 같았던 분노는 싸늘하게 식다 못해 북풍한설처럼 얼어붙었다. 정신줄을 놓고 싶은 심정과는 별개로 살고 싶은 짐승의 본능이 지배했다.

"……날 죽일 셈이냐?"

"당연하지."

죽이겠다는 협박이 아닌 단언이었다.

일말의 주저함이나 가책 따윈 없었다. 당연히 그리해야 한다는 당위성이 섬뜩한 공포를 주었다.

주춤!

최악을 피하고자 중재하거나, 만류하려고 했던 자운엽과 동무광도 뒷걸음을 쳐야 했다.

그 어떤 타협이나 협작도 통하지 않을 단호함이었다. 방해한다면 죽음으로 귀결될 공포가 일대를 잠식했다. 누구도 개입할 수 없는 의룡의 영역이 되었다.

어기적어기적.

명년의 제삿날을 상정한 적도 없던 두원광은 추한 몸부림을 쳤다. 천우가 일보를 내디딜 때마다 일어서지도 못한 채 바닥을 기며 물러섰다.

수치스러울 만도 하거늘, 두원광의 심중에 죽음의 공포가 자리 잡고 있었다. 살고 싶다는 본능이 자존심을 짓밟았다.

천우는 추잡한 짓거리를 일깨워 주었다.

"추하군. 대상단의 주인이라면 깨끗하게 죽어라."

"……잠깐! 생사결이라도 나는 죽일 생각이 없었어!"

"내공을 폐할 심산이었겠지."

"……그렇지 않아! 나는 적당한 선에서 값을 치르고 용서해 줄 생각이었다고! 그래, 값을 치르면 되잖아! 얼마면 되는데?"

두원광은 상인으로서 최선의 무기를 꺼냈다.

그 짧은 사이에 머리를 굴려서 가격을 정하라고 한 걸 보면 계산은 빠른 축에 속했다.

"나는 무림의 기대를 전폭적으로 받는 정의의 화신 의룡이다. 정도의 신성이자 차후 절대자가 될 내게 돈 몇 푼에 자존심을 버리라는 것인가?"

전폭적인진 알 수 없지만, 사람들은 그런가 보다 했다. 본인을 예쁘게 포장할 줄 아는 걸 보면 상인다운 처세술이었다.

더욱이 의룡이 돈에 굴복했다는 소문이라도 난다면 명성

에 타격을 입는다. 명예를 중시하는 강호의 신성이라면 자존심을 위해서라도 생사결을 지어야 했다.

하아!

난처해진 것은 자운엽과 동무광도 마찬가지였다. 어쭙잖게 중재하려다가 중간에 끼여 버리고 말았다.

말리자니 무림의 자존심을 건드리고, 안 말리자니 상단주의 죽음을 방관한 꼴이 되었다.

전자나 후자나 어떤 판단도 당장은 내리기가 난해했다. 결국, 전적으로 의룡의 결정에 달려 있었다. 그가 결정해야 그나마 면피할 방도라도 생기기 때문이다.

두원광은 의룡에게 책임을 전가하려다 통하지 않자, 액수를 타진했다.

"……금자로 오백 냥을 주겠다!"

"나는 무인이다. 하찮은 금전에 자존심을 팔지 않는다."

"……천 냥을 주마!"

"불쾌하군. 그런다고 살 수 있을 것 같은가?"

"……이천 냥을 내겠다! 영약까지 포함해서!"

"저급한 짓을 하는군. 무인에게 영약이 중요하긴 해도 자존심과 바꾸진 않는다."

"……오천 냥에 금령과를 주겠다!"

"곤란하군. 지금보다 강해진다면 천하 만민을 위해서 더 많은 일을 할 수 있을지도……."

"……칠천 냥에 금령과와 화령신단을 더하면 어떠냐?"

"고민이 되는군. 하나, 현실에 안주하는 것은 나와 어울리지 않는다."

"……일만 냥에 금령과, 화령신단, 천년석균을 주겠다, 더는 안 돼!"

두원광으로서도 한계였다.

이젠 먹고 죽어도 줄 수 없고, 더 했다가는 상단마저 폭삭 가라앉을 거다. 그럴 바엔 차라리 죽는 편이 나을지도 모른다.

"본 공자는 의룡이기 이전에 적금상단의 소단주다."

"……?"

돈이 부족하지 않더냐?

실상은 생사결이 아닌 흥정이었다.

어쩐지, 평소보다 말이 많다.

전말을 지켜본 상인들은 기가 막혀서 말도 안 나왔다. 중간에 있었던 성도상단주와 청풍상단주도 어이가 없는지 망부석이 되었다.

사실은 금룡이었나?

이쯤 되면 그냥 전귀(錢鬼)인데.

제8장
모함의 대가

헐!

이겸은 혀를 내둘렀다.

의룡을 자처할 때까지만 해도 오금이 저리다 못해 오줌보가 터지는 줄 알았다. 소름이 돋을 가공할 기도와 기세였었다. 그간 자신이 무슨 짓을 했는지 실감했다. 저런 인간에게 의형 소리를 들으려고 했단 사실에 심장이 철렁했다.

이제 복호상단주도 뒈졌다, 라고 확신했거늘.

갑자기 소단주란다.

당장에라도 복호상단주의 목을 치는 줄 알았더니, 실상은 원활한 협상을 위한 치밀하게 기획된 포석에 지나지 않았다. 일련의 과정은 무인의 생사결이라기보단 상인의 주도면밀한 거래에 가까웠다.

'자기 편할 대로 쓰는구나!'

불리할 땐 의룡.
필요할 땐 소단주.
천하무적권이나 다름없이 편의대로 사용했다.
한데, 딱히 이상하진 않았다. 의룡이면서 상단의 소단주이니까. 어떤 걸 사용할지는 전적으로 본인의 의사에 달렸다.
강요할 수 있는 것도 아니고.
'두원광으로선 소단주이기를 바랄 수밖에 없겠군.'
정파의 신룡을 거론하며 돈에 연연한다고 힐난했다가는, 그 즉시 목이 달아날 수 있었다.
더럽고, 치사하지만 어쩌랴.
법은 멀고, 주먹은 아주 가까웠다.
명분까지 손에 쥐고 있다면 언제든 무소불위의 칼을 휘두를 수 있었다.
'젠장! 무시무시한 녀석을 동생으로 뒀구나!'
차라리 칼만 휘두를 줄 아는 무인이었다면 상대하기가 수월할 텐데, 상인으로서도 만만치는 않았다. 어설픈 수작을 부렸다가는 어떤 꼴을 당할지 모른다. 상인의 세세한 업무 능력과는 다른, 상단주의 역량이었다.
"우리 도련님, 대단하죠?"
아이, 깜짝이야!
애 떨어지는 줄 알았네.
미래의 자식들이 대거 죽었다.

누군가 했더니, 가복이 바로 뒤에 붙어 있었다. 누가 그 주인에 그 종복 아니랄까 봐. 언제 이리 가까이 왔는지 전혀 느끼지 못했다. 주인이든, 종복이든 정상적으로 보이진 않는다.

"아주 대~~~단하구나!"

"그 코찔찔이 대공자가 언제 저리 컸는지, 원. 이제야 키운 보람을 느낍니다."

"……고생이 많구나!"

"참고로 개방의 후개도 우리 도련님의 동생입니다."

"그렇구…… 뭐? 후개라면 철담협개시잖아?"

"그렇죠."

"나보다 나이가 많은데."

"그런데요?"

이거 어떻게 할 거야?

이겸은 머리가 박살 날 정도로 혼란스러웠다. 어디서부터 어떻게 수습해야 할지 막막한 개족보였다.

그래, 나이가 중요한 건 아니잖아.

라는 개소리도 상대가 개방의 차기 후계자라면 얘기가 다르다. 철담협개가 자신을 형이라고 부른다는 생각만으로도 아찔했다.

십만 방도의 못마땅한 눈초리가 눈앞에서 아른거린다.

거지들을 가볍게 여기면 안 된다. 인생 막장들이지만, 의외의 자존심이 있었다. 그걸 건드리면 뒷감당은 하지도 못한다.

에헴!

내 주인이 이런 사람이다.

가복의 어깨까지 덩달아 하늘을 찌를 듯 왈패가 되었다. 주인의 배경이 종복의 후광인 세상이었다. 남용하다 큰코다칠 수도 있지만, 대공자께선 자잘한 건 무신경하셨다.

우리 이겸 도련님께서도 눈치가 있다면 알아서 말을 잘 듣겠지만.

"서창상단은 우리 도련님의 격에 맞으려나?"

"우리 상단이 어디서 어때서! 적금상단보단 위에 있다고!"

"하긴 동창과 자웅을 겨룰 만하긴 하죠."

"야이, 자식아! 적당히 해! 우리 상단이 망하는 꼴을 볼 작정이야!"

하룻강아지 범 무서운 줄 모른다더니, 주인이나 종복이나 호랑이 간을 삶아 먹었나. 말장난을 해도 동창과 서창을 비교하다니!

주변에 환관이 있나 조심스럽게 살폈다. 안일하게 생각했다가는 불알 없는 인간들이 얼마나 좀스러운지 기억해야 했다.

환관의 복수를 떠올린 이겸은 왜 상단의 이름을 서창(西倉)으로 비슷하게 지었는지 짜증이 치밀었다.

"우리 도련님의 의형 값을 해야 할 겁니다."

"골독어도 아니고, 아주 꼴값을 떠는구나!"
"우리 도련님이 아주 꼼꼼하거든요. 아마 어지간한 주접이나 꼴값도 전부 받아 낼 겁니다."
이 종복 새끼가, 어디까지 갈 셈이야?
잘한다, 잘한다 했더니 한도 끝도 없이 나댄다. 아무래도 종복의 본분을 가르쳐 줘야 할 듯했다. 주인의 후광을 믿는 것도 정도가 있었다.
"가복아, 나중에 따로 좀 보자꾸나."
"조용히요?"
"그래."
"아, 무서워라. 안 가면 안 됩니까?"
"안 되지."
가복은 체념한 듯 시키는 대로 하겠다고 했다.
그제야 이겸은 만족한 표정을 지었다.

거래는 반드시 계약서를 동반했다.
표준 계약서를 품에서 꺼낸 천우는 두원광에게 내어 주며 작성하도록 했다. 굴욕적인 일이긴 하지만, 두원광은 마지못해 계약서를 써 내려갔다.
"이제 됐느냐?"
"아니."
"더는 없다고 했을 텐데!"
"나는 자식을 죽인 범인을 찾아 준 은인이다. 혹시, 아들에 대한 애정이 없었나?"

"……(개새끼가)!"

네 목숨값은 됐고, 아들의 죽음에 대한 값을 치러라.

도가 지나쳐 보이나, 두원광으로선 거절할 수가 없게 되었다. 자식의 죽음을 밝히겠답시고 사람들을 모아서 의룡을 찾아왔었다.

이제 와서 아들에 대한 값을 치를 수 없다고 해 봐라. 자식에 대한 애정이 아닌, 본인과 상단을 위한 수단이 되어 버린다.

밀실에서 거래했다면 모를까, 모두가 보는 자리에서 이루어지는 거래였다. 진의를 아는 것과 밝히는 것은 다른 일이었다. 설령 값을 치르고 싶지 않다고 해도, 공개적인 자리인 만큼 계산은 해야 했다.

두원광에겐 선택지 자체가 없었다.

해도 손해지만, 안 하면 더 큰 손해는 물론 인심까지 완전히 잃게 된다. 차라리 돈만 잃는 편이 그나마 현명했다.

"천 냥을 얹어 주마."

"아들보단 본인이 더 중한가 보군."

"……오천 냥, 더는 없어!"

"자식은 부모의 반쪽이라고 했지."

의룡이 되지도 않는 소리로 아량을 베풀었다는 듯 선심을 쓰자, 두원광은 치가 떨렸다.

자신이 언제 이런 대접을 받은 적이 있었던가. 오늘의 치욕을 평생 잊지 못할 것이다. 반드시 되갚아 주겠다고 다짐하고, 또 다짐했다.

"이제는 진짜로 끝이겠지?"

"아니."

"이놈! 나를 가지고 노는 것이냐?"

"나는 소단주지만, 또한 의룡이다. 네 오른팔을 가져가겠다. 그래야 강호에서도 인정하겠지."

오른팔은 예전에 잘렸다. 그런데도 오른팔을 가져가겠다면 의수를 내놓으라는 의미였다.

의수야 다시 만들면 그만이라고 생각할 수도 있다. 그러나 세상은 오른팔을 내주고, 목숨을 구걸했다고 볼 것이다.

두원광에겐 더할 나위 없는 최악의 치욕이었다.

부르르르!

어찌나 분노했는지 두원광의 두 눈은 붉게 물들어 있었다. 분노로 인해 안구의 실핏줄이 터진 것이다.

"거절한다면 목을 취하겠다."

방금까지만 해도 상단의 소단주로서 이득을 취하는 모습이었는데, 다시 의룡으로 돌아가서 피도 눈물도 없는 정의의 화신이 되었다.

정파의 협객은 원래 자존심에 죽고 사는 법이니까.

언제든 자기 편의대로 능수능란한 데다가 지나치게 **뻔뻔**하다. 얼굴색 하나 변하지 않고 당당하게 '오른팔 내놔'를 시전했다. 누가 보면 오른팔을 맡겨 둔 줄 알겠다.

"……주마!"

두원광은 딸깍! 하는 소리와 함께 팔을 뺐다. 분노는 위압적인 패도에 제압되어 순한 양이 되어 있었다. 거절하기엔 철저히 압도되어 의수를 순순히 바치고 말았다.

"훌륭한 거래였다. 과연 대상단의 주인답군."

"……!"

얻을 거 다 얻은 천우는 돌아섰다. 두원광에게 한 줌의 미련도 남지 않았다.

볼 장 다 봤다 이거지.

다 뺏기고, 개털이 된 두원광은 굴욕감에 부들부들 떨었다. 당장에라도 놈을 쳐 죽이고 싶지만, 그럴 용기가 나지 않았다. 굴욕적인 치욕을 상기하며 분노가 차오르는 데까지 시간이 걸렸다.

'……이 개자식! 죽일 테다! 죽여 버리고 말 테다!'

흉흉한 살의를 드러냈지만, 의룡은 공터에서 사라진 후였다. 없는 자리에선 나라님도 욕한다지만, 추잡한 모양새였다.

결국, 돈도, 명예도, 자존심도 다 잃고 말았다.

하아!

의룡이 공터에서 떠나고 나서야 상인들은 막혔던 숨을 토할 수 있었다. 정말 숨 막히게 하는 생사결이자, 흥정이었다. 이토록 박진감이 넘치고, 순간순간 어떻게 변할지 모르는 거래는 처음 본다. 꽉 쥔 손에 흐르는 땀이 그 증거였다.

'와! 복호상단주를 걸레로 만들어 버리다니!'

'무공만 강한 게 아니었잖아! 누구 자식인지 몰라도 말을 아주 주~옥같이 하네!'

'상인은 무공도 배워야 하는 거냐고?'

'무공이 되니, 거래도 잘되는구나!'

불합리한 현실과 마주하니 답답했다.

복호상단주가 아닌 자신들이었다고 해도 빠져나가지 못할 지독한 수렁이었다. 자연히 누구도 복호상단주를 탓하진 못했다.

자운엽과 동무광도 느끼는 바가 컸다.

'정말 지독한 녀석이로구나.'

'적이 되면 안 될 놈이다.'

두원광이 어떻게 털리는지 바로 눈앞에서 봤다. 자신들은 다르다고 하기엔 의룡의 수완은 실로 놀라웠다.

무인과 상인의 경계를 능수능란하게 넘나드는 끔찍한 잡종이었다. 어느 한쪽만 보고 상대했다가는 된통 당할 수밖에 없었다.

'그렇다고 마냥 호의적일 수만은 없지.'

'굽힐 때도 있어야 하거늘, 지나치게 패도적이야.'

두원광을 너무나 잔인하게 짓밟았다. 차라리 숨통을 끊어 주는 편이 보기에는 깔끔하고 좋을 것 같았다. 광기에 젖어 드는 두원광을 보자니, 문제를 일으키고도 남았다.

적당한 선에서 타협했다면 어땠을까?

'달라질 건 없었겠지.'

'어찌한다?'

의룡을 옹호한다면 두원광이 어찌 나올지 알 수 없다. 이럴 땐 방관자가 되어 지켜보는 편이 나을 수도 있었다.

그러나 눈앞에 실패한 사례가 있지 않은가.

의룡의 가치는 단순히 상인으로서만이 아니라 무인으로서도 높았다. 저 나이에 백면식괴를 제압했다면 후일은 탄탄대로였다.

'선의라도 보이는 편이 낫겠어.'

'최소한 적은 되지 말아야겠군.'

어정쩡한 태도가 위험할 순 있으나, 의룡의 언행은 지나치게 과격했다. 정당한 명분만 쥐면 누가 됐든 칼을 휘두르고도 남을 위인이었다.

품에 안기는 부담되고, 배척하기엔 위험했다.

두 상단주와 달리 상인들은 의룡과 협약을 맺기로 결심한 상태였다. 복호상단주를 저리 탈탈 터는 인간을 배척하기엔 간담이 작았다. 뒤를 돌아보지 않는 과격함과 상황을 유리하게 이끄는 영악함에는 소름이 돌았다.

'적금상단이 대세였어!'

'십대상단의 서열이 바뀔 때가 되긴 했지!'

'적금상단주도 나름 잔뼈가 굵은 편이긴 하잖아.'

'무력과 상재가 하나가 되면 무섭지.'

적금상단주는 인식이 나쁘지 않았다. 의룡의 신위까지

더해진다면 금상첨화였다.

허!

이겸은 아버지의 부담스러운 시선에 할 말을 잃었다.

내 아버지지만, 참으로 뻔뻔하시다.

"아들아, 나는 한 번도 의심한 적이 없었단다!"

누각의 공터에 나올 때까지만 해도 최대한의 거리를 둔 아버지가 어느새 다가와 이토록 살갑게 대하시다니, 상인다운 처세술이라고 해야 하는 건가?

'마냥 좋아할 때가 아닌데.'

돌아가는 분위기를 보아선 복호상단주가 가만히 있을 것 같지 않았다. 어떤 식으로든 아우를 처리하려고 발악할 것이다.

그렇다면 어떤 수가 좋을까?

최선은 믿었던 신뢰로 발등을 찍는 것이다.

'우리 상단을 이용하는 건 아니겠지?'

철담협개가 무섭게 노려보는 모습이 눈앞에서 아른거렸다.

선택지는 정해졌다.

십만 방도의 적이 되는 것보단 낫겠지.

'이 망할 종복 새끼가 날 시험한 거구나!'

대백성 사기극이 따로 없다.

구서진은 아들의 뻔뻔함에 혀를 내둘렀다. 사람들은 모

르고 있었다. 이 일련의 사태는 전부 아들이 계획한 짓이란 것을.

아는 사람은 자신과 가복뿐이다.

우리가 남도 아니고, 비밀은 밝혀지지 않을 터.

괜히 알려고 했다간 아들은 도살자가 되어 풀뿌리도 남기지 않고 뽑아 버릴 것이다.

"굳이 의수까지 뺏어 올 필요가 있었느냐?"

"버러지 주제에 자존심을 세우는 꼴이 마음에 들지 않았습니다."

"그렇다고 이렇게까지 몰아붙이면 분명 사달을 일으킬 텐데."

"돌이키기엔 늦었습니다. 적이 된 이상, 원한이 작든 크든 의미는 없습니다."

구서진은 또 한 번 수긍하고 말았다.

벼랑 끝으로 몰든, 타협하든, 거래를 받아들이든 선택은 중요하지 않았다. 두원광은 작은 원한도 잊지 않는 좀스러운 위인이다.

이 바닥에 잔뼈가 굵을수록 두원광의 성향을 모르지 않았다. 먼저 적금상단을 노렸음에도 사과조차 하지 않고 아들을 몰아세운 적반하장의 몰염치한 자였다.

그런 자가 모두가 보는 앞에서 공개적으로 망신을 당했다. 의수를 빼앗지 않더라도 시기의 차이일 뿐, 결과는 변하지 않았다.

"시기를 앞당길 생각이구나."

"매도 일찍 맞는 편이 낫다고 했습니다. 하물며 버러지에게 장부의 복수는 사치입니다."

"장부를 운운할 놈은 아니지."

"정당한 대가를 받고 살려 준 걸 감사히 여겨야 마땅합니다."

"그렇구나."

벼룩의 간이라고 하기엔 워낙 큰 먹잇감이지만, 앉은 자리에서 동전 한 푼까지 탈탈 털었다.

대상단이라고 화수분처럼 마르지 않고 돈이 나오진 않는다. 돈을 쓴 만큼, 그 이상으로 벌어야 대상단도 유지가 된다.

'이번 분기에 쓴 돈까지 더하면 당분간은 회복하기 어렵겠어.'

사천상회를 기점으로 건재함을 과시하고 거래처를 확보하여 자금을 융통할 계획이었으나, 물 건너갔다고 봐도 무방했다.

숨겨 놓은 자금이나 장물이 있다면 다행이나, 당장은 대상단을 유지하기도 벅찰 것이다. 더욱이 이런 기회를 성도상단과 청풍상단이 놓치지도 않을 테고. 겉으론 상도의를 운운해도, 경쟁은 피도 눈물도 없다.

보고를 마친 천우는 자리에서 일어섰다.

아직 일이 남았다.

"어딜 가려고?"

"옆방에 갔다 오겠습니다."

"너무 쥐 잡듯이 잡진 말거라."

"동정해선 안 됩니다."

악인에겐 일말의 동정도 사치였다. 필연적인 사정 때문에 악행을 저질렀다고 용서되지 않는다. 멸악패도였다면 여태 살아 숨 쉬고 있지도 못했다. 여벌의 목숨을 건졌으면 평생 반성하며 살아도 부족한 판국에 복호상단의 편에 섰다.

천우가 방에서 나가자 가복도 일어섰다.

"너는 어디 가는 것이냐?"

"세상 물정 모르는 도련님이 계시더라고요."

"너무 쥐 잡듯이 잡진 말거라."

"걱정하지 마십시오. 저 가복입니다!"

그래, 내가 누굴 걱정하겠니.

초록은 동색이잖아. 그치?

아들이나 그 종복이나 하는 짓이 어쩜 그리 똑같냐.

둘 중 누구야?

아들이 먼저냐, 종복이 먼저냐?

닭과 계란의 치열한 공방이다.

안타깝지만, 구서진도 혈육을 우선시했다. 아들이면 어쩔 수 없지만, 가복이면 괘씸해서라도 단단히 훈육을 시킬 작정이었다.

꽈앙!
벌써 시작했군.
옆방이라 듣지 않을 수가 없다.

문짝을 고친 지 얼마나 됐다고.
내 집이면 또 몰라.
남의 집에서 자가 수리를 하느라 한 푼이 아쉬울 때 공돈이 나갔다. 다 고치고 난 후에야 집주인이 자기가 고쳤어야 했다며, 손님 대접이 형편없었다고 할 땐 머리 뚜껑이 열리는 줄 알았었다.
어쨌든 첫날부터 문짝을 부순 놈이 마지막 날에도 찾아와서 문짝을 부쉈다.
이게 무슨 결자해지야?
미치고 환장할 노릇이지만, 입을 다물었다.
주인 새끼가 협상을 제안했을 때 받지 말았어야 했거늘, 덥석 문 대가였다.
물지 못할 거면 짖지나 말 것이지!
집주인은 연쇄문짝파괴범에게 역으로 탈탈 털렸다. 보는 내내 어찌나 숨이 막히던지, 더는 볼 수가 없어서 방으로 도망쳤다.
그래 봤자, 놈의 손바닥 안이긴 했다.
바로 옆방이라 숨는다고 될 일도 아니고. 그저 집주인을 포식하는 것으로 만족하길 간절히 소망했었다.

솔직히 도를 넘어설 정도로 뜯어먹었다. 집주인이 사생결단을 내지 않은 것이 신기할 지경이었다.

"왜 말이 없지? 내가 우스웠나?"

문짝파괴범은 태연히 걸어 들어와 자신의 맞은편에 앉으며 탁자에 발을 올려놓았다.

밥상에 발을 올리고서, 할 말이 없냐니?

대꾸는커녕 억장이 무너졌다. 그럼에도 지은 죄가 있는지라 변명이라도 해야 했다.

"복호상단주의 협박에 어쩔 수 없었습니다!"

"그게 나와 무슨 상관이지? 너는 누군가의 협박 때문에 누명을 씌웠다면 아무 일도 없이 넘어갈 수 있나?"

의룡의 겁박에도 탁중일은 어떠한 변명도 하지 못했다. 자신이라도 의룡처럼 억울한 누명을 썼다면 절대 봐주지 않았을 테니 말이다.

"사건이 일어나기 전에 본 것도 사실이지 않습니까?"

"교묘하게 말을 돌리는군. 내가 의룡이 되길 바라나?"

허업!

탁중일은 비명을 질렀다.

의룡과 소단주 둘 중 하나를 고르라는 협박이었다.

'젠장! 복호상단주와 거래를 봤는데 나보고 어쩌라는 거야?'

두원광조차 껍데기만 남도록 탈탈 털렸다. 소단주와 거래하는 순간 상단은 쭉정이도 남지 않고 쪽쪽 빨릴 것이다.

그렇다고 의룡이길 바랄 수도 없는 처지였다.

의룡은 사정 따윈 봐주지 않는 냉혈한이었다. 집요하게 돈을 뜯어냈던 무명협객조차 혀를 내두를 계산적인 자였다.

"우리 상단엔 그만한 자금이 없습니다! 시간을 주면 어떻게든 마련할 테니, 제발 사정을 봐주십시오!"

"정녕 무림의 법도대로 하기를 바란단 말이지."

동정심이라도 유발해 보려던 탁중일은 씨알도 안 먹히자, 울화가 치밀었다. 나이도 어린 놈에게 꼬박꼬박 존대하고 있거늘.

하지만 함부로 입을 나불거리지도 못했다.

의룡은 주먹을 말아 쥐며 대가리를 노려보고 있었다. 이제부터 하는 대답에 따라서 머리통이 남아나지 않을 수 있었다.

"제가 어떻게 하길 바라는 겁니까?"

"상단을 넘겨."

"말씀이 과하지 않소!"

"아니면 죽든가."

평범하게 살아갈 돈을 받고 상단을 넘기든가, 끝까지 발버둥을 치다 죽든가.

양자택일이었다.

"이런 짓을 벌이면 무림에서도 가만히 있지 않을 거요!"

"복호상단과의 협잡이 이번이 처음이 아니지. 개방에서

오늘 일까지 공개한다면 무림이 과연 나를 탓할까?"

탁중일의 뇌리로 이전 일들이 주마등처럼 스쳐 지나갔다. 당시에는 적금상단이 사정을 봐주어서 넘어갔을지 몰라도, 이번 일까지 겹친다면 상단을 건사하기는커녕 살아남기도 힘들다.

'어째서 일이 이렇게 흐르는 거야?'

복호상단과 계약을 맺고 적금상단을 잡아먹으려고 할 때까지만 해도 지금 같은 상황은 생각도 못 했었다.

이젠 상단의 존폐가 위태로워졌다.

"그렇더라도 상도의를 무시하고 상단을 차지한다면 다른 상단에서도 분명 항의할 겁니다!"

"상도의를 저버린 쪽은 내가 아니다."

의룡이 복호상단주를 터는 광경을 보지 않았다면 모를까, 십대상단의 어느 곳도 화정상단의 편을 들어 주지 않을 것이다.

그들도 보는 눈이 있으니 의룡이 어떤 성향인지 알았을 터!

"이렇게까지 할 필요는 없지 않소!"

"내가 왜 너희들 사정을 봐줘야 하지? 한 푼이라도 건지고 싶다면 한시라도 빨리 결정하는 편이 나을 거다. 시간은 그리 많지 않아. 어차피 오늘이 지나면 돌이킬 수 없으니까."

상단을 통째로 들어다 바치라는 의룡의 제안은 명백한

협박이었다. 정도를 수호하는 무인의 행동과는 거리가 멀었다. 분명 지탄의 대상이 될 수 있었다.

'그런데 저 표정은 뭐냔 말이다!'

의룡은 태연히 겁박하면서도 처음부터 지금까지 무덤덤했다. 네가 어떤 선택을 해도 상관없다는 듯이 무심하다. 그것이 그 어떤 협박보다 무섭게 다가왔다.

'내가 여기까지 어떻게 살아남았는데. 이대로 빼앗길 순 없어!'

복호상단과 손을 잡은 이상 성도상단과 청풍상단의 도움을 더는 바랄 수가 없게 되었다. 이대로는 상단을 맨몸으로 나와야 할 판이다.

"상단을 넘기는 순간 복호상단주가 가만두지 않을 겁니다. 그 책임은 오롯이 의룡의 탓이 될 것이오!"

"살 방도를 알려 주지."

"복호상단주는 집요한 사람입니다. 나를 가만히 둘 리가 없지 않소!"

"연합회가 끝나는 날에 공개적으로 상단을 넘기겠다고 발표해. 그리되면 두원광이라도 건드리긴 어려울 거다."

배신이라고 하기엔 무리가 따르지만, 두원광이라면 원한을 잊지 않을 위인이다. 탁중일의 말대로 상단을 포기하는 순간, 목숨이 위협받을 수 있었다.

하지만 사천의 모든 상회가 있는 자리에서 공개적으로 잘못을 인정하고 넘긴다면 얘기가 달라진다. 복호상단주와의 협잡은 거론할 필요도 없다. 그간 지은 죄로도 충분하다.

적금상단에 적정한 가격에 넘긴다고 한다면 상인들은 크게 문제 삼진 못한다.

'……이 지독한 놈!'

탁중일로선 자신과 가족이 살 유일한 방도긴 했다.

하지만 상단을 넘기겠다고 공개적으로 발표한다면 되돌릴 순 없다. 은밀히 계약했다면 그나마 기회라도 생기지만, 공개 발표한 후 약속을 저버린다면 상인으로서의 삶은 끝이다. 쥐도 새도 모르게 목숨을 잃는다고 해도 누구도 동정하지 않을 테지.

"강제적으로 상단을 병합한다면 분명 성도상단과 청풍상단에서 문제를 제기할 것이오!"

"돌아가기 전에 철담협개와 만나기로 했다. 백면식괴에 대해서 많이 궁금해하겠군."

……(빠득)!

천우는 협상에서 여지를 주지 않았다. 유리한 상황과 배경을 이용하는 데도 주저하지 않는다. 더욱이 오늘의 사면초가와 고립무원은 탁중일이 자초한 일이었다. 그와 가문이 이후에 어찌 되든 안중에도 두지 않았다.

"위증은 큰 죄지."

"나는 위증을 하지 않았습니다!"

"세상은 네 사정 따윈 알길 바라지 않아."

"다 끝난 마당에 이렇게까지 하는 연유가 무엇입니까?"

"개소리를 들어 주는 것도 역겹군. 더 짖어 봐라, 그 입을 찢어 주지."

다 끝나? 어디가 끝났지?

천우가 바라본 악인은 하나같이 다 똑같았다. 자기들이 한 짓은 대수롭지 않게 생각하면서, 자기들이 당하면 무척이나 억울해했다. 그렇게까지 큰 잘못은 저지르지 않았다며 자기들 기준으로 판단한다.

오싹! 부르르르!

천우의 원초적인 분노와 마주한 탁중일은 서슬이 시퍼런 공포에 백치가 될 것 같은 충격을 받았다. 탁중일로선 감히 추측조차 할 수 없는 한없이 정제되고 정제된 순도 높은 분노였다.

이게 그 정도로 분노할 일인가?

의문이 들 만도 하나, 천우에겐 멸악패도의 가장 중요한 근간이었다.

피해자는 왜 이렇게까지 하냐고 가해자에게 묻는다. 굳이 그럴 필요까진 없었을 수도 있다.

하지만 가해자는 언제나 철저하게 부수어 버린다.

평범하게 살아가는 사람의 일생을 송두리째 부수어 놓고서 그것을 아무렇지 않게 여기는 자들에 대한 분노였다.

덜덜덜!

패황기에 잠식당한 탁중일은 항거 불능이 되었다. 당장

에라도 육신이 갈가리 찢겨 나갈 것처럼 경련을 일으켰다. 식은땀은 물론, 생리 현상마저 통제가 되지 않았다.

'……거부하면 죽는다!'

의룡은 정도의 신성과는 질적으로 차원이 다른 자였다. 탁중일은 그동안 해 온 일들이 얼마나 무모했는지를 직시했다. 애초에 상대가 되지 않았다. 맘만 먹으면 언제든 자신을 죽일 수 있었다. 그런데도 내버려 두었다면 아량을 베푼 것이다.

"……상단을 넘기겠습니다, 제발 살려 주십시오!"

"계약서를 작성해."

"알겠습니다. 어서 하시지요!"

계약서를 작성한 후에 공개적으로 발표해야 했다. 그래야 도중에 말이 바뀔 때 명분을 챙길 수 있었다.

'두원광이 죽여 줬으면 좋겠군.'

천우의 희망 사항이나, 안타깝게도 두원광은 눈이 돌아가 있을 것이다. 공개 발표 이후엔 아예 이성을 잃어버릴 테고. 일의 선후를 따지면 탁중일의 명줄은 꽤 길어질 것이다.

"그런 일방적인 계약을 받아들여선 안 됩니다, 아버지!"

옆방에서 벌벌 떨며 몰래 듣고 있던 탁소준이 황급히 뛰쳐나왔다.

계약서를 작성한 천우가 방에서 나가는 즉시 상단은 적금상단에 넘어가 버린다. 지금도 쫄딱 망하기 일보 직전인데, 그나마 남은 가산도 통째로 날아가 버릴 판이라 없던 용기가 생겼다.

부모라면 응당 자식에게 유산이라도 잘 남겨 줘야 했다. 그조차도 못 한다면 부모로서 자격이 없다. 그동안 아버지에게 인정도 못 받고 하는 일마다 욕을 먹어도 참았던 건 상단이라도 남아 있기 때문이었다.

아무리 의룡이라도 남의 재산을 강탈할 권한은 없다. 아버지와 형이 병신이 된 이상, 이제 화정상단을 이끌어 갈 사람은 자신뿐이다. 의룡에게 부당함을 호소한 후 상인들의 지지만 얻어 낸다면 아버지를 밀어내고 상단주가 될 수도 있었다.

그래, 할 수 있어!

용기를 낸 탁소준을 천우는 지그시 응시했다. 벌레 같은 놈이지만, 기회를 주었다.

"이의 있나?"

"……없습니다. 어서 가시죠!"

……?

일장춘몽보다 빠른 태세 전환에 공황 상태였던 탁중일조차 망연자실했다. 멍청한 아들 녀석에게 기대조차 하지 않았지만, 자식 농사마저 망했음을 깨닫는다.

저벅저벅!

의룡이 천천히 방을 걸어 나갈 때까지 부자는 망연한 채 멍하니 있었다. 부정, 저항, 항의, 분노는 여명 속 안개처럼 사라지며 굴복했다.

흐아아아악!

털썩!

부르르르르!

멍하니 있던 탁소준은 비명을 지르며 바닥에 주저앉았다. 용기를 냈지만 의룡을 본 순간 만용이 되었다. 저런 괴물과 한시도 같이 있고 싶지 않았다.

"아버지, 어서 집으로 가요!"

"이 멍청한 놈이!!"

집이 사라졌는데, 어딜 가?

불난 집에 부채질하고 있었다. 다른 이도 아니고 내 자식 새끼가 저러니 환장할 지경이다.

사천상인연합회 마지막 날.

행사의 마지막은 보통 아쉬움과 후련함이 교차하기 마련인데, 전날의 사건 사고로 흉흉하고 뒤숭숭했다.

복호상단주는 아들의 죽음을 위로받기는커녕, 의룡과의 마찰로 평생 씻기 힘든 치욕을 뒤집어썼다.

특히 숨기고 싶은 의수마저 모두가 보는 자리에서 내어주고 말았다. 의룡은 마지막 남은 자존심까지 잔인하게 짓밟았다.

그런데도 폐회를 담담히 진행하는 걸 보면 대상단의 주인은 아무나 하는 게 아니었다.

성도상단과 청풍상단은 첫날부터 복호상단과 마찰을 빚었지만, 오늘만큼은 자극하지 않았다.

담담하게 보일 뿐이지, 복호상단주는 악에 받쳐 있었다. 의룡이 때렸다고 해도, 말리는 시누이가 되어 표적을 자초할 필욘 없었다.

마지막 날은 조용히 끝이 나기를 바랐다.

그런 모두의 바람은 폐회가 끝나 가기 직전 어긋났다. 개방의 철담협개가 상회에 참석하겠다고 들어왔다.

명분은 백면식괴의 죽음을 확인하고 공식화하기 위해서였다.

하루도 지나지 않아 찾아온 개방의 신속함을 논하기엔 지나치게 빨랐다. 이번 일이 외부로 새어 나가면 복호상단으로선 좋지 않았다.

백면식괴의 악명은 상계보다 무림에서 유명했다. 그런데도 공적을 처리한 의룡을 범인으로 모함했으니 지탄받을 수밖에 없다.

최대한 원만한 결론을 내리면 철담협개와 협상이라도 해야 하는데, 하필이면 의룡의 옆에 앉았다.

서로 안면이 있다는 걸 넘어서 호의적이었다.

이쯤 되니 누가 철담협개를 불렀는지 모를 수가 없다. 시일을 고려하면 사건이 터지기 전이라 의도하진 않았겠으나, 복호상단으로선 아주 곤란했다.

철담협개가 의룡의 곁에서 눈에 불을 켜고 주시하는 이

상, 원만한 협상은 물 건너갔다. 중재안을 제시하기엔 후개의 위상이 너무 높았다.

"바쁜 사람을 오게 해서 미안하군. 때마침 사건이 터질 줄은 몰랐거든."

"친구 사이에 미안할 게 뭐가 있어. 자네가 부른다면 어디든지 달려갈 수 있네."

나이를 초월한 친구.

대외적으론 친구 사이로 사전에 협약을 맺었다. 그 대가로 봉팔 대신 철산으로 불러 주기로 했다. 협상에 만족한 후개는 만면에 화사한 미소를 지었다.

'백면식괴가 형님의 상대가 될 린 없지.'

초절정이고 나발이고 후개는 천우를 전혀 걱정하지 않았다. 백면식괴 따위에 긴장하기엔 구가장엔 괴물이 두 분이나 계셨다. 하물며 구가장의 성세는 형님이 있기에 가능했다.

일례로 형님께서 언급한 오극성의 주인을 1명 더 찾았다. 별의 기운을 타고난 녀석들답게 하나를 가르치면 열을 깨닫는 절세기재들이었다.

'그래도 혈극과 요극은 좀 위험하지 않으려나?'

누가 봐도 위험한 별의 정기였다. 지금 찾은 무극과 천극만 해도 만만치 않은 성격이었다. 혈성과 요성을 타고났다면 얼마나 까다로울지 떠올리는 것으로도 피곤했다.

'그래도 해야겠지.'

차후 사황성주와의 결전을 위해서라도 최대한 빨리 찾아서 신공을 수련시켜야 했다. 시간이 늦어질수록 동생의 구출이 어려워진다.

수군수군!

상인들은 귓속말을 조심스럽게 나누었다.

'둘 사이가 보통이 아닌데.'

'철담협개가 오란다고 올 사람도 아니고.'

'의룡의 인맥이 생각 이상이구나.'

'적금상단이라… 다시 봐야겠는걸.'

속삭인다고 못 듣는다고 생각한다면 오산이었다. 중얼거리는 소리는 물론, 입 모양만으로도 얼마든지 간파할 수 있었다. 그래서 무인이 있는 자리에선 언행에 신중을 기해야 했다.

상인들도 알고는 있지만 혼자서 중얼거리는 것까지 들을까 싶었던 것이다. 실제로 경각심을 가지고 있는 상인들은 잠깐 주시만 했을 뿐 아무 말도 하지 않았다.

'형님의 계획대로 됐군.'

백면식괴의 위장, 잠입, 동기, 목적, 살인의 연유는 중요하지 않았다. 후개는 그저 강호 공적을 처단한 정도의 신성을 공증할 뿐이다.

'목적은 따로 있지만.'

후개의 시선이 단상을 향했다.

폐회 연설을 하는 두원광은 최대한 담담한 척했지만, 철담협개로 인해 안면에 균열이 갔다.

아마도 속이 타들어 가고 있을 것이다.

의룡이 백면식괴를 어떻게 알아냈는지는 의문이나, 그보다 앞선 문제는 백면식괴가 복호상단의 경호 무사로 있었다는 점이다. 일의 선후를 따지면 복호상단주의 책임이 크다.

상인들만 있는 자리라면 적당히 둘러대면 되는 일이나, 개방의 후개가 참석한 이상 인과가 중요해졌다. 더욱이 의룡과 호의적인 관계라면 복호상단을 부정적으로 볼 수 있었다.

'하하! 아주 그냥 피를 말리는구나.'

후개는 형님의 고단수에 솔직히 놀랐다. 단순히 무력만 강한 게 아니라, 상황을 참 악의적으로 이용할 줄 알았다. 적을 잔인하게 짓밟는 데는 도가 텄다.

'나도 밖으로 쏘다니지 말고, 방구석에나 있을까?'

망할.

거지에게 집은 대지요, 하늘은 담요였다. 방구석이 거지에겐 방방곡곡이나 다름이 없었다. 천하를 발길 닿는 대로 다니는 것도 운치가 있기는 하지만.

"이로써 이번 회차의 사천상인연합회를 마치겠습니다."

"잠깐."

두원광이 폐회를 선언하자마자 천우는 자리에서 일어나서 멈춰 세웠다. 내력이 실리지 않은 낮은 어조임에도, 위엄이 담기며 모두의 시선을 강탈했다.

빠직!

허락을 구하지 않은 개입에도 미안해하기는커녕 안중에도 두지 않았다. 남의 집 행사에서 주인을 무시하는 행위였다.

두원광의 속이 이만저만이 아닐 터.

"화정상단주가 할 말이 있다 하니 듣도록."

갈수록 점입가경의 안하무인이었다.

놀랍게도 이젠 누구도 그 말에 토를 달지 못했다. 강제하지 않음에도 강제되었다. 행사장의 주인 따위는 언제든지 갈아 치울 수 있는 패자의 기도였다.

하아!

탁중일은 한숨을 내쉬며 단상으로 걸어갔다. 하고 싶지 않아도 해야 했다. 의룡의 경고는 사실상 사형선고나 다름이 없었다.

단상에 오른 탁중일은 체념한 듯 입장을 표명했다.

"화정상단의 탁중일입니다. 모두 바쁠 테니, 짧게 말하겠습니다. 이 자리에 오르게 된 연유를 말씀드리겠습니다. 아실 분들은 알 테지만, 제 욕심과 불찰로 인해 적금상단과 불미스러운 마찰이 있었습니다. 그럼에도 불구하고 의룡은 소인의 불찰을 넓은 아량으로 용서해 주었습니다. 갚지 못할 은혜를 입은 저로선 상단주를 내려놓고, 적금상단과 화정상단의 병합을 수용하겠습니다."

……!

귀를 의심하게 하는 날벼락 같은 발표였다.

삼대상단에 비할 순 없으나 화정상단은 십대상단에 속하는 중견 상단이다. 근래에 부침이 크긴 했어도, 탁중일은 상단을 유지하기 위해서 자존심까지 내려놓았었다. 이토록 간단히 상단을 내어 주다니 이해하기 힘든 결정이었다.

무엇보다 십대상단에 속한 두 상단이 하나가 된다면 그 파급력이 작지 않았다. 삼대상단이 자신들의 영향력 아래 십대상단을 두려고 한 것만 봐도 알 수 있는 대목이었다.

십대상단 간의 결합으로 얻는 이득은 막대할 수밖에 없다. 더욱이 적금상단은 세간에 긍정적인 평가를 받고 있었다. 화정상단이 적금상단을 인수했을 때와는 차원이 다른 영향력이었다.

"말 같지도 않은 개소리는 집어치워! 겁박당하지 않고서야, 평생을 일군 상단을 내어 줄 수 있단 말이냐!"

간신히 이성을 붙잡고 있었던 두원광이 발광하듯 광기를 드러냈다. 도무지 참을 수 없는 사태의 연속이었다.

화정상단을 이용해서 적금상단을 먹어 치우려고 했었다.

하지만 얻은 것도 없이 남 좋은 일만 하고 말았다.

그것도 최악의 굴욕을 선사한 놈에게!

두원광에겐 주변이 들어오지 않았다.

화정상단주가 의롱에게 협박당하지 않았다면 있을 수 없는 일이었다. 차라리 성도나 청풍이 화정을 먹었다면 이렇게까지 화가 치밀지는 않았을 것이다.

"본 공자의 배려를 협박으로 모함하지 마라."

……크윽!

천우의 멸악천리안이 광기를 관통했다. 남아 있는 공포의 잔흔이 두원광의 광기를 일순간에 잠재운다.

좌중을 제압한 천우는 무심히 두원광에게 물었다.

"배려라니, 가당치도 않은! 협박하지 않고서야 상단을 순순히 갖다 바칠 리가 없지 않소!"

"하면, 그간의 불미스러운 일들을 일목요연하게 밝혀야 한다는 뜻으로 받아들여도 무방하겠지?"

"그래야 모두가 납득을……!"

두원광은 의룡의 뒤에서 회심의 미소를 짓고 있는 철담협개와 눈이 마주쳤다. 언제 얘기하나 지루하게 기다렸다는 듯이, 마침 잘 걸렸다는 표정이었다.

'이런, 당했구나!'

개방에서 나선다면 이전처럼 허술하게 넘어가지 않는다. 대상단의 힘으로 찍어 누른다고 될 문제가 아니었다. 하물며 의룡을 한 번도 아니고, 두 번이나 모함한 꼴이 되었다.

상계라면 상단 간의 단순 분쟁으로 넘길 수 있을 테지만, 개방에서 공론화된다면 하나부터 열까지 치부가 드러날 수 있었다.

자칫 화정상단을 이용해서 적금상단에 벌였던 일들까지 공개될 수도 있었다. 그리된다면 복호상단이 비록 사천을 대표하는 대상단이라도 살아남기 힘들었다.

"정파의 신룡으로서 겁박하지 않았음을 개방에 공식적으로 요청하여 명명백백하게 밝히면 되겠군."

"……아니오! 백면식괴에 대한 조사로도 바쁠 텐데, 상계의 일로 폐를 끼칠 순 없소이다!"

정신이 번쩍 든 두원광은 황급히 태세를 전환했다.

당황해서 말까지 더듬고 말았다.

마치 그럴 줄 알았다는 듯 천우는 느긋하게 다시 물었다.

"그럼, 합병을 인정한다고 받아들여도 되나?"

"……그렇소."

예전과 달리 두원광은 약점이 너무 많았다. 적금상단도, 의룡도, 화정상단에 행한 일까지 발목을 잡힐 수 있었다. 두 상단의 통합을 방해했다가는 벌집을 쑤셔 놓은 꼴이 된다.

결과가 뻔히 보였다.

지옥의 화마 속으로 제 발로 뛰어들어 잿더미가 될 작정이 아니라면 이쯤에서 포기해야 했다.

죽 쒀서 개를 주고 말지!

두원광은 의룡에게 잠식된 공포마저도 뛰어넘는 활화산 같은 분노가 치밀었다.

'개 같은 놈, 절대 편히 죽이지 않겠다!'

모두가 보는 앞에서 공식적으로 인정한 이상, 청풍과 성도도 끼어들 명분이 사라졌다. 청풍과 성도가 복호의 결정을 무시하고 나서기엔 접점이 없었다.

결국, 두원광은 의룡이 원하는 걸 자발적으로 내어 준 꼴이 되었다. 이의조차 제기할 수 없게 못을 박은 이상, 누구도 간섭하기 힘들어졌다.

이를 증명하듯 자운엽과 동무광은 아쉬움을 속으로 삭였다.

복호상단의 빈틈을 노리고, 두원광의 심기를 흔들 목적으로 화정상단에 지원했다. 크게 부담스러울 정도는 아닐지라도 그 비용이 적지 않았다.

달리 본다면 투자로 볼 수도 있었다.

그런데 코앞에서 눈 뜨고 통째로 빼앗겼다. 적어도 상단을 유지했던 비용에 대한 지분이 있었거늘, 두원광이 아예 쐐기를 박는 바람에 요구할 수도 없게 되었다.

'멍청하기는.'

'의룡의 수작에 완전히 놀아났군.'

자신들이라면 두원광처럼 당하지 않을…… 흠! 흠흠!!

장담은 못 하겠군.

연합회의 첫날부터 지금까지 의룡이 행한 일들을 되짚어 봤다. 자신들이라면 평정심을 유지할 수 있었을까?

두원광의 성급한 행동을 욕하기엔 과정의 설득력이 있었다. 그렇기에 의룡을 어찌 대해야 할지 고민이 되었다. 이대로 적금상단이 규모를 늘려 대상단에 든다면 사천상회의 통합에 지장을 초래한다.

'배척하기엔 지독한 녀석이란 말이야.'

'상인보다는 무인에 가깝기도 하고.'

비록 서로 간에 오해가 쌓이긴 했어도, 상인이라면 두원광을 최대한 존중했을 것이다. 그 말은 자신들이라고 다르지 않다는 의미가 된다.

'당분간은 정보를 모으며 지켜봐야겠군.'

'당장 대상단이 될 수 있는 것도 아니고.'

의룡의 무위가 뛰어나다고 해도, 상인으로서의 자질은 좀 더 지켜봐야 했다. 더욱이 적금상단은 여전히 십대상단 중 하위 서열에 있었다. 무너지기 직전의 화정상단을 병합한다고 해서 대상단이 된다고 보장할 순 없다.

자운엽과 동무광은 당분간 관망하면서 호의적인 인상을 심어 주기로 했다. 적이 되면 굉장히 까다로운 데다가 어떻게 나올지 모르는 상대를 굳이 자극할 필욘 없었다.

어찌 됐든 의룡의 완벽한 승리였다. 행사의 주인이었던 복호상단은 의룡을 빛내 주기 위한 들러리가 되고 말았다.

이제 행사는 끝이 났다. 각자의 터전으로 돌아가서 생업에 매진할 때였다.

분노를 삭이며 두원광은 자리를 떠나려고 했다.

"잠깐."

왜 또?

행사의 주인은 가만히 있는데, 의룡이 재차 제동을 걸었다. 아직 끝나지 않았다고 하니, 다들 발길을 돌리다가 제

자리에 섰다.

"돈과 영약은 언제 줄 거지?"

"……?"

그런 말을 꼭 지금 해야 하는 거냐!!

어련히 주겠다고는 장담 못 해도, 최소한 시기와 장소는 가려야 했다. 방금까지 사람을 달달 볶았으면서, 끝까지 속을 긁어 댔다.

"못 믿어서 하는 소린 아니다."

그렇겠지.

복호상단주를 신뢰하기엔 그간 행한 일들이 걸리긴 하나, 모두가 보는 앞에서 공개적으로 약속했다. 자기가 한 말조차 지키지 않는다면 누가 믿고 따르겠는가.

"처음부터 믿지 않았으니까."

……인간이 아니구나!

여지를 주기는커녕 밑바닥을 뚫고 들어가 지하의 무저갱으로 끌어 내렸다. 상인들은 자신들이 당했다면 어땠을까? 그런 생각만으로도 억장이 무너져 내렸다.

하물며 당사자는 오죽하랴.

부들부들!

경련을 일으키듯, 화를 주체하지 못하고 있는 두원광이었다. 자신이 언제 이런 비참한 꼴을 당한 적이 있었나? 이전 무명협객에게 당한 굴욕도 의룡에 비하면 이제는 아무것도 아니었다. 저놈은 자신과 대척점에 있는, 반드시 죽여야 할 불구대천의 원수였다.

"왜 대답을 하지 않지? 내 말이 우습나."

천우는 목적을 위해서는 안면 몰수와 적반하장에 연연하지 않았다. 누가 자신을 어떤 식으로 평판, 평가하든 관심이 없기도 했고. 천하패도의 주인이었던 패황은 언제나 마이동풍을 기본으로 갖추었다.

우우우웅!

촤아아악!

패황기를 발산하여 공간을 장악했다. 내리깔리는 기도와 기세는 함부로 입을 나불거리는 것조차 용납하지 않았다.

크윽!

만인을 군림하는 패도였다. 그 어떤 분노와 저항도 허락하지 않는다. 내 말을 반드시 관철하겠다는 폭거였다.

'악인에게 동정은 사치지.'

당장 죽이지 않은 것을 고마워해야 했다.

천우는 사위를 짓누르며 요구했다.

"나는 정당한 대가를 원할 뿐이다. 불만이 있는 자는 나서라."

의룡의 행동이 과하다고 여겼던 상인들이었지만, 아무도 두원광을 위해서 나서진 않았다. 사위를 군림하는 패도에 완전히 잠식되었다. 감히 저항할 의도조차 용납하지 않았다.

무엇보다 두원광은 상계에서 잔뼈가 굵은 어른이었다.

승자라 할지라도 최소한의 대우는 해 주어야 했다.

그러나 의룡은 두원광이 이룩한 모든 걸 부정하고 짓밟았다.

주르르르르!

커어억!

일방적으로 조리돌림 당한 두원광은 피를 토한 채 의식을 잃고 바닥에 고꾸라졌다. 의룡의 기세에 저항하다 심신이 크게 상한 것이다.

"……어서, 상단주를 방으로 뫼시고, 의원을 불러!"

노 총관이 정신을 차리고 부랴부랴 두원광을 수습했다. 그러다 자신을 무심히 바라보고 있는 의룡과 마주했다.

부르르르!

저항은 생각도 하지 않았지만, 거센 기도가 휘몰아쳤다. 상단주가 버티지 못하고 무너진 것도 이해가 되었다.

"심약하군."

저게 쓰러진 사람에게 할 소린가?

의룡이 아니라 악룡이었다.

천우는 두원광이 쓰러졌다고 해서 멈추지 않았다. 수장이 안 되면 그다음 서열에게 책임이 있었다.

"언제 줄 거지?"

"상단주께서 정신을 차리면 그때 얘기하시지요!"

"깨워 줄까?"

"……준비해 놓을 테니, 조금만 시간을 주십시오!"

방금 의식을 잃은 사람을 깨우겠다니, 상식적이지 않은 요구였다.

그러나 돈과 영약을 내어 주지 않으면 진짜로 그리할 위인이기도 했다.

"원기가 영구적으로 상하긴 하겠지만, 바로 깨울 순 있다."

"아닙니다, 바로 대령하겠습니다!"

그 집요함에 노 총관은 물론 상인들도 치를 떨어야 했다. 저토록 지독한 위인은 처음이었다. 염왕채를 써도 저러지는 않을 것 같았다.

허!

구서진은 아들이 이렇게까지 집요하게 나올 줄은 미처 몰랐다. 어지간히 독하다고 자평하는 자들도 아들에 비하면 조족지혈이었다.

'이러면 반감이 더 커질 텐데.'

구서진은 상인들이 적금상단을 적대적으로 대하지 않을까 하는 노파심이 들었다.

하지만 곧, 그것이 얼마나 부질없는 걱정인지 깨닫게 되었다.

'아니구나!'

어중간한 독심은 하지 않으니만도 못하다는 걸 보여 준다. 하려면 아들처럼 끝까지 가야 했다. 그래야 함부로 적금상단을 노리지 못한다. 상인들은 아닌 척해도, 아들의 독심에 적이 되지 않으려고 했다.
"아버지, 돈과 영약을 받으면 바로 떠나시지요."
"그러자꾸나."

'나는 왜?'
이겸은 서창상단이 아닌 적금상단에 합류하여 화정상단으로 가는 중이다. 원해서 간다고 하기엔 애매했다. 가지 않기도, 가기도 찜찜했기 때문이다.
-아들아, 네 손에 상단의 미래가 걸려 있단다.
아우지만 무서운 형 같은 의룡과 연을 돈독히 하라는 아버지의 간곡한 부탁은 사실 강요나 다름이 없었다. 가문을 위해서 네 한 몸 기꺼이 희생하라는, 그것이 장남의 역할이라고 했다. 그러면서 집은 동생들이 있으니 걱정하지 말라셨다.
'아무리 급해도 아들을 파냐고!'
적금상단이 화정상단까지 먹게 된다면 서창상단으로선 위협이 될 수밖에 없다. 그렇다고 경계하자니 아들의 아우가 무섭다고 하셨다.
'겁은 또 많으셔서는.'
안전제일(安全第一)이 서창상단의 근간이다. 너무 튀지도, 부족하지도 말자는 오경의 중용을 신봉했다. 인생 한 방이 아닌 꾸준히 오래가는 상단으로 방향을 세웠다. 그래서 십대상단 중 가장 오래된 상단이 되었다.

'하긴 그걸 보면 없던 겁도 생기겠다.'

무공도 익히지 않은 복호상단주가 주화입마에 빠지는 광경은 소름이 돋았다. 솔직히 그 자리에서 뒷목을 잡고 저세상으로 가지 않은 집념도 대단했다.

-우리 가문의 가훈을 잊지 말거라.

영원토록 중간만 하자.

제국이 서너 번이나 바뀌었는데도 서창상단이 명맥을 유지한 것은 가훈이 크게 작용했다. 하나, 가늘고 오래가려면 가만히만 있는다고 되진 않는다. 시류를 잘 파악하고, 대세를 따를 줄 알아야 했다.

한마디로 용의 머리와 꼬리의 중간인 발톱을 노리는 것이다. 너무 위도, 너무 아래도 위험했다.

이겸은 의룡의 발톱이라도 되기 위한 서창상단의 제물이었다.

그래서일까, 이겸은 방구석 이무기였을 천우에게도 간을 보긴 했어도 함부로 대하진 않았다.

언젠가 용이 되어 승천할 줄 알았다고 한다면 과장이 됐어도, 두루두루 적을 만들지 않으려고 안간힘을 썼었다.

"이겸 도련님은 다른 눈만 뜬 병신 같은 도련님들과 달리 눈치가 있다니까요. 앞으로 장수하겠어요."

"……고맙구나."

이겸은 떨떠름한 표정이었다. 가복의 칭찬이 전혀 달갑지 않았다.

주인의 위세를 빌린 호가호원 줄 알고 뒷간으로 따라오라고 했다가 역으로 강소성 소주를 구경하고 왔었다.

'어째서 종복마저 강한 건데?'

원래부터 무공을 익히고 있었다면 이해라도 하지.

이런 말 내 입으로 하긴 그렇지만, 삼류긴 해도 무공을 익혀, 안 익힌 사람 중에는 가장 강하다고 자부했었다.

하지만 무인과의 격차를 새삼 실감하지 않을 수 없었다.

'진작 말해 줄 것이지!'

가복을 대하기도 이제는 껄끄러워졌다.

종복인데, 종복 같지 않은 개 같은 종복이었다. 남의 눈이 닿는 사각지대에선 왕이나 다름없었다. 그만큼 본성을 아주 잘 숨기는 녀석이었다.

게다가 솜씨도 좋다.

티가 나지 않도록 얼굴은 상처 하나 없이 말끔하게 팼다. 전신은 골병이 들었는데, 얼굴은 혈색이 도는 거지 같은 현실이었다. 실상은 종복에게 처맞아서 화기가 얼굴에 솟은 거였다.

'그래도 저들보다는 낫다고 해야 하나?'

행사에 참여할 때까지만 해도 상단주와 소단주였지만, 현재는 이겸의 옆에 있는 가복만도 못한 처지가 되었다.

탁중일과 탁소준은 다른 행수들과 똑같이 짐을 메고, 의룡의 뒤를 따르고 있었다.

상단을 잃은 마당에 굳이 짐꾼을 자처할 필요가 있느냐,

라는 의문이 들 수도 있으나, 탁중일과 탁소준으로선 어쩔 수 없는 선택이었다.

상단을 넘겨주는 것으로 끝이 났으면 다행이겠지만, 천우가 두원광의 속을 긁다 못해 박살 내 버렸다. 피가 거꾸로 솟구친 두원광이 사경을 헤맨다지만, 정신을 차렸을 땐 어찌 나올지 불을 보듯 자명했다.

의룡을 단죄하기엔 무력이 걸릴 테고, 이 모든 사달의 원흉을 탁중일에게 전가할 수도 있었다. 이를 누구보다 잘 알고 있는 탁중일로선 살기 위한 유일한 자구책이었다.

천우는 탁중일의 궁여지책을 탓하진 않았다. 사람은 누구라도 살기 위해서라면 발버둥을 치게 되어 있었다.

"이번에도 나는 네놈들의 목숨을 구했다."

"……은혜는 꼭 갚겠습니다."

"사람이라면 그래야지. 참고로 난 사람이 아닌 놈들은 다 죽였다."

"반드시 갚겠습니다!"

정도의 신성 의룡이 아니라 겁박룡이나 협박룡이 적합했다.

이제는 가리지도 않는다. 자기 사람들뿐이라고, 대놓고 협박했다.

천우는 탓하진 않아도, 전가와 공치사는 확실하게 했다. 작은 여지도, 동정의 빌미도 제공하지 않았다. 초지일관 적대적인 관계를 유지했다.

이는 수만 년 동안 쌓인 악인에 대한 불신이었다. 그것이 한 회차 만에 불식되는 것 자체가 어불성설이다. 죽이지 않고, 데리고 다니는 걸로 만족해야 했다.

능선을 향하는 길의 좌우로 숲이 우거졌다.

천우는 왼쪽 숲으로 기세를 발산했다.

"나와."

"헉! 나, 나나나, 나갈 테니, 기세를 좀!!"

수풀을 헤치고 나온 중년인은 복호상단의 경호를 위해서 아미파에서 보낸 비룡장이었다. 그가 다음 현으로 가는 길목에서 기다리고 있었다.

"어쩐 일이지?"

"몰라서 묻는 거면 염치가 없는 것 아닙니까?"

"알고 있다고 해서 그대가 기다릴 이유는 아니지."

"그렇긴 하지만, 제가 바른대로 말하지 않았으면 소단주께서도 꽤 곤란했을 겁니다."

"비룡장, 그대보다는 아닐 텐데."

"저는 복호상단주의 외압이 올 걸 감수하고 사실대로 말했습니다. 그건 변하지 않습니다."

실상은 사면초가였지만, 비룡장의 도움이 없었다고 할 순 없다. 천우는 작은 도움이라도 가볍게 여기진 않는다.

"식객을 원하나?"

"빈객은 안 됩니까?"

"염치는 누가 없는지 모르겠군."

빈객으로 받아들이기엔 비룡장의 무위가 하찮았다. 일단은 식객으로 받아들인 후, 외증조부께 맡기기로 했다. 외증조부님이라면 비룡장의 성취에 맞는 가르침을 내려 줄 것이다.

'아주 그냥 싹 다 쓸어 가는구나!'

구서진은 아들의 한탕에 헛웃음이 나왔다.

연합회 내내 무사히 끝내기만 해도 족했는데, 마지막까지 아주 깊은 인상을 새겨 주었다.

그렇다고 아들이 굴욕을 감내했느냐고 물어본다면, 또 아니었다.

'하고 싶은 대로 다 했지.'

시작부터 사달을 일으키더니, 행사가 끝나는 날까지 사고를 몰고 다녔다. 이 정도면 공적은 아니더라도 지탄의 대상이 되어야 마땅한데, 아들은 단 한 번도 명분에서 지고 들어가지 않았다. 상인의 능력과는 별개로 흐름을 제 뜻대로 끌고 와서 좌지우지했다.

'일대종사의 자질이긴 한데……'

지나치게 과격했다. 한 번이라도 수틀리면 상대를 가만히 두지 않는다. 연합회 동안 아들의 본성을 조금은 엿볼 수 있었다. 그마저도 많이 참고 있는 듯한 기색이었다.

'독선이라기엔 사람이 꼬이고 있으니……'

하나둘씩 가문으로 사람이 모인다. 그들의 면면이 보통이 아님을 모르지 않았다. 독선적인 경향이 있지만, 사람을 끌어모으는 힘이 있었다.

'아들한테만 맡겨 둘 순 없지!'

구서진은 적금상단을 사천이 아닌 천하와 경쟁하는 대상단으로 만들기로 결심했다. 아들이 지금처럼 자기 뜻을 관철하도록 힘이 되어 주고, 실패하더라도 다시 일어날 버팀목이 되기로 마음먹었다.

'이 아비만 믿거라!'

다만, 너무 멀리는 가지 말아 줬으면 했다. 요즘 하는 꼴을 보면 걱정이 안 될 수가 없다.

비록 속가라고는 해도 비룡장은 절정의 무인이었다. 저리 대하면 자신은 또 어떻게 대해야 할지, 고민이 된다.

천우는 비룡장을 식객으로 받아 주기 전에 확인했다.

"본산의 허락은 받았나?"

"제 입지는 스스로 정할 수 있습니다."

"장문인께 서신을 보내야겠군."

"……저 속간데요."

"본산의 허락은 필요 없다고, 개방을 통해서 특급으로 보내 주지."

"하지 마십시오! 절대 보내면 안 됩니다! 그년들…… 아! 본사의 사저들이 찾아올 수 있습니다. 곧 받아 낼 테니 절대 보내면 안 됩니다!"

속가라고 해서 전부 자기 맘대로 한다면 아미파가 미쳤다고 본산의 절기를 전수할까.

전부는 아니더라도, 비룡장처럼 아미파의 절기를 받은 속가는 대외적인 활동에 자유롭기는 해도, 행적을 반드시 본산에 보고해야 했다. 자기 멋대로 한다면 본산에서 무공을 회수하러 찾아올 수도 있었다.

"그 나이에도 무섭나?"

"안 겪어 본 사람은 모릅니다."

나이 먹었다고 무시할 수 있으면 100세가 되면 무적이게.

어릴 때 가르침을 준 사저들이 나이가 들수록 어찌나 괴팍하게 변했는지. 이런 말 하면 안 되겠지만, 노처녀 비구니의 삶은 호락호락하지 않았다.

'하지만 구 공자와 비교할 순 없지.'

단순히 복호상단주의 원한을 샀다고 해서 구가장을 선택한 것은 아니다. 의룡의 완맥을 잡은 순간 뇌성벽력이 뇌리를 관통하여 진의를 엿보았다.

'구 공자는 괴물이라고!'

악의라고는 느껴지지 않는 순수한 패도. 그렇기에 적이되면 반드시 죽는다. 도무지 벗어날 용기도, 엄두도 나지 않았다. 대적한다는 개념 자체가 통하지 않는 무소불위 그 자체였다.

반대편에 선다는 생각 따윈 하지도 못했다. 그 순간부터 비룡장은 주종 관계가 되기로 마음먹었다.

'그래도 받아 줬으면 된 거지.'

당장은 식객으로 들어왔지만, 주군을 제외하면 구가장에서 무인이라고 할 수 있는 자는 많지 않았다. 적금단주란 자가 제법이지만, 경지에 올랐다고 하기엔 부족했다. 조만간 심복을 꿰찰 수 있을 것 같았다.

"비룡장 대협! 구가장의 식구가 된 것을 진심으로 감축 드립니다. 어려운 일이 있으면 제게 물어보면 됩니다. 도련님의 하나뿐인 심복인 저 가복이 성심성의를 다해서 가르쳐 드리겠습니다."

응?

이상하다. 대협을 왜 별호에다 붙여?

경험자, 이겸은 고개를 절레절레 흔들었다.

'구덩이를 파야 하나?'

『101회차 패황』 5권에서 계속